这些虽然都只是美丽的远景,
但凭空想想也令人高兴。

长长的路 我们慢慢走

余光中 著

天津出版传媒集团

天津人民出版社

图书在版编目（CIP）数据

长长的路 我们慢慢走 / 余光中著. -- 天津：天津人民出版社，2023.3（2023.9重印）

ISBN 978-7-201-16031-3

Ⅰ.①长… Ⅱ.①余… Ⅲ.①散文集–中国–当代 Ⅳ.①I267

中国国家版本馆CIP数据核字(2023)第052260号

本著作物经北京阅享国际文化传媒有限公司代理，由九歌出版社有限公司授权，在中国大陆出版、发行中文简体字版本。

长长的路 我们慢慢走
CHANGCHANGDE LU WOMEN MANMAN ZOU

余光中 著

出　　版	天津人民出版社
出 版 人	刘　庆
地　　址	天津市和平区西康路35号康岳大厦
邮政编码	300051
邮购电话	022-23332459
电子信箱	reader@tjrmcbs.com
责任编辑	玮丽斯
监　　制	黄　利　万　夏
特约编辑	曹莉丽　鞠媛媛
营销支持	曹莉丽
装帧设计	紫图装帧
制版印刷	艺堂印刷（天津）有限公司
经　　销	新华书店
开　　本	880毫米×1230毫米　1/32
印　　张	10
字　　数	199千字
版次印次	2023年3月第1版　2023年9月第2次印刷
定　　价	55.00元

版权所有　侵权必究
图书如出现印装质量问题，请致电联系调换（022-23332459）

那平行的双轨一路从天边疾射而来,
像远方伸来的双手,要把我接去未知;
不可久视,久视便受它催眠。

秋是一种不可置信而居然延长了这么久的奇迹,
总令人觉得有点不安。

夜,已经深如古水,
不如且斟半杯白兰地浇一下寒肠。
然后便去睡吧,
一枕如舟,解开了愁乡之缆。

长空万古,渺渺星辉,
让一切都保持点距离和神秘,
可望而不可即,不是更有情吗?

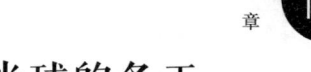

目 录 CONTENTS

第一章 1

南半球的冬天

你是旅客,短暂的也是永久的,血肉之身的也是形而上的。现在你终于不忙了,似乎可以想一想灵魂的问题,而且似乎会有答案。

听听那冷雨	一位英雄,经得起多少次雨季?	002
望乡的牧神	那年的秋季特别长,像一段锥形的永恒	010
走过洛阳桥	多少人走过了洛阳桥?多少船开出了泉州湾	026
山色满城	那三亿五千万岁的巨灵,却正在半空,啊,醒着	029
雨城古寺	你是旅客,短暂的也是永久的	040
不朽,是一堆顽石	什么都不说的,说得最多	054
南半球的冬天	一杯酒握着,不知该邀谁对饮	068
伊瓜苏拜瀑记	瀑布的一生是一场慢性的自杀	076

长长的路

第二章

记忆像铁轨一样长

所谓恩情，是爱加上辛苦再乘以时间，
所以是有增无减，且因积累而变得深厚。

090　**何以解忧** 。 悲哀因分担而减轻，喜悦因共享而加强
105　**日不落家** 。 人的一生有一个半童年
115　**记忆像铁轨一样长** 。 我深深怀念那个摩肩抵肘的时代
125　**我的四个假想敌** 。 一切已崩溃，失去重心
133　**隔水呼渡** 。 能有一个憨厚些的朋友，陪你煮茶看花，总令人安心
153　**九九重九，究竟多久？** 。 一个人真是天才的话，就得省着点用
158　**焚鹤人** 。 少年爱做的事情，哪一样不是梦的延长呢

牛蛙记 ○ 寂寞，是最耐听的音乐　172
花鸟 ○ 美，也是有代价的　181
沙田山居 ○ 山什么也不说，只是争噪的鸟雀泄露了他愉悦的心境　188
尺素寸心 ○ 写信，是对人周到；记日记，是对自己周到　192
催魂铃 ○ 在节奏舒缓的年代，一切都那么天长地久　196
娓娓与喋喋 ○ 善言，能赢得听众。善听，才赢得朋友　203
假如我有九条命 ○ 从从容容地过日子，看花开花谢，人往人来　207
朋友四型 ○ 每个人都可以选择自己的朋友　212
借钱的境界 ○ 一提起借钱，没有几个人不胆战心惊的　215
幽默的境界 ○ 幽默实在是荒谬的解药　219

第三章 3

寂寞，是最耐听的音乐

宁愿我渺小而宇宙伟大，一切的江河不朽，
也不愿进步到无远弗届，把宇宙缩小得不成气象。

我们慢慢走

长长的路

第四章

何时你才能面对自己

发现自己内心的真相，需要性格的力量。
唯勇者始敢单独面对自己；唯智者才能与自己为伴。

226　**高速的联想**　。人进一步，便是神退一步，从此，人更自由了
233　**秦琼卖马**　。车性即人性
239　**你的耳朵特别名贵**　。要闭起耳朵，远不如闭起眼睛那么容易
243　**开你的大头会**　。观人若能入妙，更饶奇趣
248　**没有邻居的都市**　。何时你才能面对自己？

山盟 ○ 太阳抚摸的，有一天他要用脚踵去膜拜　258
猛虎与蔷薇 ○ 完整的人生应该兼有这两种至高的境界　270
逍遥游 ○ 唯清醒可保自由　274
黑灵魂 ○ 子魂魄兮为鬼雄。今夕何夕　282
登楼赋 ○ 定音鼓仍然在撞着，在空中，在陆上，在水面，在水底　291
钞票与文化 ○ 若说诗中无钱，钱中又何曾有诗　299

第五章 5

唯清醒可保自由

人生原是战场，有猛虎才能在逆流里立住脚跟，然而踏碎了的蔷薇犹能盛开，醉倒了的猛虎有时醒来。所以完整的人生应该兼有这两种至高的境界。

我们慢慢走

南半球的冬天

第一章

你是旅客,短暂的也是永久的,
血肉之身的也是形而上的。
现在你终于不忙了,
似乎可以想一想灵魂的问题,
而且似乎会有答案。

听听那冷雨

惊蛰一过，春寒加剧。先是料料峭峭，继而雨季开始，时而淋淋漓漓，时而淅淅沥沥，天潮潮地湿湿，就连在梦里，也似乎把伞撑着。而就凭一把伞，躲过一阵潇潇的冷雨，也躲不过整个雨季。连思想也都是潮润润的。每天回家，曲折穿过金门街到厦门街迷宫式的长巷短巷，雨里风里，走入霏霏令人更想入非非。想这样子的台北凄凄切切完全是黑白片的味道，想整个中国整部中国的历史无非是一张黑白片子，片头到片尾，一直是这样下着雨的。这种感觉，不知道是不是从安东尼奥尼那里来的。不过那一块土地是久违了，二十五年，四分之一的世纪，即使有

编者注：此书所选文章依据权威版本，为遵照原书原貌，故此次修订没有修改。

雨，也隔着千山万山，千伞万伞。二十五年，一切都断了，只有气候，只有气象报告还牵连在一起。大寒流从那块土地上弥天卷来，这种酷冷吾与古大陆分担。不能扑进她怀里，被她的裙边扫一扫吧也算是安慰孺慕之情。

这样想时，严寒里竟有一点温暖的感觉了。这样想时，他希望这些狭长的巷子永远延伸下去，他的思路也可以延伸下去，不是金门街到厦门街，而是金门到厦门。他是厦门人，至少是广义的厦门人，二十年来，不住在厦门，住在厦门街，算是嘲弄吧，也算是安慰。不过说到广义，他同样也是广义的江南人，常州人，南京人，川娃儿，五陵少年。杏花春雨江南，那是他的少年时代了。再过半个月就是清明。安东尼奥尼的镜头摇过去，摇过去又摇过来。残山剩水犹如是。皇天后土犹如是。纭纭黔首、纷纷黎民从北到南犹如是。那里面是中国吗？那里面当然还是中国永远是中国。只是杏花春雨已不再，牧童遥指已不再，剑门细雨渭城轻尘也都已不再。然则他日思夜梦的那片土地，究竟在哪里呢？

在报纸的头条标题里吗？还是香港的谣言里？还是傅聪的黑键白键，马思聪的跳弓拨弦？还是安东尼奥尼的镜底勒马洲的望中？还是呢，故宫博物院的壁头和玻璃橱内，京戏的锣鼓声中太白和东坡的韵里？

杏花。春雨。江南。六个方块字，或许那片土就在那里面。而无论赤县也好神州也好中国也好，变来变去，只要仓颉的灵感不灭美丽的中文不老，那形象，那磁石一般的向心力当必然长在。因为一个方块字是一个天地。太初有字,于是汉族的心灵他祖先的回忆和希望便有了寄托。譬如凭空写一个"雨"字,点点滴滴,滂滂沱沱,淅淅沥沥,一切云情雨意,就宛然其中了。视觉上的这种美感,岂是什么 rain(英,雨)也好 pluie(法,雨)也好所能满足?翻开一部《辞源》或《辞海》,金木水火土,各成世界,而一入"雨"部,古神州的天颜千变万化,便悉在望中,美丽的霜雪云霞,骇人的雷电霹雹,展露的无非是神的好脾气与坏脾气,气象台百读不厌门外汉百思不解的百科全书。

　　听听,那冷雨。看看,那冷雨。嗅嗅闻闻,那冷雨,舔舔吧那冷雨。雨在他的伞上这城市百万人的伞上雨衣上屋上天线上雨下在基隆港在防波堤在海峡的船上,清明这季雨。雨是女性,应该最富于感性。雨气空濛而迷幻,细细嗅嗅,清清爽爽新新,有一点点薄荷的香味,浓的时候,竟发出草和树沐发后特有的淡淡土腥气,也许那竟是蚯蚓和蜗牛的腥气吧,毕竟是惊蛰了啊。也许地上的地下的生命也许古中国层层叠叠的记忆皆蠢蠢而蠕,也许是植物的潜意识和梦吧,那腥气。

　　第三次去美国,在高高的丹佛山居了两年。美国的西部,多山多沙漠,千里干旱,天,蓝似盎格鲁-撒克逊人的眼睛,地,红如印第安人的肌肤,云,却是罕见的白鸟。落基山簇簇耀目的雪峰上,很少飘云牵雾。一来高,二来干,三来森林线以上,杉柏也止步,中国诗词里"荡胸生层云"或是"商略黄昏雨"的意趣,是落基山上难睹的景象。落基山岭之胜,在石,在雪。那些奇岩怪石,相叠互倚,砌一场惊心动魄的雕塑展览,给太阳和千里的风看。那雪,白得虚虚幻幻,冷得清清醒醒,那股皑皑不绝一仰难尽的气势,压得人呼吸困难,心寒眸酸。不过要领略"白云回望合,青霭入看无"的境界,仍须回来中国。台湾湿度很高,最饶云气氤氲雨意迷离的情调。两度夜宿溪头,树香沁鼻,宵寒袭肘,枕着润碧湿翠苍苍交叠的山影和万籁都歇的岑寂,仙人一样睡去。山中一夜饱雨,次晨醒来,在旭日未升的原始幽静中,冲着隔夜的寒气,踏着满地的断柯折枝和仍在流泻的细股雨水,一径探入森林的秘密,曲曲弯弯,步上山去。溪头的山,树密雾浓,蓊郁的水气从谷底冉冉升起,时稠时稀,蒸腾多姿,幻化无定,只能从雾破云开的空处,窥见乍现即隐的一峰半壑,要纵览全貌,几乎是不可能的。至少入山两次,只能在白茫茫里和溪头诸峰玩捉迷藏的游戏,回到台北,世人问起,除了笑而不答心自闲,故作神秘之外,实际的印象,也无非山在虚无之间罢了。云缭烟绕,山隐水迢的中国风景,由来予人宋画的韵味。那天下也许是赵家的天下,那山水却是米家的山水。而究竟,是米氏父子下笔像中国的山水,还是中国的山水上纸像宋画。恐怕是谁也说不清楚了吧?

  雨不但可嗅,可观,更可以听。听听那冷雨。听雨,只要不是石破天惊的台风暴雨,在听觉上总是一种美感。大陆上的秋天,无论是疏雨滴梧桐,或是骤雨打荷叶,听去总有一点凄凉,凄清、凄楚,于今在岛上回味,则在凄楚之外,再笼上一层凄迷了。饶你多少豪情侠气,怕也经不起三番五次的风吹雨打。一打少年听雨,红烛昏沉。两打中年听雨,客舟中,江阔云低。三打白头听雨在僧庐下，这更是亡宋之痛，一颗敏感心灵的一生：楼上，江上，庙里，用冷冷的雨珠子串成。十年前，他曾在一场摧心折骨的鬼雨中迷失了自己。雨，该是一滴湿漓漓的灵魂，窗外在喊谁。

雨打在树上和瓦上，韵律都清脆可听。尤其是铿铿敲在屋瓦上，那古老的音乐属于中国。王禹偁在黄冈，破如椽的大竹为屋瓦。据说住在竹楼上面，急雨声如瀑布，密雪声比碎玉，而无论鼓琴，咏诗，下棋，投壶，共鸣的效果都特别好。这样岂不像住在竹筒里面，任何细脆的声响，怕都会加倍夸大，反而令人耳朵过敏吧。

雨天的屋瓦，浮漾湿湿的流光，灰而温柔，迎光则微明，背光则幽黯，对于视觉，是一种低沉的安慰。至于雨敲在鳞鳞千瓣的瓦上，由远而近，轻轻重重轻轻，夹着一股股的细流沿瓦漕与屋檐潺潺泻下，各种敲击音与滑音密织成网，谁的千指百指在按摩耳轮。"下雨了！"温柔的灰美人来了，她冰冰的纤手在屋顶拂弄着无数的黑键啊灰键，把响午一下子奏成了黄昏。

在古老的大陆上，千屋万户是如此。二十多年前，初来这岛上，日式的瓦屋亦是如此。先是天暗了下来，城市像罩在一块巨幅的毛玻璃里，阴影在户内延长复加深。然后凉凉的水意弥漫在空间，风自每一个角落里旋起，感觉得到，每一个屋顶上呼吸沉重都覆着灰云。雨来了，最轻的敲打乐敲打这城市，苍茫的屋顶，远远近近，一张张敲过去，古老的琴，那细细密密的节奏，单调里自有一种柔婉与亲切，滴滴点点滴滴，似幻似真，若孩时在摇篮里，一曲耳熟的童谣摇摇欲睡，母亲吟哦鼻音与喉音。或是在江南的泽国水乡，一大筐绿油油的桑叶被啮于千百头蚕，细细琐琐屑屑，口器与口器咀咀嚼嚼。雨来了，雨来的时候瓦这么说，一片瓦说千亿片瓦说，说轻轻地奏吧沉沉地弹，徐徐地叩吧挞挞地打，间间歇歇敲一个雨季，即兴演奏从惊蛰到清明，在零落的坟上冷冷奏挽歌，一片瓦吟千亿片瓦吟。

在日式的古屋里听雨，听四月，霏霏不绝的黄梅雨，朝夕不断，旬月绵延，湿黏黏的苔藓从石阶下一直侵到他舌底，心底。到七月，听台风台雨在古屋顶上一夜盲奏，千哗海底的热浪沸沸被狂风挟来，掀翻整个太平洋只为向他的矮屋檐重重压下，整个海在他的蜗壳上哗哗泻过。不然便是雷雨夜，白烟一般的纱帐里听羯鼓一通又一通，滔天的暴雨滂滂沛沛扑来，强劲的电琵琶忐忐忑忑忐忐忑忑，弹动屋瓦的惊悸腾腾欲掀起。不然便是斜斜的西北雨斜斜，刷在窗玻璃上，鞭在墙上打在阔大的芭蕉叶上，一阵寒濑泻过，秋意便弥漫日式的庭院了。

在日式的古屋里听雨，春雨绵绵听到秋雨潇潇，从少年听到中年，听听那冷雨。雨是一种单调而耐听的音乐是室内乐是室外乐，户内听听，户外听听，冷冷，那音乐。雨是一种回忆的音乐，听听那冷雨，回忆江南的雨下得满地是江湖，下在桥上和船上，也下在四川在秧田和蛙塘下肥了嘉陵江下湿布谷咕咕的啼声。雨是潮潮润润的音乐下在渴望的唇上舐舐那冷雨。

因为雨是最最原始的敲打乐从记忆的彼端敲起。瓦是最最低沉的乐器灰濛濛的温柔覆盖着听雨的人，瓦是音乐的雨伞撑起。但不久公寓的时代来临，台北你怎么一下子长高了，瓦的音乐竟成了绝响。千片万片的瓦翩翩，美丽的灰蝴蝶纷纷飞走，飞入历史的记忆。现在雨下下来下在水泥的屋顶和墙上，没有音韵的雨季。树也砍光了，那月桂，那枫树，柳树和擎天的巨椰，雨来的时候不再有丛叶嘈嘈切切，闪动湿湿的绿光迎接。鸟声减了啾啾，蛙声沉了咯咯，秋天的虫吟也减了唧唧。70年代的台北不需要这些，一个乐队接一个乐队便遣散尽了。要听鸡叫，只有去《诗经》的韵里找。现在只剩下一张黑白片，黑白的默片。

　　正如马车的时代去后，三轮车的时代也去了。曾经在雨夜，三轮车的油布篷挂起，送她回家的途中，篷里的世界小得多可爱，而且躲在警察的辖区以外。雨衣的口袋越大越好，盛得下他的一只手里握一只纤纤的手。台湾的雨季这么长，该有人发明一种宽宽的双人雨衣，一人分穿一只袖子，此外的部分就不必分得太苛。而无论工业如何发达，一时似乎还废不了雨伞。只要雨不倾盆，风不横吹，撑一把伞在雨中仍不失古典的韵味。任雨点敲在黑布伞或是透明的塑胶伞上，将骨柄一旋，雨珠向四方喷溅，伞缘便旋成了一圈飞檐。跟女友共一把雨伞，该是一种美丽的合作吧。最好是初恋，有点兴奋，更有点不好意思，若即若离之间，雨不妨下大一点。真正初恋，恐怕是兴奋得不需要伞的，手牵手在雨中狂奔而去，把年轻的长发和肌肤交给漫天的淋淋漓漓，然后向对方的唇上颊上尝凉凉甜甜的雨水。不过那要非常年轻且激情，同时，也只能发生在法国的新潮片里吧。

　　大多数的雨伞想不会为约会张开。上班下班，上学放学，菜市来回的途中，现实的伞，灰色的星期三。握着雨伞。他听那冷雨打在伞上。索性更冷一些就好了，他想。索性把湿湿的灰雨冻成干干爽爽的白雨，六角形的结晶体在无风的空中回回旋旋地降下来。等须眉和肩头白尽时，伸手一拂就落了。二十五年，没有受故乡白雨的祝福，或许发上下一点白霜是一种变相的自我补偿吧。一位英雄，经得起多少次雨季？他的额头是水成岩削成还是火成岩？他的心底究竟有多厚的苔藓？厦门街的雨巷走了二十年与记忆等长，一座无瓦的公寓在巷底等他，一盏灯在楼上的雨窗子里，等他回去，向晚餐后的沉思冥想去整理青苔深深的记忆。前尘隔海。古屋不再。听听那冷雨。

1974年春分之夜

望乡的牧神

那年的秋季特别长,一直拖到感恩节,还不落雪。事后大家都说,那年的冬季,也不像往年那么长,那么严厉。雪是下了,但不像那么深,那么频。幸好圣诞节的一场还积得够厚,否则圣诞老人就显得狼狈失措了。

那年的秋季,我刚刚结束了一年浪游式的讲学,告别了第三十三张席梦思,回到密歇根来定居。许多好朋友都在美国,但黄用和华苓在艾奥瓦,梨华远在纽约,一个长途电话能令人破产。咪咪手续未备,还阻隔半个大陆加一个海加一个海关。航空邮简是一种迟缓的箭,射到对海,火早已熄了,余烬显得特别冷。

那年的秋季,显得特别长。草,在渐渐寒冷的天气里,久久不枯。空气又干,又爽,又脆。站在下风的地方,可以嗅出树叶,满林子树叶散播的死讯,以及整个中西部成熟后的体香。中西部的秋季,是一场弥月不熄的野火,从浅黄到血红到暗赭到郁沉沉的浓栗,从艾奥瓦一直烧到俄亥俄,夜以继日、日以继夜地维持好几十郡的灿烂。云罗张在特别洁净的蓝虚蓝无上,白得特别惹眼。谁要用剪刀去剪,一定装满好几箩筐。

那年的秋季特别长,像一段雏形的永恒。我几乎以为,站在四围的秋色里,那种圆溜溜的成熟感会永远悬在那里,不坠下来。终于一切瓜一切果都过肥过重了,从腴沃中升起来的仍垂向腴沃。每到黄昏,太阳也垂垂落向南瓜田里,红橙橙的,一只熟得不能再熟下去的,特大号的南瓜。日子就像这样过去。晴天之后仍然是晴天,之后仍然是完整无憾饱满得不能再饱满的晴天,敲上去会敲出音乐来的稀金属的晴天。就这样微酡地饮着清醒的秋季,好怎么不好,就是太寂寞了。在西密歇根大学,开了三门课,我有足够的时间看书,写信。但更多的时间,我用来幻想,而且回忆,回忆在有一个岛上做过的有意义和无意义的事情,一直到半夜,到半夜以后。有些事情,曾经恨过的,再恨一次;曾经恋过的,再恋一次;有些无聊,甚至再无聊一次。一切都离我很久,很远。我不知道,我的寂寞应该以时间或空间为半径。就这样,我独自坐到午夜以后,看窗外的夜,万籁俱死之中,听两颊的胡髭无赖地长着,应和着腕表巡回的秒针。

这样说,你就明白了。那年的秋季特别长。我不过是个客座教授,悠悠荡荡的,无挂无牵。我的生活就像一部翻译小说,情节不多,气氛很浓;也有其现实的一面,但那是异国的现实,不算数的。例如,汽车保险到期了,明天要记得打电话给那家保险公司；公寓的邮差怪可亲的，圣诞节要不要送他件小礼品等。究竟只是一部翻译小说，气氛再浓，只能当作一场逼真的梦罢了。而尤其可笑的是，读来读去，连一个女主角也不见。男主角又如此的无味。这部恶汉体的（picaresque）小说，应该是没有销路的。不成其为配角的配角，倒有几位。劳悌芬便是其中的一位。在我教过的一百六十几个美国大孩子之中，劳悌芬和其他少数几位，大概会长久留在我的回忆里。一切都是巧合。有一个黑发的东方人，去到密歇根，恰巧会到那一个大学。恰巧那一年，有一个金发的美国青年，也在那大学里。恰巧金发选了黑发的课，恰巧谁也不讨厌谁，于是金发出现在那部翻译小说里。

那年的秋季，本来应该更长更长的。是劳悌芬，使它显得不那样长。劳悌芬，是我给金发取的中文名字。他的本名是Stephen Cloud。一个姓云的人，应该是洒脱的。劳悌芬倒不怎么洒脱。他毋宁是有些腼腆的，不像班上其他的男孩，爱逗着女同学说笑。他也爱笑，但大半是坐在后排，大家都笑时他也参加笑，会笑得有些脸红。后来我才发现他是戴隐形眼镜的。

同时，秋季愈益深了。女学生们开始穿大衣来教室。上课的时候，掌大的枫树落叶，会簌簌叩打大幅的玻璃窗。我仍记得，那天早晨刚落过霜，我正讲到杜甫的"秋来相顾尚飘蓬"。忽然瞥见红叶黄叶之上，联邦的星条旗扬在猎猎的风中，一种摧心折骨的无边秋感，自头盖骨一直麻到十个指尖。有三四秒钟我说不出话来。但脸上的颜色一定泄露了什么。下了课，劳悌芬走过来，问我周末有没有约会。当我的回答是否定时，他说："我家在农场上,此地南去四十多英里^①。星期天就是万圣节了。如果你有兴致,我想请你去住两三天。"

所以三天后,我就坐在他西德^②产的小汽车右座,向南方出发了。10月底的一个半下午,小阳春停在最美的焦距上,湿度至小,能见度至大,风景呈现最清晰的轮廓。出了卡拉马如(Kalamazoo),密歇根南部的大平原抚得好空好阔,浩浩乎如一片陆海,偶然的农庄和丛树散布如列屿。在这样响当当的晴朗里,这样高速这样平稳地驰骋,令人幻觉是在驾驶游艇。一切都退得很远,腾出最开敞的空间,让你回旋。秋,确是奇妙的季节。每个人都幻觉自己像两万英尺高的卷云那么轻,一大张卷云卷起来称一称也不过几磅。又像空气那么透明,连忧愁也是薄薄的,用裁纸刀这么一裁就裁开了。公路,像一条有魔术的白地毡,在车头前面不断舒展,同时在车尾不断卷起。

如是卷了二十几英里,西德的小车在一面小湖旁停了下来。密歇根原是千湖之州,五大湖之间尚有无数小泽。像其他的小泽一样,面前的这个湖蓝得染人肝肺。立在湖边,对着满满的湖水,似乎有一只幻异的蓝眼瞳在施术催眠,令人意识到一种不安的美。所以说秋是难解的。秋是一种不可置信而居然延长了这么久的奇迹,总令人觉得有点不安。就像此刻,秋色四面,上面是

---

① · 英里:约 1.6 千米。
② 编者注:德意志联邦共和国在两德统一前简称联邦德国或西德。

土耳其玉的天穹，下面是普鲁士蓝的清澄，风起时，满枫林的叶子滚动香熟的灿阳，仿佛打翻了一匣子的玛瑙。莫奈和西斯莱死了，印象主义的画面永生。

这只是刹那的感觉罢了。下一刻，我发现劳悌芬在喊我。他站在一株大黑橡下面。赤褐如焦的橡叶丛底，露出一间白漆木板钉成的小屋。走进去，才发现是一爿小杂货店。陈设古朴可笑，饶有殖民时期风味。西洋杉铺成的地板，走过时轧轧有声。这种小铺子在城市里是已经绝迹了。店主是一个满脸斑点的胖妇人。劳悌芬向她买了十几根红白相间的竿竿糖，满意地和我走出店来。

橡叶萧萧，风中甚有寒意。我们赶回车上，重新上路。劳悌芬把糖袋子递过来，任我抽了两根。糖味不太甜，有点薄荷在里面，嚼起来倒也津津可口。劳悌芬解释说："你知道，老太婆那家小店，开了十几年了，生意不好，也不关门。读初中起，我就认得她了，也不觉得她的糖有什么好吃。后来去卡拉马如上大学，每次回家，一定找她聊天，同时买点糖吃，让她高兴高兴。现在居然成了习惯，每到周末，就想起薄荷糖来了。"

"是蛮好吃。再给我一根。你也是，别的男孩子一到周末就约 chick 去了，你倒去看祖母。"

劳悌芬红着脸傻笑。过了一会儿，他说："女孩子麻烦。她们喝酒，还做好多别的事。"

"我们班上的好像都很乖。例如路丝——"

"啰，满嘴的存在主义什么的，好烦。还不如那个老婆婆坦白！"

"你不像其他的美国男孩子。"

劳悌芬耸耸肩，接着又傻笑起来。一辆货车挡在前面，他一踩油门，超了过去。把一袋糖吃光，就到了劳悌芬的家了。太阳已经偏西。夕照正当红漆的仓库，特别显得明艳映颊。劳悌芬把车停在两层的木屋前和他父亲的旅行车并列在一起。一个丰硕的妇人从屋里探头出来，大呼说："Steve！我晓得是你！怎么这样晚才回来！风好冷，快进来吧！"

劳悌芬把我介绍给他的父母和弟弟侯伯（Herbert）。终于大家在晚餐桌边坐定。这才发现，他的父亲不过五十岁，已然满头白发，可是白得整齐而洁净，反而为他清瘦的面容增添光辉。侯伯是一个很漂亮的，伶手俐脚的小伙子。但形成晚餐桌上暖洋洋的气氛的，还是他的母亲。她是一个胸脯宽阔、眸光亲切的妇人，笑起来时，启露白而齐的齿光，映得满座粲然。她一直忙着传递盘碟。看见我饮牛奶时狐疑的脸色，她说："味道有点怪，是不是？这是我们自己的母牛挤的奶，原奶，和超级市场上买到的不同。等会儿你再尝尝我们自己的榨苹果汁看看。"

"你们好像不喝酒。"我说。

"爸爸不要我们喝，"劳悌芬看了父亲一眼，"我们只喝牛奶。"

"我们是清教徒，"他父亲眯着眼睛说，"不喝酒，不抽烟。从我的祖父起就是这样子。"

接着他母亲站起来，移走满桌子残肴，为大家端来一碟碟南瓜饼。

"Steve，"他母亲说，"明天晚上汤普森家的孩子们说了要来闹节的。'不招待，就作怪。'余先生听说过吧？糖倒是准备了好几包。就缺一盏南瓜灯。地下室有三四只空南瓜，你等会儿去挑一只雕一雕。我要去挤牛奶了。"

等他父亲也吃罢南瓜饼，起身去牛栏里帮他母亲挤奶时，劳悌芬便到地下室去。不久，他捧了一只脸盆大小的空干南瓜来，开始雕起假面来。他在上端先开了两只菱形的眼睛，再向中部挖出一只鼻子，最后，又挖了一张新月形的阔嘴，嘴角向上。接着，他把假面推到我的面前，问我像不像。相了一会儿，我说："嘴好像太小了。"

于是他又把嘴向两边开得更大。然后他说："我们把它放到外面去吧。"

我们推门出去。他把南瓜脸放在走廊的地板上，从夹克的大口袋里掏出一截白蜡烛，塞到蒂眼里，企图把它燃起。风又急又冷，一吹，就熄了。徒然试了几次，他说："算了，明晚再点吧。我们早点睡。明天还要去打野兔子呢。"

第二天下午，我们果然背着猎枪，去打猎了。这在我说来，是有点滑稽的。我从来没有打猎的经验。军训课上，是射过几发子弹，但距离红心不晓得有好远。劳悌芬却兴致勃勃，坚持要去。

"上个周末没有回家。再上个周末，帮爸爸驾收割机收黄豆。一直没有机会到后面的林子里去。"

劳悌芬穿了一件粗帆布的宽大夹克,长及膝盖,阔腰带一束,显得五英尺十英寸上下的身材,分外英挺。他把较旧式的一把猎枪递给我,说:"就凑合着用一下吧。1958年出品,本来是我弟弟用的。"看见我犹豫的脸色,他笑笑说:"放松一点。只要不向我身上打就行。很有趣的,你不妨试试看。"

我原有一肚子的话要问他。可是他已经领先向屋后的橡树林欣然出发了。我端着枪跟上去。两人绕过黄白相间的耿西牛群的牧地,走上了小木桥彼端的小土径,在犹青的乱草丛中蜿蜒而行。天气依然爽朗朗地晴。风已转弱,阳光不转瞬地凝视着平野,但空气拂在肌肤上,依然冷得人神志清醒,反应敏锐。舞了一天一夜的斑斓树叶,都悬在空际,浴在阳光金黄的好脾气中。这样美好而完整的静谧,用一发猎枪子弹给炸碎了,岂不是可惜。

"一只野兔也不见呢。"我说。

"别慌。到前面的橡树丛里去等等看。"

我们继续往前走。我努力向野草丛中搜索,企图在劳悌芬之前发现什么风吹草动;如此,我虽未必能打中什么,至少可以提醒我的同伴。这样想着,我就紧紧追上了劳悌芬。蓦地,我的猎伴举起枪来,接着耳边炸开了一声脆而短的骤响。一样毛茸茸的灰黄的物体从十几码外的黑橡树上坠了下来。

"打中了!打中了!"劳悌芬向那边奔过去。

"是什么?"我追过去。

等到我赶上他时,他正挥着枪柄在追打什么。然后我发现草坡下,劳悌芬脚边的一个橡树窟窿里,一只松鼠尚在抽搐。不到半分钟,它就完全静止了。

"死了。"劳悌芬说。

"可怜的小家伙。"我摇摇头。我一向喜欢松鼠。以前在艾奥瓦念书的时候,我常爱从红砖的古楼上,俯瞰这些长尾多毛的小动物,在修得平整的草地上嬉戏。我尤其爱看它们躬身而立,捧食松果的样子。劳悌芬捡起松鼠。它的右腿渗出血来,修长的尾巴垂着死亡。劳悌芬拉起一把草,把血斑拭去说:"它掉下来,带着伤,想逃到树洞里去躲起来。这小东西好聪明。带回去给我父亲剥皮也好。"

他把死松鼠放进夹克的大口袋里,重新端起了枪。

"我们去那边的树林子里再找找看。"他指着半英里外的一片赤金和鲜黄。想起还没有庆贺猎人,我说:"好准的枪法,刚才!根本没有看见你瞄准,怎么它就掉下来了。"

"我爱玩枪。在学校里,我还是预备军官训练队的上校呢。每年冬季,我都带侯伯去北部的半岛打鹿。这一向眼睛差了。隐形眼镜还没有戴惯。"

这才注意到劳悌芬的眸子是灰蒙蒙的,中间透出淡绿色的光泽。我们越过十二号公路。岑寂的秋色里,去芝加哥的车辆迅疾地扫过,曳着轮胎磨地的呲呲,和掠过你身边时的风声。一辆农场的拖拉机,滚着齿槽深凹的大轮子,施施然辗过,车尾扬着一面小红旗。劳悌芬对车上的老叟挥挥手。

"是汤普森家的丈人。"他说。

"车上插面红旗子干吗?"

"哦,是州公路局规定的。农场上的拖拉机之类,在公路上穿来穿去,开得太慢,怕普通车辆从后面撞上去。挂一面红旗,老远就看见了。"

说着,我们一脚高一脚低走进了好大一片刚收割过的田地。阡陌间歪歪斜斜地还留着一行行的残梗,零零星星的豆粒,落在干燥的土块里。劳悌芬随手折起一片豆荚,把荚剥开。淡黄的豆粒滚入了他的掌心。

"这是汤普森家的黄豆田。尝尝看,很香的。"

我接过他手中的豆子,开始尝起来。他折了更多的豆荚,一片一片地剥着。两人把嚼不碎的豆子吐出来。无意间,我哼起"高粱肥,大豆香,遍地黄金少灾殃……"

"嘿,那是什么?"劳悌芬笑起来。

"二次大战时大家都唱的一首歌……那时我们都是小孩子。"说着,我的鼻子酸了起来。两人走出了大豆田,又越过一片尚未收割的玉蜀黍。劳悌芬停下来,笑得很神秘。过了一会儿,他说:"你听听看,看能听见什么。"

我当真听了一会儿。什么也没有听见。风已经很微。偶尔,玉蜀黍的干穗谷和邻株磨出一丝窸窣。劳悌芬的浅灰绿瞳子向我发出问询。

我茫然摇摇头。

他又阔笑起来。

"玉米田,多耳朵。有秘密,莫要说。"

我也笑起来。

"这是双关语,"他笑道,"我们英语管玉米穗叫耳朵。好多笑话都从它编起。"

接着两人又默然了。经他一说,果然觉得玉蜀黍秆上挂满了耳朵。成千的耳朵都在倾听,但下午的遗忘覆盖一切,什么也听不见。一枚硬壳果从树上跌下来,两人吓了一跳。劳悌芬俯身拾起来,黑褐色的硬壳已经干裂。

"是山胡桃呢。"他说。

我们继续向前走。杂树林子已经在面前。不久,我们发现自己已在树丛中了。厚厚的一层落叶铺在我们脚下。卵形而有齿边的是桦,瘦而多棱的是枫,橡叶则圆长而轮廓丰满。我们踏着千叶万叶已腐的,将腐的,干脆欲裂的秋季向更深处走去,听非常过瘾也非常伤心的枯枝在我们体重下折断的声音。我们似乎践在暴露的秋筋秋脉上。秋日下午那安静的肃杀中,似乎,有一些什么在我们里面死去。最后,我们在一截断树干边坐下来。一截合抱的黑橡树干,横在枯枝败叶层层交叠的地面,龟裂的老皮形成阴郁的图案,记录霜的齿印,雨的泪痕。黑眼眶的树洞里,覆盖着红叶和黄叶,有的仍有潮意。

两人靠着断干斜卧下来,猎枪搁在断柯的权丫上。树影重重叠叠覆在我们上面,蔽住更上面的蓝穹。落下来的锈红蚀褐已经很多,但仍有很多的病叶,弥留在枝柯上面,犹堪支撑一座两丈多高的镶黄嵌赤的圆顶。无风的林间,不时有一张叶子飘飘荡荡地坠下。而地面,纵横的枝叶间,会传来一声不甚可解的窸窣,说不出是足拨的或是腹游的路过。

"你看，那是什么？"我转向劳悌芬。他顺着我指点的方向看去。那是几棵银桦树间一片凹下去的地面，里面的桦叶都压得很平。

"好大的坑。"我说。

"是鹿，"他说，"昨夜大概有鹿来睡过。这一带有鹿。如果你住在湖边，就会看见它们结队去喝水。"

接着他躺了下来，枕在黑皮的树干上，穿着方头皮靴的脚交叠在一起。他仰面凝视叶隙透进来的碎蓝色。如是仰视着，他的脸上覆盖着纷沓而游移的叶影，红的朦胧叠着黄的模糊。他的鼻梁投影在一边的面颊上，因为太阳已沉向西南方，被桦树的白干分割着的西南方，牵着一线金熔熔的地平。他的阔胸脯微微地起伏。

"Steve，你的家园多安静可爱。我真羡慕你。"

仰着的脸上漾开了笑容。不久，笑容静止下来。

"是很可爱啊，但不会永远如此。我可能给征到越南去。"

"那样，你去不去呢？"我说。

"如果征到我，就必须去。"

"你——怕不怕？"

"哦，还没有想过。美国的公路上，一年也要死五万人呢。我怕不怕？好多人赶着结婚。我同样地怕结婚。年纪轻轻的，就认定一个女孩，好没意思。"

"你没有女朋友吗？"我问。

"没有认真的。"

我茫然了。躺在面前的是这样的一个躯体，结实，美好，充溢的生命一直到指尖和趾尖。就是这样的一个躯体，没有爱过，也未被爱过，未被情欲燃烧过的一截空白。有一个东方人是他的朋友。冥冥中，在一个遥远的战场上，将有更多的东方人等着做他的仇敌。一个遥远的战场，那里的树和云从未听说过密歇根。

这样想着，忽然发现天色已经晚了。金黄的夕暮淹没了林外的平芜。乌鸦叫得原野加倍的空旷。有谁在附近焚烧落叶，空中漫起灰白的烟来，嗅得出一种好闻的焦味。

"我们回去吃晚饭吧！"劳悌芬说。

那年的秋季特别长，似乎，万圣节来得也特别迟。但到了万圣节，白昼已经很短了。太阳一下去，天很快就黑了。吃过晚饭，劳悌芬问我累不累。

"不累。一点儿也不累。从来没有像这样好兴致。"

"我们开车去附近逛逛去。"

"好啊——今晚不是万圣节前夕吗？你怕不怕？"

"怕什么？"劳悌芬笑起来，"我们可以捉两个女巫回来。"

"对！捉回来，要她们表演怎样骑扫帚！"

全家人都哄笑起来。劳悌芬和我穿上厚毛衫与夹克。推门出去，在寒战的星光下，我们钻进西德的小车。车内好冷，皮垫子冰人臀股，一切金属品都冰人肘臂。立刻，车窗上就呵了一层翳翳的雾气。车子上了十二号公路，速度骤增，成排的榆树向两侧急急闪避，白脚的树干反映着首灯的光，但榆树的巷子外，南密歇根的平原罩在一件神秘的黑巫衣里。劳悌芬开了暖气。不久，我的膝头便感到暖烘烘了。

"今晚开车特别要小心,"劳悌芬说,"有些小孩子会结队到邻近的村庄去捣蛋。小孩子边走边说笑,在公路边上,很容易发生车祸。今年,警察局在报上提醒家长,不要让孩子穿深色的衣服。"

"你小时候有没有闹过节呢?"

"怎么没有?我跟侯伯闹了好几年。"

"怎么一个捣蛋法?"

"哦,不给糖吃的话,就用烂泥糊在人家门口。或在窗子上画个鬼,或者用粉笔在汽车上涂些脏话。"

"倒是蛮有意思的。"

"现在渐渐不作兴这样了。父亲总说,他们小时候闹得比我们还凶。"

说着,车已上了跨越大税路的陆桥。桥下的车辆四巷来去地疾驶着,首灯闪动长长的光芒,向芝加哥,向陀里多。

"是印第安纳的超级隧道。我家离州界只有七英里。"

"我知道。我在这条路上开过两次的。"

"今晚已经到过印第安纳了。我们回去吧。"

说着,劳悌芬把车子转进一条小支道,绕路回去。

"走这条路好些,"他说,"可以看看人家的节景。"

果然远处闪着几星灯火。驶近时,才发现是十几户人家。走廊的白漆栏杆上,皆供着点燃的南瓜灯,南瓜如面,几何形的眼鼻展览着布拉克和毕加索,说不清是恐怖还是滑稽。有的廊上,悬着骑帚巫的怪异剪纸。打扮得更怪异的孩子们，正在拉人家的门铃。灯火自楼房的窗户透出来，映出洁白的窗帷。

接着劳悌芬放松了油门。路的右侧隐约显出几个矮小的人影。然后我们看出，一个是王，戴着金黄的皇冠，持着权杖，披着黑色的大氅。一个是后，戴着银色的后冕，曳着浅紫色的衣裳。后面一个武士，手执斧钺，不过四五岁的样子。我们缓缓前行，等小小的朝廷越过马路。不晓得为什么，武士忽然哭了起来。国王劝他不听，气得骂起来。还是好心的皇后把他牵了过去。

劳悌芬和我都笑起来。然后我们继续前进。劳悌芬哼起《出埃及记》中的一首歌，低沉之中带点凄婉。我一面听，一面数路旁的南瓜灯。最后，劳悌芬说："那一盏是我们家的南瓜灯了。"

我们把车停在铁丝网成的玉蜀黍圆仓前面。劳悌芬的母亲应铃来开门。我们进了木屋，一下子，便把夜的黑和冷和神秘全关在门外了。

"汤普森家的孩子们刚来过，"他的妈妈说，"爱弟装亚述王，简妮装贵妮薇儿，佛莱德跟在后面，什么也不像，连'不招待，就作怪'都说不清楚。"

"表演些什么？"劳悌芬笑笑说。

"简妮唱了一首歌。佛莱德什么都不会，硬给哥哥按在地上翻了一个筋斗。"

"汤姆怎么没来？"

"汤姆吗？汤姆说他已经大了，不搞这一套了。"

那年的秋季特别长，似乎可以那样一直延续下去。那一夜，我睡在劳悌芬家楼上，想到很多事情。南密歇根的原野向远方无限地伸长，伸进不可思议的黑色的遗忘里。地上，有零零落落的南瓜灯。天上，秋夜的星座在人家的屋顶上，电视的天线上，在光年外排列百年前千年前第一个万圣节前就是那样的阵图。我想得很多，很乱，很不连贯。高粱肥。大豆香。想冬天就要来了空中嗅得出雪来今年的冬天我仍将每早冷醒在单人床上。大豆香。想大豆在密歇根香着在印第安纳在俄亥俄香着的大豆在另一个大陆有没有在香着？劳悌芬是个好男孩我从来没有过弟弟。这部翻译小说，愈写愈长愈没有情节而且男主角愈益无趣，虽然气氛还算逼真。南瓜饼是好吃的，比苹果饼好吃些。高粱肥。大豆香。大豆香后又怎么样？我实在再也吟不下去了。我的床向秋夜的星空升起，升起。大豆香的下一句是什么？

那年的秋季特别长，所以说，我一整夜都浮在一首歌上。那些尚未收割的高粱，全失眠了。这么说，你就完全明白了，不是吗？那年的秋季特别长。

1966 年 10 月 24 日追忆

走过洛阳桥

我生于南京,但祖籍是福建永春,应为广义的泉州人,六岁时也曾随父母回去永春,住过半年。曾于二〇〇三年和二〇〇四年回去两次,却都未能踏上泉州的千年石梁洛阳桥,深以为憾。小时候常听父亲提起洛阳桥,印象很深。〇三年八月,已经到了古桥南端,不胜孺慕与怀古,却因溽暑难当,放弃横越。上月第三次去泉州,行前扬言,未竟之渡必将实践,所以四月二十二日,也就是返泉次日上午,在媒体热烈簇拥之下,终于踏上了北宋书法大家,亦即当时泉州太守蔡襄所建的洛阳桥。那天薄阴,细雨初歇,正宜放足踏春。尽管人多口杂,镜头焦聚,我却始终慑住心神,不忘计数,抵达北岸的桥头时,大叫一声:"一千零六十步!"

这距离,以我的脚程计算,大约是半公里,长度相当于布拉格的查理大桥(Charles Bridge)和莫斯科的红场。查理大桥和红场在国际上也许更有名,但洛阳桥更贴近我的心,我的梦,一半是因为常听父亲说起，一半是因为名字是洛阳，正如泉州又叫作晋江。

中国之大，有得是长桥、古桥，但其中另有一座同样更直通吾心，连接吾梦，那便是卢沟桥[①]。这三个字压在我心头的重量，等于抗战，压扁了我的童年。卢沟桥全以白石砌成，虽然只有四百四十米，但桥宽十七米，雕柱石狮，气象宏伟，难怪马可·波罗要叹为观止，也因此西方人叫它作 Marco Polo Bridge——但桥名马可·波罗，却无法直通吾心。

所以桥之为物，不但存在于空间，有其长度、宽度与高度，更存在于时间，有其历史的沧桑。在《桥跨黄金城》一文中我说过："以桥为鞍，骑在一匹河的背上。河乃时间之隐喻，不舍昼夜，又为逝者之别名。然而逝去的是水，不是河。自其变者而观之，河乃时间；自其不变者而观之，河又似乎永恒。桥上人观之不厌的，也许就是这逝而犹在，常而恒迁的生命。而桥，两头抓住逃不走的岸，中间放走抓不住的河，这件事的意义，形而上的可供玄学家去苦思，形而下的不妨任诗人来歌咏。"

二〇〇四年八月，我站在桥头，虽因酷热而未能上桥，却感叹此桥阅人之多而留下了四行绝句。今年果真走完了长桥，就不能只用这四行向泉州人交差了，所以终于将它续完，写成了一首四十行的整诗，了却一桩心愿。当时的四行是：

[①] 卢沟桥：位于北京市丰台区永定河，因横跨卢沟河得名，是北京市现存古老的石造联拱桥。

长长的路 我们慢慢走

刺桐花开了多少个春天?
东西塔还要对望多少年?
多少人走过了洛阳桥?
多少船开出了泉州湾?

二〇一一年五月十八日

山色满城

1

第一次看见开普敦,是在明信片上。吸住我惊异的眼光的,不是海蓝镶边的城市,而是她后面,不,上面的那一列山。因为那山势太阳刚,太奇特了,镇得下面的海市蜃楼匍匐,罗拜了一地。那山势,密实而高,厚积而重,全由赤露的盘石叠成,才是风景的主体。开普敦不过是他脚下的前景,他,却非开普敦的背景。

再看见开普敦,已经身在非洲了。一出马朗机场,那山势苍郁就已斜迤在望。高速道上,车流很畅,那石体的轮廓一路向我们展开,到得市中心,一组山势,终于正对着我们:居中而较远、顶平而延长、有如天造的石城者,是桌山(Table Mountain);耸于其左前方、地势较近、主峰峭拔而棱骨高傲者,是魔鬼峰(Devil's Peak);升于其右前方、坡势较缓、山也较低、峰头却不失其轩昂者，是狮子头（Lion's Head）。三位一体，就这么主宰了开普敦的天地，几乎不留什么余地，我们车行虽速，也只是绕着坡底打转而已。

不久我们的车道左转，沿着狮子的左坡驶行。狮首在前昂起，近逼着我们的是狮臀，叫信号山（Signal Hill），海拔三百五十米。狮首则高六百六十九米，当然也不算高。但是高度可分绝对与相对两种：绝对高度属于科学，无可争论；相对高度却属于感觉，甚至幻觉。山要感觉其高，周围必须平坦低下，才显得其孤绝独尊。如果旁边尽是连峰叠嶂，要出人头地，就太难了。所以最理想的立场便是海边，好教每一寸的海拔都不白拔。开普敦的山势显得如此顶天立地，正由于大西洋来捧场。

从狮臀曲折西南行，也有两公里多路，才到狮首坡下。左转东行，再一公里半，高松荫下，停了一排车，爬满青藤的方方石屋，就是缆车站了。

我们满怀兴奋，排队入站，等在陡斜的小月台上。仰望中，衬着千层横积的粗大方石，灰沉沉的背景上，近顶处的一个小红点飘飘而下，渐可辨认。五分钟后，红顶缆车停在我们面前。我们，中山大学访非交流团的二十位师生，和其他四五位乘客都跨了上去。

由于仰度太高，对山的一面尽是峥峥石颜，却难见其巅，有如面壁。所以最好的景观是对海的一面。才一起步，我们这辆小缆车已将山道与车站轻轻推开，把自己交托给四点六五厘米粗的钢缆，悠悠忽忽，凌虚而起。桌山嶙峋突兀的绝壁变成一棱棱惊

南半球的冬天

险的悬崖,从背后扑来我们脚边,一转眼,又纷纷向坡底退下。而远处,开普敦平坦的市区正为我们的方便渐渐倾侧过来,更远处的桌湾(Table Bay)与湾外渺漫的大西洋,也一起牵带来了。整个世界为一辆小缆车回过脸来。再看狮子头时,已经俯首在我们脚底,露出背后更开阔的大西洋水域。

桌山的缆车自1929年启用以来,每年平均载客二十九万人,从无意外。从山下到山顶,两站之间完全悬空曳吊,中途没有任何支柱,这么长而陡的单吊(single span)工程由挪威工程师史从索(Trygve Strömsoe)设计,为世界之首创。全程一千二百二十米,六分钟就到了山顶站。

开普敦的屋宇,不论高低远近,都像拜山教徒一般,伏了一地,从桌湾的码头和西北方的大西洋岸,一直罗拜到桌山脚下。但桌山毕竟通体岩壁,太陡峻了,开普敦爬不上来,只好向坡势较缓的狮山那边围了过去。俯视之中,除了正对着邓肯码头,沿着阿德里(Adderley)与雅士道(Heerengracht)那一带的摩天楼簇之外,就百万以上人口的大城说来,开普敦的高厦实在不多。当然不是因为盖不起,而是因为地大,向东,向南,一直到福尔斯湾岸尽是平原,根本无须向空发展。

开普敦在南非有"母城"(Mother City)之称,而桌山的绰号是"白发老父"(Grey Father)。这花岗石为骨,砂岩为肌的老父,地质的年龄已高达三亿五千万岁,但是南非各城之母迄今不过三百多岁,也可见神工之长,人工之短。

雅士道的广场上有一座铜像,阔边毡帽盖着披肩长发,右手扶剑支地。有铜牌告诉我们，说是纪念荷兰人范里贝克（Van Riebeek）于1652年4月6日建立开普敦城。当年从荷兰航行到非洲南岸，要足足四个月。他领了三船人从1651年圣诞前夕起锚，才三个半月便在桌湾落锚。第二天他便在桌湾上岸，选择建堡与垦种的地点。在他经营之后，远航过路的水手终于能在此地补给休憩，开普敦也成了"海上客栈"。范里贝克领辖这片新辟地，凡十年之久，才奉调远去爪哇，后来死在东方，官至印度评议会秘书。他自觉位不够高，不甚得志，身后却被尊为开普敦开埠之父，甚至印上南非的大小四色钞票，成为南非钱上唯一的人头。

18世纪初，脚下这母城经过半世纪的经营，还只有两百户人家。美国独立战争期间，英军曾拟攻占，却被法国截取，与荷兰共守。1795年，陷于英军，八年后，被荷兰夺回。1806年，再被英军所占。十四年后，四千名英国人更移民来此，逼得范里贝克当年带来的荷裔，所谓布尔人（Boer）者，纷纷退入内地，终于激起1880年及1899年至1902年的两次英荷战争（Anglo-Boer War），简称布尔战争，又称南非战争。结果是布尔人战败，在1910年成立南非联邦。1961年，经全国白人投票复决，仅以百分之五十二的多数决定改制为南非共和国，并且脱离大英联邦。

这种英荷对立的历史背景，一直保留到今日。例如英文与荷文（Afrikaans即南非荷裔使用的本地化了的变体荷文）并为南非的公用文字：四百五十万白人里，用英文的有一百七十万人，用荷文的有二百六十万人。在印度后裔的八十万所谓亚洲人中，说英语的占了六十万。南非所谓有色人种（The Coloureds）并不包括印度人及黑人,而是专指异族通婚的混血种,所混之血则来自早期的土人霍屯督人(Hottentots)荷兰东印度公司从亚洲输入的奴工,再加上早期的白人移民与后期的黑人。有色人种多达二百六十万人,其中说荷语的占二百二十多万,而说英语的只有二十八万。南非的二十一所大学里,教学所用的语文也颇分歧。例如,创校已有七十三年的开普敦大学,就是用英语教学,而我们中山大学的姐妹校斯泰伦博斯大学(Stellenbosch),则使用南非荷语。

政治上也是如此。荷裔开发的北方二省,一名奥兰治自由邦(Orange Free State),一名德兰士瓦(Transvaal),两省之名都与布尔人北迁所渡之河有关。奥兰治乃南非最长之河,横越北境而西注大西洋;越河而得自由。瓦尔(Vaal)为其主要支流:德兰士瓦,意即瓦尔对岸,也是北渡心态。

甚至首都也有两个:德兰士瓦的省会比勒陀利亚(Pretoria)是行政首都,好望角的省会开普敦则是立法首都。一北一南,也是白人间的一种平衡。

2

我们走到缆车站后面的小餐馆去,等吃午餐。那店的三角墙用干洁的花岗石砌成,白里带赭,还竖着一支烟囱,店名叫作鹰巢。我们索性坐到店外的露天阳台上去,虽然风大了一点,阳光却颇旺盛,海气吹袭,令人开胃。我坐得最靠近石栏,灰黑的石面布满花花的白苔,朝外一望,才明白为什么要叫鹰巢了。原来整个店就岌岌可危地栖在桌山西台的悬崖边上，不安的目光失足一般，顺着砂岩最西端的陡坡一路落啊落下去，一直落到大西洋岸的克利夫敦镇，被一片暖红的屋顶和前仆后继的白浪托住。再向南看去，尽管天色晴明，只见山海相缪，峰峦交错，蜿蜒南去的大半岛节外生枝，又不知伸出多少小半岛和海岬，彼此相掩，岂是一望能尽？毕竟，我只是危栖在鹰巢上而不是鹰，否则将腾身而起，鼓翅而飞，而逐"飞行的荷兰人"（The Flying Dutchman）之怨魂于长风与远浪之间。

"你的咖喱牛肉来了。"淡巧克力肤色的女侍端来了热腾腾的午餐。

大家也真饿了，便大嚼起来。坐在这么岌岌而高的露台上，在四围的山色与海气之中，虽然吃的是馆店的菜，却有野餐的豪兴。这是南半球盛夏的午晴时光，太阳照在身上，温暖而不燠燥，不过二十五六摄氏度的光景。风拂在脸上，清劲而脆爽，令人飘然欲举，有远扬之意。这感觉，满山的高松和银树（Silver Tree）似乎都同意。不知从哪里飞来了两只燕八哥，黑羽像缎一般亮，径自停在我肘边的宽石栏上，啄起面包屑来。

3

"你看，山顶在起云了。"我存指着远处说。

这时正是黄昏，我们已经回到旅馆。房间在二十七楼，巨幅的玻璃长窗正对着的，仍是那天荒地老永不磨灭的桌山。那山的庞沛体魄,密实肌理,从平地无端端地崛起,到了半空又无端端地向横里一切,削成一片三公里[①]长的平台,把南天郑重顶住,尽管远在五公里外,仍然把我的窗子整个填满。要是我离窗稍远,就只见山色,不见天色了。

　　我们在开普敦住了三天,最令我心动而目随的,就是这屏山。虽然绝对的海拔只有一千零八十七米,却因凭空涌起,一无依傍,而东西横行的山势端端正正地对着下面蜷伏的海城,具有独当一面之尊,更因魔鬼峰盘踞在右,狮头山镇守在左,倍增气势。最壮人心目的,当然还是桌山的大平顶,那奇特的轮廓与任何山迥不相同,令人一瞥不忘。那形象,一切过路的水手在两百公里外都能眺见。

　　熟悉开普敦的人都认为:没有桌山就没有开普敦,他矗立在海天之间,若一道神造的巨石屏风,为脚底这小婴城挡住两大洋的风雨。中国人把山的北面叫作山阴,开普敦在南半球,纬度相当于徐州与西安,日照的关系却正好倒过来,等于在山之阳,有这座巨壁来蔽风留日,气候自然大不相同。他俯庇着开普敦,太显赫,太重要了,绝非什么 background,而是一大 presence,抬头,永在那上面,实为一大君临,一大父佑。他矗起在半空,领受开普敦人的瞻仰崇拜,每年且以两名山难者来祭山,简直成了一尊图腾,啊不,一尊爱康。若说开普敦是七海投宿的客栈,那桌山,正是无人不识的顶天店招。

---

① 公里:千米。

八亿年前,桌山的前身原为海底的层层页岩,由远古大陆的原始河水冲入海中,沉淀累积而成。两亿年后,其中侵入花岗岩的火热熔浆,包藏不住,天长地久的层积便涌出海来。历经多次的地质变动,一亿八千万年以前,叫作冈瓦纳(Gondwanaland)的超级大陆,发生板块移动,或许就是南美洲与非洲耆耆分裂吧,桌山的前世因地壳变形弯曲,升出海面六公里之高,而表面也裂了开来,经过气候的侵蚀,变成了今日的峭峡(Platteclip Gorge)。

比起这些太古史来,范里贝克三百年前在山脚建城,简直像是新闻了。人类对这尊石神一般的父山,破坏之剧不下于万古的风雨。锡矿与金矿曾在山上开采。为了建五座水坝并通缆车,也多次炸山。而损害尤烈的,是五十年来一直难以控制的频仍山火。尽管如此,桌山上能开的花,包括紫红的蒂莎(disa)、艳红的火石楠(fire heath),和号称南非国花而状在昙花与葵花之间的千面花(protea),品种多达一千五百以上,据说比英伦三岛还要繁富。我国古代崇拜名山,帝王时常登山祭天祀地,谓之封禅。南非的古迹委员会(Historical Monuments Commission)也在1957年尊封此山为自然古迹(natural monument)。

"你看哪,云愈来愈多了!"我存在窗口兴奋地叫我。

"赶快准备相机!"我也叫起来。

轻纱薄罗似的白云,原来在山头窥探的,此刻旺盛起来,纷从山后冉冉上升。大股的云潮从桌山和魔鬼峰的连肩凹处沸沸扬扬地汹涌而来。几分钟后,来势更猛,有如决堤一般。大举来犯的云阵,翻翻滚滚,一下子就淹没了整座桌山的平顶。可以想见,在这晴艳艳的黄昏,开普敦所有的眼睛都转向南天仰望。

"这就是有名的铺桌布了。"我说。

"真是一大奇景。普通的云海哪有这种动态?简直像山背后有一只大香炉!"

"而且有仙人在扇烟,"我笑说,"真正的大香炉其实是印度洋。"

"印度洋?"我存笑问。

"对啊,这种铺桌布的景象要凑合许多条件,才能形成。"说着,我把海岬半岛的地图向她摊开,"因为地球自转的关系,南半球三十五度到四十度的纬度之间,以反时钟的方向吹着强烈的东南风。在非洲南端,这东南风就是从印度洋吹向南非的东南海岸。可是南非的山脉沿海不断,东南风受阻,一路向西寻找缺口,到了开普敦东南方,终于绕过跟好望角隔海相对的汉克立普角,浩浩荡荡刮进了福尔斯湾——"

"福尔斯湾在哪里?"她问。

"这里,"我指着好望角右边那一片亮蓝,"风到此地,湿度大增。再向西北吹,越过半岛东北部一带的平原,又被阻于桌山系列,只好沿着南边的坡势上升。升到山顶,空气骤然变冷,印度洋又暖又潮的水汽收缩成大团大团的白云,一下子就把山头罩住了。"

"为什么偏偏罩在这桌山头上呢?"她转向长窗,乘云势正盛,拍起幻灯片来。

"因为桌山是东西行,正好垂直当风。要是南北行,就聚不了风了,加以山形如壁,横长三公里多,偏偏又是平顶,所以就铺起桌布来了。"

"而且布边还垂挂下来，真有意思。"她停下相机，若有所思，"那又为什么不像瀑布，一路泻下山来呢？你看，还没到半坡，就不再往下垂了。"

"风起云涌，是因为碰上山顶的冷空气。你知道，海拔每升高一千英尺，气温就下降！"

"四度^①吧？"她说。

"——下降华氏五度半。相反地，云下降到半山，气温升高，就化掉了。所以，桌布不掉下来。"

"今天我们在山顶午餐，风倒不怎么大。"她放下相机说。

"据说上午风势暂歇，猛吹，是在下午。开普敦名列世界三大风城，反而冬天风小，夏天风大。夏天的东南风发起狠来，可以猛到时速一百二十公里，简直像高速路上开车一样了。从10月到3月，是此地的风季。本地人据说都怕吹这狂放的东南风，叫它 South-easter，但是另一方面，又叫它作 Cape Doctor——"

"海岬医生？什么意思？"

"因为风大，又常起风，蚊蚋苍蝇之类都给吹跑了，乌烟瘴气也全给驱散。所以开普敦的空气十分干净。"

"又能变化风景，又能促进健康，太妙了。"她高兴地说。

"真是名副其实的'风景'了，"我笑指桌山，"你看，桌布既然铺好，我们也该下楼去吃晚饭了吧。"

---

① 此处指华氏度，下降四度即下降约 2.22 摄氏度。下文"下降华氏五度半"即大约下降 2.78 摄氏度。

4

饭后，回到二十七楼的房间，两人同时一声惊诧。

长窗外壮观的夜景，与刚才黄昏的风景，简直是两个世界。下面的千街万户，灯火灿明错密，一大盘珍珠里闪着多少冷翡翠、热玛瑙，啊，看得人眼花。上面，啊，那横陈数里一览难尽的幻象，深沉的黛绿上间或泛着虚青。有一种磷光幽昧的感觉，美得诡秘，隐隐然令人不安。像一幅宏大得不可能的壁画，又像是天地间悬着的一幅巨毯，下临无地，崇现在半空，跟下面的灯火繁华之间隔着渊面，一片黑暗，全脱了节。

我们把房里的灯全熄掉，惊愕无言地立在窗口，做一场瞠目的壮丽梦魇。非洲之夜就是这样的吗？等到眼睛定下神来，习于窗外的天地，乃发现山腰有好几盏强光的脚灯，五盏吧，正背着城市，举目向上炯炯地探照。光的效果异常可惊，因为所有的悬崖突壁都向更高处的岩面投影，愈显得夸大而曳长。就这么一路错叠上去，愈高愈暗，要注目细察，才认出朦胧的平顶如何与夜天相接，而平顶的极右端，像一闪淡星似的，原来是与人间一线交通的缆车顶站。后来才知道，那一排脚灯的亮度是一千六百万烛光。

半夜起来小便，无意间跟那幻景猛一照面，总会再吃一惊。也许是因为全开普敦都睡着了，而桌山，那三亿五千万岁的巨灵，却正在半空，啊，醒着。

1991 年 2 月

雨城古寺

1

三访西班牙，最称心的一件事，便是我在进香客栈（Hotel Peregrina）的房间高踞八楼，西望全城，一片橘红色屋顶的尽处，正对着那千年古寺黑矗天际的双塔。白昼或是夜晚，晴日或是阴天，幢幢的塔影永远在那里，守着这小城虔敬的天空。尤其是深夜，满城的灯火已经冷落，却依旧托出它高肃的轮廓，仍在那上面，护佑着梦里的千万信徒。下雨的日子它仍在天边，撑着比中世纪更低压的阴云，黝黯的魁伟依旧挺峭，只是隔雨看来，带了几分凄清。

小城是多雨的，却下得间歇而飘忽，不像连绵不断的淫雨那样令人厌畏。旅游家罗伯特·凯因（Robert Kane）的书里危言警告:"来游的人,务必要带雨伞、雨衣,还有——只要你的行李装得下——套鞋。"除了套鞋,我都带了,也都用了,而且绝对不止一次。有一次简直不够用,因为雨来得大而且急。偏偏那一次天恩就没有随身带伞,只好与我共撑。我虽然还穿了雨衣,裤子仍然湿透。

后来就算晴天出门,也逼得天恩同时带伞。雨是没有一天不下,有时一天下好几场,忽而霏霏,忽而滂沱。一时雨气弥漫,满城都在薄薄的灰氛里,行人奔窜四散,留下广场的空旷。天恩和我也屡屡避进大教堂,或是人家的门下。只要不往身上淋,只要不带来水灾,雨,总是可喜的,像是天在安慰地,并为万物涤罪去污,还其清纯。八年来久居干旱的高雄,偶尔一场快雨,都令我惊喜而清爽。小城多雨,街上无尘,四野的树丛绿得分外滋润,人家的红顶白墙也更加醒眼了。

伊比利亚半岛是一块干燥的高台地,但是在加利西亚(Galicia)这一带,却葱茏而多雨。在此地,问人昨天是晴是阴,答案很难确定,因为雨一定是下过了,但天也似乎一度放晴。雨霁的天穹蓝得不可思议,云罗飞得那样洁白、滑爽,害得原本庄重肃穆的大教堂尖顶,几乎都要乘风而起追云而去了。

小城的晴天有一种透明而飘扬的快感,那是因为雨歇日出的关系。令我记忆深刻的,却是雨中的小城。总是从几点雨滴洒落在脸上开始,抬头看时,水墨渗漫的雨云已经压在广场的低空,连大教堂的尖顶也淹没在滋郁的雾氛里了。雨脚从远处扫射过来,溅起满地的白气蒸腾。雨伞丛生,像一片蠕蠕的黑蕈,我的头上也开了一朵。满巷的黑伞令人想起"瑟堡的雨伞",凄清得崇人。那张法国片子究竟发生了什么,早就忘了,但是伞影下那海峡雨港的气氛,却挥之不去。雨,真是一种慢性的纠缠,温柔的萦绕。往事若是有雨,就更令人追怀。我甚至有一点迷信,我死的日子该会下雨,一场雨声,将我接去。

我带去西班牙的,是一把小黑伞,可以折叠,伞柄还能缩骨,但一按开关,倏地弹开,却为我遮挡了大西洋岸的漫天风雨,因为这加利西亚的小城离海只有五六十公里。进香客只要一直朝西,不久就到了天涯海角,当地人称为"地之尽头"(Finisterre)。据说公元前2世纪,罗马兵抵达此地,西望海上日落,凛然而生虔敬的畏心。小城虽小,名气却很大,因为耶稣的使徒圣雅各,圣骸葬在此地。中世纪以来,迢迢一条朝圣之路,把无数虔敬的教徒带来此地,也带来了我,一位虔敬的非教徒。

2

小城名叫圣地亚哥,位于西班牙的西北角,人口不过七万五千,在中国人之间知者寥寥,但在天主教的世界,排名却仅在耶路撒冷和罗马之下,成为进香客奔赴的第三圣城。远从纽约、巴黎、法兰克福,一架架的班机把朝圣者载来这里。但是在一千年前,虔敬的朝圣者却是戴着海扇徽帽,披着大氅,背着行囊,挂着牧杖,杖头挂着葫芦,远从法国边境,越过白巍巍的比利牛斯山,更沿着崁塔布连的横岭一路朝西,抵达这圣地亚哥之路（Camino de Santiago）的终站。年复一年，万千的香客不畏辛苦，络绎于途，乔叟《康城故事》里的豪放女，那著名的巴斯城五嫁妇人，也在其列，只为了来这小城，向圣约翰之兄，耶稣的使徒圣雅各（St. James the Greater）膜拜顶礼。

圣雅各是西班牙的守护神，因为当年他追随耶稣，被希律王杀害，用刀斩首，据说遗体被帆船运来西班牙，隔日便到。圣地亚哥西南的河港巴德隆（Padron，西班牙文"纪念碑"之意），还有一块巨石，迄今有人指点，说是当年之舟。另一传说则是当年载圣骸来此的，是一艘大理石船。一位武士见船入港，坐骑受惊，连人带马跃入海中。武士攀上大理石船，始免溺水，但衣上却附满了海扇壳。也就因此，扇形的贝壳成了圣雅各的象征，出现在本地一切的纪念品、旗帜，或海报上。在我所住的"进香客栈"的外墙上，巨幅壁画就以香客的三大标志——牧杖、葫芦、海扇壳来构图。

公元 813 年，隐士斐拉由（Pelayo）夜见星光灿烂，照耀原野，循光一路前行，竟在林中发现了圣雅各的古墓。他向国王阿方索二世（Alfonso II）及狄奥多米洛主教（Bishop Teodomiro）陈述此事，国王便在墓地盖了一座教堂，主教也决定身后埋骨于此，其地乃称孔波斯特拉（Compostela），意即"星野"（Campo de la Estrella）。圣雅各既为西班牙之守护神，拉丁美洲也有不少城市以它为名，最大的一座是智利的首都圣地亚哥，他如古巴、阿根廷、多米尼加各国也都有此城。为了区别，就在后面再加名号，例如，古巴那一座城就叫作 Santiago de Cuba。因此西班牙西北隅的这座小城，全名是"星野的圣地亚哥"（Santiago de Compostela）。

圣雅各之墓在此发现，消息渐渐传遍天主教的各国。信徒开始来此朝圣，先是来自加利西亚这一带，后来连法国的高僧、主教也远来膜拜，终于香火鼎盛，远客不绝于途，凭着炽热的虔敬，跋涉成一条有名的"圣地亚哥之路"，在伊比利亚半岛的北部，绵延六百公里，疲困的足印上覆盖着向往的足印，年复一年，走出了中世纪信仰的轨迹，欧洲团结的标记。

古墓发现于813年7月25日，每年此日遂定为圣雅各节，罗马教廷更规定，若此日适逢星期日，则该年成为"圣年"（Año Santo），香火尤盛。自1182年起，各地天主教徒齐来圣地亚哥庆祝圣年，已有将近千年的传统。20世纪下半期以来，每逢圣年，香客更多达二百万人。1993年国际笔会在此召开年会，而由加利西亚的笔会担任地主，也是为了配合圣年的庆典。

3

在圣雅各墓地上，早年所建的教堂不到两百年，就在997年，被入侵的回教徒领袖阿芒索（Amanzor）所毁，甚至寺钟也被运去科尔多瓦（Cordova）。1075年，在原址开始重建大教堂，结构改为当时流行的罗马风格。其后不断增建，到了18世纪又加盖巴洛克格式的外壳，其形多彩多姿。正如伦敦的西敏寺，国家大典常在其中举行。早在公元1111年，阿方索六世便在大教堂中加冕登基，成为加利西亚国王。

在圣地亚哥城巍峨的众教堂中，这座古寺并非元老，而是第三；但因祭坛上方供着耶稣使徒的神龛，而主堂地下的墓穴里，有一只八十五公斤的银瓮，盛着圣雅各及其爱徒阿塔纳西奥（Atanasio）与特奥多罗（Teodoro）的遗骸，万千信徒攀山越水，正是为此而来，所以此寺不但尊耸本城，抑且号召全西班牙，甚至在天主教的世界独拥一片天空。

我游欧洲，从五十岁才开始，已经是老兴了，说不上是壮游。从此对新大陆的游兴大减，深感美国的浅近无趣。大凡旅游之趣，不出二途。外向者可以登高临远，探胜寻幽，赏造化之神奇：这方面美国、加拿大还是大有可观的。内向者可以向户内探索，神往于异国人文之源远流长，风格各具：博物馆、美术馆、旧址故居之类，最宜瞻仰。罗浮宫、大英博物馆等，当然是文化游客必拜之地，我也不能例外。但更加令我低回而不忍去，一入便不能出的，却是巍峨深閟的大教堂。

有一次在国外开会，和一位香港学者经过一座大教堂。我建议进去小坐，她不表兴趣，说，有什么好看，又说她旅外多次，从未参观教堂。一位学者这么不好奇，且不说这么不虔敬了，令我十分惊讶。我既非名正言顺的任何教徒，也非理直气壮的无神论者，对于他人敬神的场所却总有几分敬意；若是建筑壮丽，香火穆肃，而信徒又匍匐专注，仪式又隆重认真，就更添一番感动，往往更是感愧，愧此身仍在教化之外，并且羡慕他人的信仰有皈依，灵魂有寄托。

欧洲有名的大教堂，从英国的圣保罗、西敏寺到维也纳的圣司提反，从法国的圣母院、沙特寺到科隆的双塔大教堂，只要有机会瞻仰，我从不错过。若一次意犹未尽，过了几年，更携妻重访，共仰高标。我们深感，一座悠久而宏伟的大教堂，何止是宗教的圣殿，也是历史的证明，建筑的典范，帝王与高僧的冥寝，经卷与文献的守卫，名画与雕刻的珍藏。这一切，甚至比博物馆还要生动自然，因为一个民族真是这么生活过来的，带着希望与传说、恐惧与安慰。

那么一整座庄严而磅礴的建筑，踏实而稳重地压在地上，却从厚笃笃的体积和吨位之中奋发上升，向高处努力拔峭，拔起棱角森然的钟楼与塔顶，将一座纤秀的十字架，祷告一般举向青空。你走了进去，穿过圣徒和天使群守护的拱门。密实的高门在你背后闭拢，广场和市声，鸽群和全世界都关在外面，阒不可闻了。里面是另一度空间和时间。你在保护色一般的阴影里，坐在长条椅上。正堂尽头，祭坛与神龛遥遥在望，虔敬的眼神顺着交错而对称的弧线上升，仰瞻拱形的穹顶。多么崇高的空间感啊，那是愿望的方向，只有颂歌的亢奋，大风琴的隆然，才能飞上去，飞啊，绕着那圆穹回荡。七彩的玻璃窗，那么缤纷地诉说着故事，衬着外面的天色，似真似幻。忽然阳光透了进来，彩窗一下子就烧艳了，晴光熊熊，像一声祷告刚邀得了天听。久伸颈项，累了的眼神收下来，落在一长排乳白色的烛光之上，一长排清纯的素烛，肃静地烘托着低缓的时间。对着此情此景，你感觉多安详啊多安定。于是闭上了倦目，你安心睡去。

在欧洲旅行时，兴奋的心情常常苦了疲惫的双脚，歇脚的地方没有比一座大教堂更理想的了。不但来者不拒，而且那么恢宏而高的空间几乎为你所独有，任你选座休憩，闭目沉思，更无黑袍或红衣的僧侣来干扰或逐客。这是气候不侵的空间，钟表不管的时间。整个中世纪不也就这么静静地、从容不迫地流去了吗，然则冥坐一下午又有何妨？梦里不知身是客，忙而又盲，一晌贪赶。你是旅客，短暂的也是永久的，血肉之身的也是形而上的。现在你终于不忙了，似乎可以想一想灵魂的问题，而且似乎会有答案，在蔷薇窗与白烛之间，交瓣错弧的圆穹之下。

欧洲游每在夏季。一进寺门，满街的燥热和喧嚣便摆脱了。里面是清凉世界，扑面的寒寂令人醒爽。坐久了，怎堪回去尘市、尘世。

4

国际笔会的第三天上午，六十九国和地区的作家齐集，去瞻仰圣地亚哥的古教堂，并分坐于横堂（transept）两端，参加了隆重的弥撒盛典。司祭白衣红袍，朱色的披肩上佩着V字形的白绶带，垂着勋章，正喃喃诵着经文。信徒们时或齐声合诵，时或侧耳恭聆。

祭坛之后是别有洞天的神龛，在点点白烛和空际复蕊大吊灯的交映之下，翩飞的天使群簇拥着圣雅各的一身三相。一片耀金炫银的辉煌，正当其中央，头戴海扇冠、手持牧羊杖、杖头挂着葫芦，而披肩上闪着七彩宝石的，是圣雅各坐姿的石像，由 12 世纪的玛窦大师（Maestro Mateo）雕成。圣颜饱满庄严，胡髭连腮，坐镇在众目焦聚的正龛，其相为师表圣雅各（St. James the Master）。

龛窟深邃，幕顶高超，上面的俨然台榭，森然神祇，一层高于一层，光影之消长也层层加深。中层供的据说是香客圣雅各（St. James the Pilgrim），上层供的则是武士圣雅各（St. James the Knight），卫于其侧的则是西班牙四位国王：阿方索二世、拉米洛一世、费迪南五世、菲立普四世。至于四角飞翔的天使，据说是象征四大美德：谨慎、公正、强壮、中庸。尽管下面的灯火灿亮，上面的这一切生动与尊荣，从我低而且远的座位，也只能瞻仰了。

颂歌忽然升起，领唱者深沉浑厚的嗓音回旋拔高，直逼瓜瓣的穹顶，整个教堂崇伟的空间，任其尽情激荡。至其高潮，不由得聆者的心跳不被它提掖远扬，而顿觉人境若弃，神境可亲。每历此境，总令我悲喜交集，狂悦之中，深心感到久欠信仰的恨憾。原非无神论者，此刻被攫在颂歌的掌控，更无力自命为异教徒。

歌声终于停了，众人落回座位。领罢圣体，捐罢奉献，以为仪式结束了，祭坛前忽然多了八位红衣僧侣，抬来一座银光耀目的香炉，高齐人胸，并有四条长链贯穿周边的扣孔，汇于顶盖。司祭置香入炉后，他们把香炉系在空垂的粗索上，又向旁边的高石柱上解开长索的另一端。每人再以一条稍细的短索牵引长索，呈辐射之势散立八方，便合力牵起索来。原来长索绕过穹顶的一个大滑轮，此刻一端斜斜操在八僧手中，另一端则垂直而下，吊着银炉。

八僧通力牵索，身影蹲而复起，退而复进。我的目光循索而上，达于穹顶，太高了，看不出那滑轮有什么动静。另一端的银炉却抖了一下，摇晃了起来。不久就像钟摆，老成持重地来回摇摆。幅度渐摆渐开，弧势随之加猛。下面所有的仰脸也都跟着，目骇而口张。不由我不惴惴然，记起爱伦·坡的故事《深渊与荡斧》。曳着腾腾的青烟，银炉愈荡愈高，弧度也愈大了。横堂偌大的空厅，任由这冲动的一团银影，迅疾地呼呼来去，把异香播扬到四方。至其高潮，几乎要撞上对面的高窗，整座教堂都似乎随着它微晃，令人不安。有人压抑不住惊惶，低叫起来。

终于，红衣诸僧慢了下来，任香炉自己恢复平静。一片欢喜赞叹声中，天恩说："好在吊得够高。要是给撞到，岂不变成了 martyr（殉道者）？"

大家笑起来。泰国的尼妲雅（Nitaya Masavisut）却说："恐怕 martyr 没做成，倒成了一团 marshmallow（棉花糖）！"

"这仪式叫作 Botafumeiro（荡香炉），由来已久。"一位本地作家对我说，"古代的香客长途奔波而来，那时没有客栈投宿，只好将就挤在教堂里。为了净化空气，便用这香炉来播放清芬。"

"倒是有趣的传统，"我笑道，"看来香炉不轻呢。"

"对呀，五十八公斤。高度一点六米。否则哪用八个人来荡。"

正说着，正龛的圣雅各雕像背后，人影晃处，一双手臂由里面伸出来，把像的颈抱住，然后又不见了。

"那又是做什么？"我不禁纳罕。

"那又是一个传统，"那加利西亚作家说，"从中世纪起，信徒们千辛万苦来到朝圣的终站，忏悔既毕，满心欣喜，不由自主就会学浪子回头，把西班牙人信仰之父热情地拥抱一下。从前圣雅各的头上没有这一盘红蓝宝石镶边的光轮，香客就惯于把自己帽子脱下，暂且放在圣雅各头上，才便于行抱礼。"

过了一会儿，他又说："还有一个传统值得一看，跟我来吧。"便带了天恩和我，穿过人群，走到大教堂前门内的柱廊，说这一排门柱叫作"光荣之门"（Portico de la Gloria），上面所雕的两百位《圣经》人物，都是12世纪雕刻大师玛窦所制，不但是这座罗马式大建筑的镇寺之宝，也是整个罗马式艺术的罕见杰作。

石柱共为五根，均附有雕像，以斑岩刻成。居中的一根虽然较细，却是大师的主力所在，也是主题所托。最上面的半圆形拱壁，博大的气象中层次明确，序列井然。耶稣戴着王冠，跣足而坐，前臂平举，双掌向前张开，展示掌心光荣的伤痕。他的脸略向前倾，目光俯视，神情宁静之中似在沉思；长发与密须鬓茂相接，曲线起伏流畅，十分俊美。我仰瞻久之，感动莫名。

紧侍在耶稣身旁的，是马可、路加、约翰、马太四位传福音的使徒。在它左侧柱端展示手卷而立的，是摩西、以赛亚、但以理、耶利米四先知；相对而立于右侧柱端的，则为彼得、保罗、圣雅各、约翰四使徒。凡此皆为荦荦大者，其气象在严整之中各有殊胜。至于穿插其间，或坐或站、或大或小、或正或叙、或俯或仰，环拱于耶稣四周、罗列于半圆弧上者，令人目眩颈酸、意夺神摇，不忍移目却又不能久仰，是上百的圣经人物。赞叹之余，令人恍若回到了中世纪，圣乐隐隐，不，回到了《旧约》的天地。

耶稣坐像高三米，大于常人。在他脚底，左手扶着希腊字母T形长杖，右手展示"主遣我来"的经卷，须发并茂而头戴光轮，是圣雅各坐在主柱之顶。圣雅各的雕像较小，只及耶稣的三分之二。在圣雅各脚下则是一截所谓"基督柱"（Christological Column），关系基督学（Christology）至巨。

那是一根白斑岩镌成的石柱，八百年前大师玛窦在上面浮雕的繁复形象，把基督亦圣亦凡的家谱合为一体，以示基督的神性兼人性。桂冠所示乃基督的神性，其形为戴冕之父怀抱圣子，头顶是张翼的白鸽，象征圣灵。柱身则示基督的人性；但见一老者卧地，状若以赛亚，胸口生出一树，枝柯纵横之间人物隐现，可以指认者一为大卫王，手抚竖琴，一为所罗门王，手持权杖，皆为以色列之君。飘扬在树顶的，则是玛丽亚。

那位加利西亚作家正为我们指点基督的种种，又一批香客拥了进来，参加排队的人群。队排得又长，移得又慢，却轻声笑语而秩序井然。队首的人伸出右手，把五指插入柱上盘错的树根，然后弯腰俯首，用额头去贴靠柱基的雕像，状至虔诚。若是一家人，老老少少也都依此行体。太小的婴孩，则由母亲抱着把小拳头探入树洞。白发的额头俯磕在柱础上，那样的姿态最令我动心。怀抱信仰、又有生动的仪式可以表达的人，总令我感动，而且羡慕。

我们的加利西亚朋友说："这叫作圣徒敲头（Santo dos Croques）。"

"什么意思呢？"天恩一面对着行礼的母子照相，那妈妈报他一笑。

"哦，那石像据说是玛窦的自雕像。跟他碰头，可以吸收他的灵感。用手探树根呢，伸进几根指头，就能领受几次神恩。"

5

我和天恩在那小城一连住了七天。只要不开会，两人就走遍城中的斜街窄巷，不是去小馆子吃海鲜饭（paella）、烤鲜虾（gambas a la plancha），灌以红酒，便是去小店买一些银质的纪念品，例如，用那香炉为饰的项链。但我们更常回到那古寺，在四方的奥勃拉兑洛广场徘徊，看持杖来去的真假香客。人来人往，那千年古寺永远矗遮在那里，雨呢总是下下歇歇，伞呢当然也张张收收。一切是那么天长地久，自然而然。

我们很快就进入了情况，把圣雅各之城的一切，无论为圣为凡，都认为当然。街道当然叫 rua，不叫 road；生菜当然叫 ensalada，不叫 Salad；至于圣雅各，当然不叫 St. James 而叫 Santiago。连佛徒释子如天恩都习以为常了，何况是我呢？台湾太遥远了，消息全无。我们蜕去了附身的时空——当然，连表都重调过了。

气候十分凉爽，下雨就更冷了，早晚尤甚，只有十二摄氏度。从北回归线以南来的,当然珍惜这夏天里的秋天。奇怪的是,街上常常下雨,室内却很收干,不觉潮湿。

  加利西亚语其实是西班牙语和葡萄牙语的表亲,对于略识 Castellano 与 Catalán,并去过巴西的天恩与我,不全陌生。当然不敢奢望如鱼得水,但两人凑合着相濡以沫,还是勉可应付。加以西班牙菜那么对胃口,物价又那么便宜,乡人又那么和善可亲,不但夜行无惧,甚至街头也难见啸聚的少年。天恩天真地说:"再给我们两个月,就能吃遍西班牙菜,喝尽加利西亚酒,跟阿米哥们也能谈天说地了。"

  临行之晨,风雨凄凄。爱比利亚航空公司的小班机奋翅攀升,再回望时,七日的雨城,千年的古寺,都留在阴云下方了。

1993 年 10 月

不朽,是一堆顽石

那天在悠悠的西敏古寺里,众鬼寂寂,所有的石像什么也没说。游客自纽约来,游客自欧陆,左顾右盼,恐后争先,一批批的游客,也吓得什么都不敢妄说。岑寂中,只听得那该死的向导,无礼加上无知,在空厅堂上指东点西,制造合法的噪声。十个向导,有九个进不了天国。但最后,那卑微断续的噪声,亦如历史上大小事件的骚响一样,终于寂灭,在西敏古寺深沉的肃穆之中。游客散后,他兀自坐在大理石精之间,低回久不能去。那些石精铜怪,百魄千魂的噤嘿之中,自有一种冥冥的雄辩,再响的噪声也辩它不赢,一层深似一层的阴影里,有一种音乐,灰扑扑地安抚他敏感的神经。当晚回到旅舍,他告诉自己的日记:"那是一座特大号的鬼屋。徘徊在幽光中,被那样的鬼所祟,却是无比的安慰。大过瘾。大感动。那样的被祟等于被祝福。很久。没有流那样的泪了。"

说它是一座特大号的鬼屋,一点也没错。在那座嵯峨的中世纪古寺里,幢幢作祟的鬼魂,可分三类。掘墓埋骨的,是实鬼。立碑留名的,是虚鬼。勒石供像的一类,有虚有实,无以名之,只好叫它作石精了。而无论是据墓为鬼也好,附石成精也好,这座古寺里的鬼籍是十分杂乱的。帝王与布衣,俗众与僧侣,同一拱巍巍的屋顶下,鼾息相闻。高高低低,那些嶙峋的雕像,或立或坐,或倚或卧,或镀金,或敷彩,异代的血肉都化为同穴的冷魂,一矿的顽块。李白所说"屈平词赋悬日月,楚王台榭空山丘",在此地并不适用。在西敏寺中,诗人一隅独拥,固然受百代的推崇,而帝王的墓穴,将相的遗容,也遍受四方的游客瞻仰。1966年,西敏寺庆祝立寺九百年,宣扬的精神正是"万民一体"。

西敏寺的位置,居伦敦的中心而稍稍偏南,诗人斯宾塞笔下的"风流的泰晤士河"在其东缓缓流过,华兹华斯驻足流连的西敏寺大桥凌乎波上,在寺之东北。早在7世纪初年,这块地面已建过教堂。1065年,敕建西敏寺的英王,号称"忏悔的爱德华"。次年诺曼底公爵威廉北渡海峡,征服了大不列颠,那年的圣诞节就在西敏寺举行加冕大典,成为法裔的第一任英王。从此,在西敏寺加冕,成了英国宫廷的传统,而历代的帝王卿相高僧名将皇后王子等,也纷纷葬在寺中。不葬在此地的,也往往立碑勒铭,以志不忘。西敏寺,是一座大理石砌的教堂,七色的玻璃窗开向天国,至今仍是英国人每日祈祷的圣殿。但同时是一座石气阴森阳光罕见的博物巨馆,石椁铜棺,拱门回廊,无一不通向死亡,无一不通向幽暗的过去。

对于他,西敏古寺不只是这些。坐在南翼大壁画前的古木排椅上,两侧是历代诗人的雕像,凌空是百尺拱柱高举的屋顶,远眺北翼,历代将相成排的白石立像尽处是所罗门的走廊,其上是直径二十英尺的蔷薇圆窗,七彩斑斓的蔷瓣上,十一使徒的绘像,染花了上界的天光——这么坐着,仰望着,恍恍惚惚,神游于天人之际,西敏寺就是一部立体的英国历史,就是一部,尤其是对于他,石砌的英国文学史。

不敢高声语,恐惊天上人。诗人之隅,他是屏息敛气,放轻了脚步走进来的。忽然他已经立在诗魂蠢动的中间,四周,一尊尊的石像,顶上,一方方的浮雕,脚下,一块接一块的纪念碑平嵌于地板,令人落脚都为难。天使步踌躇,妄人踹莫顾,他低吟起颇普的名句来。似曾相识的那许多石像,逼近去端详,退后来打量,或正面瞻仰,或旁行侧望,或碑文喃喃以沉吟,或警句津津而冥想,诗人虽一角,竟低回了两小时。终于在褐色的老木椅上坐下来,背着哥德斯密司的侧面浮雕,仰望着崇高的空间怔怔出神。6世纪的英诗,巡礼两小时。那么多的形象,联想,感想,疲了,眼睛,酸了,肩颈,让心灵慢慢去调整。

最老的诗魂,是六百多岁的乔叟。诗人晚年贫苦,曾因负债被告,乃戏笔写了一首谐诗,向自己的阮囊诉穷。亨利四世读诗会意,加赐乔叟年俸。不到几个月,乔叟却病死在寺侧一小屋中,时为1400年10月25日。寺方葬他在寺之南翼,尸体则由东向的侧门抬入。但身后之事并未了结。原来乔叟埋骨圣殿，不是因为他是英诗开卷的大师，或什么"英诗之父"之类的名义——那都是后来的事——而是因为他做过朝官，当过宫中的工务总监，死前的寓所又恰是寺方所赁。七十多年后，卡克斯敦在南翼墙外装置了英国第一架印刷机，才向寺方请准在乔叟墓上刻石致敬，说明墓中人是一位诗人。又过了八十年的光景，英国人对自己的这位诗翁认识渐深，乃于1556年，把乔叟从朱艾敦此时立像的地点，迁葬于今日游客所瞻仰的新墓。当时的诗人名布礼根者，更为他嵌立一方巨碑，横于硕大典丽的石棺之上，赫赫的诗名由是而彰。其后又过百年，大诗人朱艾敦提出"英诗之父，或竟亦英诗之王"之说，乔叟的地位更见崇高。所谓寂寞身后事，看来也真不简单。盖棺之论难定，一个民族，有时要看上几十年几百年，才看得清自己的诗魂。

乔叟死后二百年，另一位诗人葬到西敏寺来。1598年的圣诞前夕，斯宾塞从兵燹余烬的爱尔兰逃来伦敦，贫病交加，不到一月便死了。亲友遵他遗愿，葬他于乔叟的墓旁，他的棺木入寺，也是经由当年的同一道侧门。据说写诗吊他的诗友，当场即将所写的诗和所用的笔一齐投入墓中陪葬。直到1620年，杜赛特伯爵夫人才在他墓上立碑纪念，可见斯宾塞死时，诗名也不很隆。

其实盛名即如莎士比亚，盖棺之时，也不是立刻就被西敏寺接纳的。英国最伟大的诗人，死于1616年，却要等到1740年，在寺中才有石可托。1674年弥尔顿死时，清教徒的革命早已失败，在政治上，弥尔顿是一个失势的叛徒。时人报道他的死讯，十分冷淡，只说他是"一个失明的老人，书写拉丁文件维生"。

六十三年之后，他长发垂肩的半身像才高高俯临于诗人之隅。

西敏寺南翼这一角，成为名诗人埋骨之地，既始于乔叟与斯宾塞，到了18世纪，已经相沿成习。1711年，散文家艾迪生在《阅世小品》里已经称此地为"诗人之苑"，他说："我发现苑中或葬诗人而未立其碑，或有其碑而未葬其人。"至于首先使用"诗人之隅"这名字的，据说是后来自己也立碑其间的哥德斯密司。

诗人之隅的形成，是一个缓慢的传统而且不规则。说它是石砌的一部诗史吧，它实在建得不够严整。时间那盲匠运斤成风，鬼斧过处固然留下了骇目的神工，失手的地方也着实不少。例如，石像罗列，重镇的诗魁文豪之间就缭绕着一缕缕虚魅游魂。有名无实，不，有石无名，百年后，犹飘飘浮浮没有个安顿。雪莱与济慈，有碑无像。柯勒律治有半身像而无碑。相形之下，普赖尔（Matthew Prior）不但供像立碑，而且天使环侍，独据一龛，未免大而无当了。至于谢德威尔（Thomas Shadwell）不但浮雕半身，甚且桂冠加顶，帷饰俨然，乍睹之下，他不禁哑然失笑，想起的，当然是德莱顿那些断金削玉冷锋凛人的千古名句。德莱顿的讽刺诗犹如一块坚冰，谢德威尔冥顽的形象急冻冷藏在里面，透明而凝定。谢德威尔亦自有一种不朽，但这种不朽不是他自己光荣挣来的，是朱艾敦给骂出来的，算是一种反面的永恒，否定的纪念吧。跟天才吵架，是没有多大好处的。

诗人之隅，不但是历代时尚的记录，更是英国官方态度的留影。拜伦生前名闻全欧，时誉之隆，当然有资格在西敏寺中立石分土，但是他那叛徒的形象，法律、名教、朝廷，皆不能容，注定他是要埋骨异乡。浪漫派三位前辈都安葬本土,三位晚辈都魂游海外,叶飘飘而归不了根。拜伦死时,他的朋友霍普浩司出面呼吁,要葬他在西敏寺里而不得。其后一个半世纪,西敏寺之门始终不肯为拜伦而开。19世纪末年,又有人提议为他立碑,为住持布瑞德礼所峻拒,引起一场论战。直到1969年5月,诗人之隅的地上才算为这位浪子奠了一方大理石碑,上面刻着:"拜伦勋爵,1824年逝于希腊之米索朗吉,享年三十六岁。"英国和她的叛徒争吵了一百多年,到此才告和解。激怒英国上流社会的,是一个魔鬼附身的血肉之躯,被原谅的,却是一堆白骨了。

本土的诗人,魂飘海外,一放便是百年,外国的诗客却高供在像座上,任人膜拜,是诗人之隅的另一种倒置。莎士比亚、弥尔顿、布雷克、拜伦,都要等几十年甚至百年才能进寺,新大陆的朗费罗,死后两年便进来了。丁尼生身后的柱石上,却是澳大利亚的二流诗人高登(A.L.Gordon)。颇普不在,他是天主教徒。洛里爵士也不在,他已成为西敏宫中的冤鬼。可是大诗人叶芝呢,他又在哪里?

甚至诗人之隅的名字,也发生了问题。南翼的这一带,鬼籍有多么零乱。有的鬼实葬在此地,墓上供着巍然的雕像,像座刻着堂皇的碑铭,例如,德莱顿、约翰逊、詹森。至于葬在他处的诗魂,有的在此只有雕像和碑铭,例如,华兹华斯和莎翁,有的有像无碑,例如柯勒律治和斯考特,有的有碑无像,例如拜伦和奥登。生前的遭遇不同,死后的待遇也相异,这些幽灵之中,除诗魂之外,尚有散文家、小说家、戏剧家、批评家、音乐家、学者、贵妇、僧侣和将军，诗人的一角也不尽归于诗人。大理石的殿堂，碑接着碑，雕像凝望着雕像，深刻拉丁文的记忆、圣乐绕梁，犹缭绕亨德尔的雕像。哈代的地碑毗邻狄更斯的地碑。麦考利偏头侧耳，听远处，历史迂缓的回音？巧舌的名伶，贾礼克那样优雅的手势，掀开的绒幕里，是哪一出悲壮的莎剧？

而无论是雄辩滔滔或情话喃喃，无论是风琴的圣乐起伏如海潮，大理石的听众，今天，都十分安宁，冷石的耳朵，白石的盲瞳，此刻都十分肃静。游客自管自来去，朝代自管自轮替，最后留下的，总是这一方方、一棱棱、一座座，坚冷凝重的大理白石。日磋月磨，不可磨灭的石精石怪永远祟着中古这厅堂。风晚或月夜，那边的老钟楼当当敲罢十二时，游人散尽，寺僧在梦魇里翻一个身，这时，石像们会不会全部醒来，可惊千百对眼瞳，在暗处矍矍眈眈，无声地旋转。被不朽罚站的立像，这时，也该换一换脚了。

因为古典的大理石雕像，在此地正如在他处一样，眼虽睁而无瞳如盲。传神尽在阿堵，画龙端待点睛。希腊人放过这灵魂的穴口，一任它空空茫茫面对着大荒，真是聪明，因为石像所视不是我们的世界，原不由我们向那盈寸间去揣摩，妄想。什么都不说的，说得最多。倚柱支颐，莎翁的立姿，俯首沉吟，华兹华斯的坐像，德莱顿的儒雅，弥尔顿的严肃。诗人之隅大大小小的石像，全身的，半身的，侧面浮雕的，全盲了那对灵珠，不与世间人的眼神灼灼相接。天人之间原应有一堵墙，哪怕是一对空眶。

死者的心声相通，以火焰为舌，
活人的语言远不可接。

所以隐隐他感到，每到午夜，这一对对伪装的盲睛，在暗里会全部活起来，空厅里一片明灭的青磷。但此刻正是半下午，寺门未闭，零落的游客三三两两，在厅上逡巡犹未去。

也就在此时，以为览尽了所有的石魂，一转过头去，布雷克的青铜半身像却和他猛打个照面！刚强坚硬的圆头颅光光，额上现两三条纹路像凿在绝壁上，眉下的岩穴深深，睁两只可怖的眼睛，瞳孔漆漆黑，那眼神惊愕地眺出去，像一层层现象的尽头骤见到，预言里骇目的远景，不忍注目又不能不逼视。雕者亦惊亦怒，铜像亦怒亦惊，鼻脊与嘴唇紧闭的棱角，阴影，塑出瘦削的颊骨沉毅的风神。更瘦更刚是肩胛骨和宽大的肩膀，头颅和颈项从其上挺起矗一座独立的顽岗。布雷克青铜半身像的眼睛是两个火山口，近处的空气都怕被灼伤。惶惶然他立在那铜像前，也怕被灼伤又希望被灼伤。于是四周的石像都显得太驯服、太乖、太软弱、太多脂肪，锁闭的盲瞳与盲瞳之间唯有这铜像瞋目而裂眦。古典脉脉。现代眈眈。

铜像是艾普斯坦的杰作。千座百座都兢兢仰望过，没一座令他悸栗震动像这座。布雷克默默奋斗了一生，老而更贫，死后草草埋彭山的荒郊，墓上连一块碑也未竖。生前世人都目他为狂人，现在，又追认他为浪漫派的先驱大师，既叹其诗，复惊其画。艾普斯坦的雕塑，粗犷沉雄出于罗丹，每出一品，辄令观者骇怪不安。这座青铜像是他死前两年的力作,那是1957年,来供于诗人之隅,正是布雷克诞生的两百周年。承认一位天才,有时需要很久的时间。

诗人之隅虽为传统的圣地,却也为现代而开放。现代诗人在其中有碑题名者,依生年先后,有哈代、吉普林、梅士菲尔、艾略特、奥登。如以对现代诗坛的实际影响而言,则尚有布雷克与霍普金斯。除了布莱克立有雕像之外,其他六人的长方形石碑都嵌在地上。年代愈晚,诗人之隅要供置石像便愈少空间,鬼满为患,后代的诗魂只好委屈些,平铺在地板上了。哈代的情形最特别:他之入葬西敏寺,小说家的身份恐大于诗名,同时,葬在寺里,是他的骨灰,而他的心呢,却照他遗嘱所要求,是埋在道且斯特的故乡。艾略特和奥登,死后便入了诗人之隅,足证两人诗名之盛,而英国的政教也不厚古人而薄今人,奥登是入寺的最后一人。他死于1973年9月,葬在奥地利。第二年10月,他的地碑便在西敏寺揭幕,由桂冠诗人贝杰曼献上桂冠。

下一位可轮到贝杰曼自己?奥登死时才六十六岁,贝杰曼今年却已过七十。他从东方一海港来乔叟和莎翁的故乡,四十多国的作家也和他一样,自热带自寒带的山城与水港,济慈的一笺书,书中的一念信仰,群彦倜傥要仔细参详。七天前也是一个下午,他曾和莎髯的诗苗诗裔分一席讲坛;右侧是白头怒发鹰颜矍然的斯彭德,再右,是清瘦而易愠的洛威尔,半被他挡住的,是贝杰曼好脾气的龙钟侧影。洛威尔是美国人,虽然西敏寺收纳过朗费罗、亨利·詹姆斯、艾略特等几位美国作家,看来诗人之隅难成为他的永久户籍。然则斯彭德的鹰隼,贝杰曼的龙钟,又如何?两人都有可能,贝杰曼的机会也许更大,但两人都不是一代诗宗。斯彭德崛起于30年代,一度与奥登齐名,并为牛津出身的左翼诗人。四十年的文坛和政局,尘土落定,愤怒的牛津少年,一回头已成历史——出征时那批少年誓必反抗法西斯追随马克思,到半途旗摧马蹶,壮士齐回头,遥挥手,别了那炫目而不验的神。The God That Failed!奥登去花旗下,作客在山姆叔叔家,弗洛伊德,祈克果,一路拜回去回到耶稣。戴·路易斯继梅士菲尔做桂冠诗人,死了已四年。麦克尼斯做了古典文学教授,进了英国广播公司,作古已十三载。牛津四杰只剩下茕茕这一人,老矣。白发皑皑的诗翁坐在他右侧,喉音苍老迟滞中仍透出了刚毅。四十年来,一手挥笔,一手麦克风,从加入共产党到诀别马列,文坛政坛耗尽了此生。而缪斯呢是被他冷落了,二十年来已少见他新句。诗名,已落在奥登下,传诵众口又不及贝杰曼,斯彭德最后的地址该不是西敏寺。诗人之隅,当然也不是缪斯的天秤,铢两悉称能鉴定诗骨的重轻,里面住的诗魂,有一些,不如斯彭德远甚。诗人死后,有一块白石安慰荒土,也就算不寂寞了,有一座大教堂峥嵘而高,广蔽历代的诗魂把栩栩的石像萦绕,当然更美好。但一位诗人最大的安慰,是他的诗句传诵于后世,活在发烫的唇上快速的血里,所谓不朽,不必像大理石那样冰凉。

可是那天下午,南翼那高挺的石柱下坐着,四周的雕像那么宁静地守着,他回到寺深僧肃的中世纪悠悠,缓缓地他仰起脸来

063

仰起来，那样光灿华美的一扇又一扇玻璃长窗更上面，猗猗盛哉是倒心形的蔷薇巨窗，天使成群比翼在窗口飞翔。耿耿诗魂安息在这样的祝福里，是可羡的。19世纪初，华兹华斯的血肉之身还没有僵成冥坐的石像，丁尼生、勃朗宁犹在孩提的时代，这座歌德式的庞大建筑已经是很老很老了——烟熏石黑，七色斑斑黑线勾勒的厚窗蔽暗了白昼。涉海来拜的伊尔文所见的西敏寺，是"死神的帝国：死神冠冕俨然，坐镇他宏伟而阴森的宫殿，笑傲人世光荣的遗迹，把尘土和遗忘满布在君王的碑上。"今日的西敏寺，比伊尔文凭吊时更老了一百多岁，却已大加刮磨清扫：雕门镂扉，铜像石碑，色彩凡有剥落，都细加髹绘，玻璃花窗新镶千扇，烛如复瓣的大吊灯，一蕊蕊一簇簇从高不可仰的屋顶拱脊上一落七八丈当头悬下来，隐隐似空中有缥缈的圣乐，啊这永生的殿堂。

对诗人自己说来，诗，只是生前的浮名，徒增扰攘，何足疗饥，死后即使有不朽的远景如蜃楼，墓中的白骸也笑不出声来。正如他，在一个半岛的秋夜所吟：

　　倘那人老去还不忘写诗
　　灯就陪他低诵又沉吟
　　身后事付乱草与繁星

但对一个民族，这却是千秋的盛业，诗柱一折，文庙岌岌乎必将倾。无论如何，西敏寺能辟出这一隅来招诗魂，供后人仰慕低回,挹不老桂枝之清芳,总是多情可爱的传统。而他,迢迢自东方来,心香一缕,来爱德华古英王的教堂,顶礼的不是帝后的陵寝与偃像,世胄的旌旗,将相的功勋,是那些漱齿犹香触舌犹烫的诗句和句中吟啸歌哭的诗魂。怅望异国,萧条异代,伤心此时。深闿隔世的西敏古寺啊。寺门九重石壁外面是现代。卫星和巨无霸,Honda 和 Minolta 的现代。车塞于途,人囚于市,鱼死于江海的现代。所有的古迹都陷落,蹂躏于美国的旅行团去后又来日本的游客。天罗地网,难逃口号与广告的噪声。月球可登、火星可探而有面墙不可攀、有条小河不可渡的现代。但此刻,他感到无比的宁静。一切乱象与噪声,纷繁无定,在诗人之隅的永寂里,都已沉淀,留给他的,是一个透明的信念,坚信一首诗的沉默比所有的扩音器加起来更清晰,比机枪的口才、野炮的雄辩更持久。坚信文字的冰库能冷藏最烫的激情、最新鲜的想象。时间,你带得走歌者带不走歌。

西敏寺乃消灭万籁、释尽众嫌的大堂,千载宿怨在其中埋葬,史家麦科利如此说。此地长眠的千百鬼魂,碑石相接,生前为敌为友,死后相伴相邻,一任慈蔼的遗忘覆盖着,混沌沌而不分。英国的母体一视同仁,将他们全领了回去,冥冥中似乎在说:"唉,都是我孩子,一起都回来吧,愿一切都被饶恕。"弥尔顿革命失败,死犹盲眼之罪人。布雷克殁时,忙碌的伦敦太忙碌,浑然不知。拜伦和雪莱,被拒于家岛的门外,悠悠游魂无主,流落在南欧的江湖。有名的野鬼阴魂总难散,最后是母土心软,一一招回了西敏寺去。到黄昏,所有的鸦都必须归塔。诗人的南翼对公侯的北堂，月桂擎天，同样是为栋为梁，西敏寺兼容的传统是可贵的。他想起自己的家渺渺在东方，昆仑高，黄河长，一百条泰晤士的波涛也注不满长江，他想起自己的家里激辩正高昂，仇恨，是人人上街佩戴的假面，所有的扩音器蝉噪同一个单腔单调，桂叶都编成扫帚，标语贴满屈原的额头。

出得寺来，伦敦的街上已近黄昏，八百万人的红尘把他卷进去，汇入浮光掠影的街景。这便是肩相摩踵相接古老又时新的伦敦，西敏寺中的那些鬼魂，用血肉之身爱过，咒过，闹过的名城。这样的街上曾走过孙中山，丘吉尔，马克思，当伦敦较小较矮，满地是水塘，更走过女王的车辇和红氅披肩的少年。四百年后，执节戴冕的是另一个伊丽莎白在白金汉宫，但谁是锦心绣口另一个威廉？在一排犹青的枫树下他回过头去。那灰扑扑的西敏寺，和更为魁伟的国会，夕照里，峻拔的钟楼，高高低低的尖塔纤顶，正托着天色迥蓝和云影轻轻。他向前走去，沿着一排排黑漆的铁栅长栏，然后是斑马线和过街的绿灯，红圈蓝杠的地下车标志下，七色鲜丽的报摊水果摊，纪念品商店的橱窗里，一列列红衣黑裤的卫兵，玻璃上映出的却是两个警伯的侧像，高盔岌岌而束颈。他沿着风车堤缓缓向南走，逆着泰晤士河的东流，看不厌堤上的榆树，树外的近桥和远桥，过桥的双层红巴士，游河的白艇。

——水仙水神已散尽，
泰晤士河啊你悠悠地流，我歌犹未休。

从豪健的乔叟到聪明的奥登，一江东流水奶过多少代诗人？而他的母奶呢，奶他的汨罗江水饮他的淡水河呢？那年是中国大地震西欧大旱的一年，整个英伦在喘气，惴惴于二百五十年未见的苦旱。圣杰姆斯公园和海德公园的草地，枯黄一片，恰如艾略特所预言，长靠背椅上总有三两个老人，在亢旱的月份枯坐待雨。而就在同时一场大台风，把小小的香港笞成旋转的陀螺，暴雨急湍，冲断了九广铁路。那晚是他在伦敦最后的一晚，那天是8月最后的一天。一架波音707在盖特威克机场等他，不同的风云在不同的领空，东方迢迢，是他的起点和终点。他是西征倦游的海客，一颗心惦着三处的家：一处是新窝，寄在多风的半岛；一处是旧巢，偎在多雨的岛城，多雨而多情；而真正的一处那无所不载的后土，倒显得生疏了，纵乡心是铁砧也经不起三十载的捶打捶打，怕早已忘了他吧，虽然他不能忘记。

当晚在旅馆的台灯下，他这样结束自己的日记："这世界，来时她送我两件礼物，一件是肉身，一件是语文。走时，这两件都要还她，一件，已被我用坏，连她自己也认不出来；另一件我愈用愈好，还她时比领来时更活更新。纵我做她的孩子有千般不是，最后我或许会被宽恕，欣然被认作她的孩子。"

1976 年 10 月追记

南半球的冬天

飞行袋鼠"旷达士"（Qantas）才一展翅，偌大的新几内亚，怎么竟缩成两只青螺，大的一只，是维多利亚峰，那么小的一只，该就是塞克林峰了吧。都是海拔万英尺以上的高峰，此刻，在"旷达士"的翼下，却纤小可玩，一簇黛青，娇不盈握，虚虚幻幻浮动在水波不兴一碧千里的"南溟"之上。不是水波不兴，是"旷达士"太旷达了，俯仰之间，忽已睥睨八荒，游戏云表，遂无视于海涛的起起伏伏了。不到一杯橙汁的工夫，新几内亚的郁郁苍苍，倏已陆沉，我们的老地球，所有故乡的故乡，一切国恨家仇的所依所托，顷刻之间都已消逝。所谓地球，变成了一只水球，好蓝好美的一只水球，在好不真实的空间好缓好慢地旋转，昼转成夜，春转成秋，青青的少年转成白头。故国神游，多情应笑我早生华发。水汪汪的一只蓝眼睛，造物的水族馆，下面泳多少鲨多少鲸，多少亿兆的鱼虾在暖洋洋的热带海中悠然摆尾，多少岛多少屿在高更的梦史蒂文森的记忆里午寐，鼾声均匀。只是我的想象罢了，那澄蓝的大眼睛笑得很含蓄，可是什么秘密也没有说。古往今来，她的眼里该只有日起月落，星出星没，映现一些最原始的抽象图形。留下我，上扪无天，下临无地，一只"旷达士"鹤一般地骑着，虚悬在中间。头等舱的邻座，不是李白，不是苏轼，是双下巴大肚皮的西方绅士。一杯酒握着，不知该邀谁对饮。

有一种叫作云的骗子，什么人都骗，就是骗不了"旷达士"。"旷达士"，一飞冲天的现代鹏鸟，经纬线织成密密的网，再也网它不住。北半球飞来南半球，我骑在"旷达士"的背上，"旷达士"骑在云的背上。飞上三万英尺的高空，云便留在下面，制造它骗人的气候去了。有时它层层叠起，雪峰竞拔，冰崖争高，一望无尽的皑皑，疑是青藏高原雄踞在世界之脊。有时它皎如白莲，幻开千朵，无风的岑寂中，"旷达士"翩翩飞翔，入莲出莲，像一只恋莲的蜻蜓。仰望白云，是人。俯玩白云，是仙。仙在常中观变，在阴晴之外观阴晴，仙是我。哪怕是幻觉，哪怕仅仅是几个时辰。

"旷达士"从北半球飞来，五千里，只在新几内亚的南岸息一息羽毛。摩尔斯比（Port Moresby）浸在温暖的海水里，刚从热带的夜里醒来，机场四周的青山和遍山的丛林，晓色中，显得生机郁勃，绵延不尽。机场上见到好多巴布亚的土人，肤色深棕近黑，阔鼻、厚唇、凹陷的眼眶中，眸光炯炯探人，很是可畏。

从新几内亚向南飞，下面便是美丽的珊瑚海（Coral Sea）了。

太平洋水,澈澈澄澄清清,浮云开处,一望见底,见到有名的珊瑚礁,绰号"屏藩大礁"(Great Barrier Reef),迤迤逦逦,零零落落,系住澳大利亚的东北海岸,好精巧的一条珊瑚带子。珊瑚是浅红色,珊瑚礁呢,说也奇怪,却是青绿色。开始我简直看不懂。双层玻璃的机窗下,奇迹一般浮现一块小岛,四周湖绿,托出中央的一方翠青。正觉这小岛好漂亮好有意思,前面似真似幻,竟又浮来一块,形状不同,青绿色泽的配合则大致相同。猜疑未定,远方海上又出现了,不是一个,而是一群,长的长,短的短,不规不则得乖乖巧巧,玲玲珑珑,那样讨人喜欢的图案层出不穷,令人简直不暇目迎目送。诗人侯伯特(George Herbert)说:

　　色泽鲜丽
　　令仓促的观者拭目重看

　　惊愕间,我真的揉揉眼睛,被香港的红尘吹翳了的眼睛,仔细再看一遍。不是岛!青绿色的图形是平铺在水底,不是突出在水面。啊我知道了,这就是闻名世界的所谓"屏藩大礁"了。透明的柔蓝中漾现变化无穷的青绿翠礁,三种凉凉的颜色配合得那么谐美而典雅,织成海神最豪华的地毯。数百丛的珊瑚礁,检阅了一个多小时才看完。

　　如果我是人鱼,一定和我的雌人鱼,选这些珊瑚为家。风平浪静的日子,和她并坐在最小的一丛礁上,用一只大海螺吹起德彪西袅袅的曲子,使所有的船都迷了路。可是我不是人鱼,甚至也不是飞鱼，因为"旷达士"要载我去袋鼠之邦，食火鸡之国，访问七个星期，去会见澳大利亚的作家，画家，学者，参观澳大利亚的学府，画廊，音乐厅，博物馆。不，我是一位访问的作家，不是人鱼。正如普鲁夫洛克所说，我不是犹利西斯，女神和雌人鱼不为我歌唱。

越过童话的珊瑚海，便是浅褐土红相间的荒地，澳大利亚庞然的体魄在望。最后我看见一个港，港口我看见一座城，一座铁桥黑虹一般架在港上，对海的大歌剧院蚌壳一般张着复瓣的白屋顶，像在听珊瑚海人鱼的歌吟。"旷达士"盘旋扑下，倾侧中，我看见一排排整齐的红砖屋，和碧湛湛的海水对照好鲜明。然后是玩具的车队，在四线的高速公路上流来流去。然后机身辘辘，"旷达士"放下它蜷起的脚爪，触地一震，悉尼到了。

但是悉尼不是我的主人，澳大利亚的外交部，在西南方二百里的山区等我。"旷达士"把我交给一架小飞机，半小时后，我到了澳大利亚的首都堪培拉。堪培拉是一个计划都市，人口目前只有十四万，但是建筑物分布得既稀且广，发展的空间非常宽大。圆阔的草地，整洁的车道，富于线条美的白色建筑，把曲折多姿回环成趣的柏丽·格里芬湖围在中央。神造的全是绿色，人造的全是白色。堪培拉是我见过的都市中，最清洁整齐的一座白城。白色的迷宫。国会大厦，水电公司，国防大厦，联鸣钟楼，国立图书馆，无一不白。感觉中，堪培拉像是用积木，不，用方糖砌成的理想之城。在我五天的居留中，街上从未见到一片垃圾。

我住在澳大利亚国立大学的招待所，五天的访问，日程排得很满。感觉中，许多手向我伸来，许多脸绽开笑容，许多名字轻叩我的耳朵，缤缤纷纷坠落如花。我接受了沈锜"大使"及夫人，章德惠"参事"，澳大利亚外交部，澳大利亚国立大学亚洲研究所，澳大利亚作家协会，堪培拉高等教育学院等的邀宴；会见了名诗人侯普（A. D. Hope）、康波（David Campbell）、道布森（Rosemary Dobson）和布礼盛顿（R. F. Brissenden）；接受了澳大利亚总督海斯勒克爵士（Sir Paul Hasluck）、沈锜"大使"、诗人侯普、诗人布礼盛顿及柳存仁教授的赠书，也将自己的全部译著赠送了一套给澳大利亚国立图书馆，由东方部主任王省吾代表接受；聆听了堪培拉交响乐队；接受了《堪培拉时报》的访问；并且先后在澳大利亚国立大学的东方学会与英文系发表演说。这一切，当在较为正式的《澳大利亚访问记》一文中，详加分述，不想在这里多说了。

"旷达士"猛一展翼，十小时的风云，便将我抖落在南半球的冬季。堪培拉的冷静、高亢，和中国香港是两个世界，和中国台湾是两个世界。堪培拉在南半球的纬度，相当于济南之在北半球。中国的诗人很少这么深入"南蛮"的。《大招》的诗人早就警告过："魂乎无南！南有炎火千里，蝮蛇蜒只。山林险隘，虎豹蜿只。鳙鳙短狐，王虺骞只。魂乎无南，蜮伤躬只！"柳宗元才到柳州，已有万死投荒之叹。韩愈到潮州，苏轼到海南岛，歌哭一番，也就北返中原去了。谁会想到，深入南荒，越过赤道的炎火千里而南，越过南回归线更南，天气竟会寒冷起来，赤火炎炎，会变成白雪凛凛，虎豹蜿只，会变成食火鸡、袋鼠和攀树的醉熊？

从堪培拉再向南行，科库斯可大山便擎起须发尽白的雪峰，矗立天际。我从北半球的盛夏火鸟一般飞来，一下子便投入了科库斯可北麓的阴影里。第一口气才注入胸中，便将我涤得神清气爽，豁然通畅。欣然，我呼出台北的烟火，香港的红尘。我走下寂静宽敞的林荫大道，白干的犹加利树叶落殆尽，枫树在冷风里摇响炫目的艳红和鲜黄，刹那间，我有在美国街上独行的感觉，不经意翻起大衣的领子。一只红冠翠羽对比明丽无伦的考克图大鹦鹉，从树上倏地飞下来，在人家的草地上略一迟疑，忽又翼翻七色，翩翩飞走。半下午的冬阳里，空气在淡淡的暖意中兀自挟带一股醒人的阴凉之感。下午四点以后，天色很快暗了下来。太阳才一下山，落霞犹金光未定，一股凛冽的寒意早已逡巡在两肘，伺机噬人，躲得慢些，冬夕的冰爪子就会探颈而下，伸向行人的背脊了。究竟是南纬高地的冬季，来得迟去得早的太阳，好不容易把中午烘到五十几度，夜色一降，就落回冰风刺骨的四十度了。中国大陆一到冬天，太阳便垂垂倾向南方的地平，所以美宅良厦，讲究的是朝南。在南半球，冬日却贴着北天冷冷寂寂无声无息地旋转，夕阳没处，竟是西北。到堪培拉的第一天，茫然站在澳大利亚国立大学校园的草地上，暮寒中，看夕阳坠向西北的乱山丛中。那方向，不正是中国的大陆，乱山外，不正是崦嵫的神话？西北望长安，可怜无数山。无数山。无数海。无数无数的岛。

到了夜里，乡愁就更深了。堪培拉地势高亢，大气清明，正好饱览星空。吐气成雾的寒战中，我仰起脸来读夜。竟然全读不懂！不，这张脸我不认得！那些眼睛啊怎么那样陌生而又诡异，闪着全然不解的光芒好可怕！那些密码奥秘的密码是谁在拍打？北斗呢？金牛呢？天狼呢？怎么全躲起来了，我高贵而显赫的朋友啊？踏的，是陌生的土地，戴的，是更陌生的天空，莫非我误闯到一颗新的星球上来了？

当然，那只是一瞬间的惊诧罢了。我一拭眼睛。南半球的夜空，怎么看得见北斗七星呢？此刻，我站在南十字星座的下面，戴的是一顶簇新的星冕，南十字，古舟子航行在珊瑚海塔斯曼海上，无不仰天顶礼的赫赫华胄，闪闪徽章，澳大利亚人升旗，就把它升在自己的旗上。可惜没有带星谱来，面对这么奥秘幽美的夜，只能赞叹赞叹扉页。

我该去新西兰吗？塔斯曼冰冷的海水对面，白人的世界还有一片土。澳大利亚已自在天涯，新西兰更在天涯之外。庞然而阔的新大陆，澳大利亚，从此地一直延伸，连连绵绵，延伸到帕斯和达尔文，南岸，封着塔斯曼的冰海，北岸，浸在暖脚的南太平洋里。澳大利亚人自己诉苦，说，无论去什么国家都太远太遥，往往向北方飞，骑"旷达士"的风云飞驰了四小时，还没有跨出澳大利亚的大门。

美国也是这样。一飞入寒冷干爽的气候，就有一种重践北美大陆的幻觉。记忆，重重叠叠的复瓣花朵，在寒战的星空下反而一瓣瓣绽开了，展开了每次初抵美国的记忆，枫叶和橡叶，混合着街上淡淡汽油的那种嗅觉，那么强烈。几乎忘了童年，十几岁的孩子，自己也曾经拥有直径千里的大陆性冬季，只是那时，祖国覆盖我像一条旧棉被，四万万人挤在一张大床上，一点儿也没有冷的感觉。现在，站在南十字架下，背负着茫茫的海和天，企鹅为近，铜驼为远，那样立着，引颈企望着长安，洛阳，金陵，将自己也立成一头企鹅。只是别的企鹅都不怕冷，不像这一头啊这么怕冷。

怕冷。怕冷。旭日怎么还不升起？霜的牙齿已经在咬我的耳朵。怕冷。三次去美国，昼夜倒轮。南来澳大利亚，寒暑互易。同样用一枚老太阳，怎么有人要打伞，有人整天用来烘手都烘不暖？而用十字星来烘脚，是一夜也烘不成梦的啊。

1972 年 7 月 14 日于悉尼

伊瓜苏拜瀑记

1

巴西航空公司双十字标记的班机终于穿透了大西洋岸的阴霾，进入巴拉纳州（Parana）亮蓝的晴空。里约热内卢早落在一千公里外，连库里蒂巴（Curitiba）也抛在背后了。九点刚过，我们在蓝天绿地之间向西飞行，平稳之中难抑期待的兴奋。现在飞行高度降了许多，只有几千英尺了，下面的针叶森林无穷无尽，一张翠绿的魔毯，覆盖着巴西南部的巴拉那高原。但大地毕竟太广阔了，那绿毯渐渐盖不周全，便偶然露出几片土红色来对照鲜丽。定睛看时，那异色有时长方而稳固，显然是田土，有时却又蜿蜿蜒蜒像在蠕动，令人吃惊，竟是流水了。想必那下面就是伊瓜苏河为了巴拉纳河的召唤正滔滔西去。河床显然崎岖而曲折,因此湍急的红水在我的左窗下往往出而覆没,断续无常。

天恩从我肩后也窥见了几段,兴奋了起来。出现在右窗的时候,镜禧和茵西为了追寻,索性站了起来。只恨机窗太窄,镜禧带来的十倍望远镜,无地用武。那有名的大瀑布,始终没有寻着。

飞机毕竟快过流水,十点左右,我们降落在伊瓜苏河口市(Foz do lguacu)也就是伊瓜苏河汇入巴拉那河之处。导游奇哥如约在机场迎接我们,把我们的旅馆安排好了,径就驾车载四人去大瀑布。车向东南疾驶,很快就进入伊瓜苏国家公园,十八公里之后,在伊瓜苏河东岸的观瀑旅馆前停了下来。回头看时,树荫疏处,一排瀑布正自对岸的悬崖上沛然泻下。

2

猝不及防,一整排洪瀑从六七百米外的悬崖,无端地嚣嚣冲下。才到半途,又被突出的岩棚一挡一推;再挤落一次,水势更加骚然,猛注在崖下的河道里,激起了翻白的浪花,茫茫的水汽。两层落水加起来,那一排巨瀑该有十六七层楼那么高,却因好几十股平行地密密坠落,宽阔的宏观反而盖过了高悬的感觉。若是居高临下,当可横览全景,但是河中隔着林深叶密的圣马丁岛,近处又有岸树掩映,实在无法一目了然。

"别想一览无遗,"向导奇哥说,"这瀑布大得不得了,从魔鬼的咽喉到这一端的汗毛瀑,排成了两个不规则的马蹄形,全宽接近两英里。我是没有数过,据说一共是二百七十五条瀑布……"

"那么密，怎么数呢？"茵西说。

"我看是不到一百条吧？"镜禧放下他的大型望远镜。

"什么话？"奇哥有点不耐烦了，"你们还没开始呢，里面还深得很，每转一个弯就发现一排。跟我来吧。"

我们跟着奇哥，沿着河边石砌的步道，拂着树影，逆着水声，一路向上游走去。11月底，在这南半球的低纬，却正是初夏天气。近午时分，又是晴日，只穿单衣就够了。二十三四摄氏度的光景，因为就在泽国水乡，走在艳阳下，不觉得闷热，立在树荫里也不觉得太凉。奇哥一面在前带路，一面为我们指点风景："伊瓜苏（Iguacu）的意思就是'大水'：依，是水；瓜苏是大——"

"咦，水不是阿瓜（agua）吗？"我纳罕道，"西班牙文跟葡萄牙文都是一样的呀！"

"不是的，'伊瓜苏'不是欧洲话，而是巴西南部和巴拉圭一带的土语。这里的土人叫瓜拉尼（Guaraní），是南美印第安人的一族——"

"管它是哪里的话，无非是瓜里瓜拉。"天恩忍不住说。

"对呀！"我附和道，"巴拉圭，乌拉圭，危地马拉，尼加拉瓜，巴拿马，马拿瓜——"

茵西笑了起来。奇哥却一脸正色说："这条伊瓜苏河也是一条国界，对岸就是阿根廷了。那一边也是阿根廷的国家公园，明天我们还会去对岸看瀑布。两百多条呢，大半都在对岸，所以看瀑布最好在巴西，探瀑布却应该去阿根廷。"

"正像近探尼亚加拉大瀑布，要在美国，"我说，"远观呢，却要去加拿大对岸。"

奇哥点点头说："可是有一点不同：美国人和加拿大人都叫它作 Niagara Falls。这伊瓜苏瀑布，巴西人叫作 Saltos do Iguacu，阿根廷人却叫 Cataratas del Iguazú。"

天恩十分欣赏西班牙文的音调，不禁铿锵其词："Las Cataratas！真是传神，比英文的 Cataracts 气派多了。"

尽管这么说笑，大家的耳目并没闲着，远从一千四百公里外飞来，原为看一条大瀑布，却没有准备看到这么多条，这么多股，这么多排，这么多分而复合、合而再分的变化与层次：有的飞溅着清白，有的挟带着赤土，有的孤注一掷，有的联袂而降，有的崖顶不平、只好分泻而下，有的崖下有崖、只好一纵再纵，更有的因为高崖平阔，一泻无阻，于是数十股合成一大片，排空而落，像一幅飘然的落地大窗帷。至于旁支散股，在暗赭的乱石之间蜿蜒着纤秀的白纹，更不胜数。最奇特的是伊瓜苏河挟其红土，一路曲折地回流到此，河面拓得十分平阔，忽然河床的地层下陷，塌成了两层断崖，每一层都形成两个巨弧，每一秒钟，至少有六万两千立方英尺的洪湍顿失凭依，无端地被推挤下去，惊瀑骇潮撞碎在崖下，浪花飞溅，蒸腾起白茫茫的雨雾。那失足的洪湍在一堆堆深棕色的玄武岩石阵中向前汹涌，争先恐后，奔成了一片急滩，不久就到了第二层断崖，什么都不能保留了，只有全都豁出去，泼出去，奋身一跃，在劫之后，脱胎换骨，修成了下游。就这么，一条河的生命突然临难，化成了两百多条，在粉身碎骨间各找出路，然后在深长的峡谷里，盘涡回流，红浆翻滚着白浪，汇成了一道新河。

也就这么，我们不但左顾右盼，纵览一条河如何化整为零，横越绝境的惊险戏剧，还要俯眺谷底，看断而再续的下游如何收拾乱流，重整散股再出发的声势。而远远近近的骚响，那许多波唇水舌，被绝壁和深谷反弹过来，混沌难分，成了催眠的摇撼。

我们沿着河边的石径向瀑布的南端走去，遇有突出的看台，便登台看个究竟。但限于地形，蔽于树荫，要尽窥全景绝无可能，圣马丁岛已落在右后方，渐渐接近南端的"魔鬼咽喉"（La Garganta del Diablo）了。奇哥指着断谷的尽头说："那就是魔鬼的咽喉了。"

但见水汽沸沸滚滚，不断地向上升腾，变幻多端的气柱有五十层楼那么高。可以想见崖脚下面的急湍泻瀑，颠倒弹跳，搅捣成怎样的乱局。那该是怒水跟顽石互不相让，乃掀起最剧烈的争辩，想必是激动极了，美得多么阳刚。可惜只见气氛，见不到表情了。如果那断崖的尽头是魔鬼在张喉吐咒，口沫溅洒，则下面这满涧的红涛黄浆，翻滚不尽，正是巨魔在漱口。

半天不见镜禧跟上来，回头找时，原来他正用望远镜在扫描天空。顺着他的方向仰视，只见三两兀鹰在高处盘旋。

"你在看老鹰呀？"茵西问他。

"简直有几百只。"镜禧说。

"哪来几百只呢？"天恩不解。

"好像是燕子。"镜禧像在自言自语。

大家再仰面寻时，衬着艳晴的蓝空，果然有一群鸟在互相飞逐，那倩俏飘忽的黑影，真像燕尾在剪风。

"也许是燕子啊！"茵西说。

"是燕子。"奇哥回过头来，肯定大家的猜想。

"览不尽的大瀑布，"我说，"加上满天的燕子，还有这满山的竹子，怪不得张大千要住在巴西了。"

水声更近，已经闻得到潮润的水汽。再一转弯，竟到了断弧窄崖的边上，已无石径可通。弯弯的一大排瀑布如弓，我们惊立在张紧的弦上，望呆了。灌耳撼颊的泼溅声中，只见对岸的众瀑赫然拦在右面，此岸的排瀑更逼在额前，简直就破空而堕，千古流畅的雄辩滔滔，飞沫如雨，兜头兜脸，向我们漫天洒来。宛如梦游，我们往坡下走去，靠在看台的木栏上，仰承着那半空的奔湍出神，恍若大地正摇摇欲沉，而相对于急瀑的争落，又幻觉水帘偶见疏处，后面的玄武褐岩似乎在上升。睁大了眼睛，竖直了耳朵，我们却被水声和水势催眠了。

"你看燕子！"茵西一声惊喜。

几只燕子掠过河面飞来，才一旋身，竟向密瀑的疏隙扑去，一眨眼就进去了。轻巧的黑影越过整幅白花花的洪流，一闪而逝，简直像短打紧扎，高来高去的飞侠。

"燕子窝一定在崖缝里了。"镜禧赞叹。

"有这么大的瀑布守洞，"天恩说，"还怕谁会进去呢？"

一家卖纪念品的小店蜷缩在瀑布脚边，像一枚贝壳。大家钻进壳去，买了几张照片，然后乘店旁的玻璃电梯，攀升到崖顶，回到上面的平地。回头再望时,刚才那一整排洪湍轰轰,竟已落到脚下,露出崖后高旷的台地,急流汹汹,正压挤而来,做前仆之后继。但是更远处,伊瓜苏河的水面却平静漫汗,甚至涟漪不惊,全然若无其事。

3

当天晚上,回到河口市的旅馆,疲倦而兴奋。那么多的经历与感想,虽已匆匆吞下,一时却难消化。不理南半球的夏夜有多少陌生的星座在窗外诱惑,我靠在床头,把带去的地图和导游手册之类细读了一遍,有关这伊瓜苏大瀑布的身世,特别注意到以下几点:伊瓜苏河从大西洋岸的山区倒向内陆西流,源头海拔逾九百米,但汇入巴拉纳河的河口时,海拔已下到一百米,落差不小。地势最悬殊的一段,正在大瀑布处,整条河在宽阔而曲折的断崖边上毅然一跃,就落进六十多米下的峡谷里去了。纯以高度衡量,伊瓜苏比起世界最长的天使瀑布(Angel Falls Venezuela)一落九百八十米来,当然不算高。但是瀑布有一个原理,就是高则不旺,旺则不高。天使高而不旺,属于高山瀑一型。伊瓜苏旺而不高,乃是高原瀑布,跟美国的尼亚加拉同为一型。

但是瀑布的大小不仅要看高度,更应计较水量,也就是每秒的流量,通常是算立方米。若从流量比较,伊瓜苏瀑布每秒是六万二千立方英尺[①],尼亚加拉瀑布的马蹄铁瀑是每秒五万至十万立方英尺,而其美国瀑则为每秒二万立方英尺。上游涨水时,马蹄铁瀑可以暴增到每秒二三十万立方英尺,伊瓜苏则多达四十五万立方英尺。至于宽度,尼亚加拉的双瀑加起来才三千五百英尺,伊瓜苏却宽达一万三千英尺;而高度呢?伊瓜苏的二百六十九英尺也超过尼亚加拉的一百六十七英尺许多。

惊人的是,这么壮阔而丰盛的伊瓜苏,即使在巴西一国之内,也不算独步。除了千崖齐挂的这一片"洪水",和它湍势争雄的大瀑布,至少还有四处。其中瓜伊拉(Guaira or Salto das Sete Quedas)亦称"七层瀑",就在这条巴拉纳河上溯两百公里,不但高度三百七十五英尺,而且宽达一万五千九百英尺,流量每秒四十五万立方英尺,泛洪的尖峰甚至每秒倾泻一百七十五万立方英尺之旺,真是众瀑之尊了。

但是这一切的神奇宏伟之中,有一件事却令我掩卷怅怅,不能自遣。因为这惊天动地的壮观,无论声色如何俱厉,正如其上映漾的一弧水虹,并非不朽。放在地质学的年代里,一条瀑布的生命何其短暂。姑且不论尼亚加拉了,只因冰层自中纬消退,它的诞生不过是一万二千年前的事情。即连非洲和南美的浩浩巨瀑,尽管已流了二百五十多万年了,最后仍会消磨于时光,被自己毁掉。只因瀑布的一生是一场慢性的自杀,究竟多慢呢或是多快,要取决于它的高度、流量、岩质。

---

① 英尺:约 0.3 米。

无论瀑布有多博大，当其沛然下注，深锥的威力刚强如一把水钻，何况它是日夜不断在施工。下坠之水，加速是每秒三十二英尺。若是崖高七十五米，则四秒之后到底，速度是每小时一百四十千米，等于德国车在乌托邦（Autobahn）撒野的冲劲。于是高崖陡坡蚀尽而瀑布移向上游，或下移而切成了斜角。一切江河的性情，都喜欢把突兀磨平，凡碍事的终将被浪涛淘尽，像瀑布这样嚣张唐突的地理，当然不能长久忍受，所以一切瀑布的下场，都是放低姿态，驯成了匍匐的急滩。

4

第二天早晨，向导奇哥开车带我们去对岸。在过境的长桥上我们停车看河。伊瓜苏的这一段河身距上游的瀑布已有十六七千米，桥面虽高，也远望不到。回过头来，顺着土红色的河水西眺下游，却隐隐可见伊瓜苏汇入巴拉纳，一线青青等在天际，真有泾渭分明的景观。

过桥便是阿根廷了，边境的哨兵全不查验。我们南行转东，不久便入了阿境的国家公园，树密车稀，可以快驶。不到半小时就抵达大瀑布的西端，水声隐隐，已经在森林的背后唤我们了。果实累累而叶大如扇的一棵不知名的树下，一条通幽的下坡曲径，路牌上写着 Paseo Inferior（下游步道），把我们一路引到瀑布的崖边。

石径的尽头便是狭窄的木桥，两边都有栏杆。喧嚣的水声中，我们像走钢索的人走过一座又一座木桥，一边是一落数百尺的洪湍，暴雨一般地冲泻而下，另一边是上游的河流，远处还似乎平静，越近崖顶就越见波动，成了潺潺的急滩。

"我们的运气真好，"奇哥说，"这一带的雨季是 11 月到 3 月。现在都已经 11 月底了，早已进入雨季。正巧这两天又放晴，所以水势大了，瀑布更加壮观，而又没有下雨，便于观看。"

"不过雨衣跟帽子还是用得着的，"我说，"等下走到瀑布下面，就知道了。"

"上游下雨，"奇哥又说，"瀑布就会大六七倍。所以在照片里看，同一条瀑布就有胖有瘦。你看下面这一双瀑布，因为有两层悬崖，所以一落再落，第一层还是平行的，到了第二层就流成一股，不，一整片了。它们的名字叫 Adan Y Eva（亚当夏娃），旱季就分成两股——"

"真有意思。"茵西笑了起来。

凭栏俯瞰，近在五六尺外，元气淋漓的亚当与夏娃拥抱成一股剧动的连体，绸缪着，喘息着，翻翻滚滚，从看台依靠的崖顶直跳下去。两层悬崖有如两截踏梯，洪湍撞落在下面的崖台上，已激起浪花飞溅，从第二崖再落到谷底的深潭，更是变本加厉，不但千涡万沫，回旋翻滚，抑且水汽成雾，冉冉不绝，休想看清那一团乱局里有多少石堆岩阵。千斛万斛的滂沱，高崖和峻坡漱不尽吐不竭的迅澜急濑，澎澎湃湃，就从我一伸脚能触及的近处，毫无保留地一泻而去。"逝者如斯夫！不舍昼夜！"岂止是不舍昼夜，简直是不分春秋，无今无古。我望着滔滔的逝水，千变万化而又似恒常，白波起伏里挟着翻滚的土红与泥黄，恍若碎水晶里转动着玛瑙的溶浆，那么不计升斗，成吨成吨地往下泼，究竟是富足呢还是浪费？

"你在构思诗句吗？"天恩对着我快门一按。

"我在想，这么慷慨的水量，唉，一滴都洒不到祈雨者的眼里，溅不到沙漠的旱灾，东非的干田。"

"这已经有点像诗句了，"镜禧笑笑，放下望远镜，"这景色太神奇了，下次来游，一定要把家人也带来——"

"下次吗？那可不容易啊，"茵西一叹说，"三十一小时的长途飞行还不够，得再加三小时才来得到这里。"

"假使把孩子带来了，"我转头对镜禧说，"不妨对他说，你看这河水，上游就是公公婆婆，下游就是你，而在中间承先启后、辛苦奋斗的——就是爸爸。"

大家都笑了起来，镜禧更拍手称善。

奇哥说："我们往下走吧。"

大家跟着他，一路曲折往谷底走去，爬下石级，沿着木桥，直到亚当夏娃瀑布的下面。再仰望时，垂天的白练破空而降，带来满峡的风雨，斜斜洒在我们的脸上，不一会儿，衣帽都微湿了。那风，根本无中生有，是白练飘扑所牵起，而雨，就是密密的飞沫所织成。天恩脱下外套，举在头顶当伞，半遮着我。茵西按住自己的帽子，似乎怕风吹走。水声放肆地嘲笑着我们，喧闹之中，大家的惊呼和戏语都被压低、搅碎了。相觑茫茫，彼此的脸都罩在薄薄的水雾里。

沿着峡谷更往下走,终于到了渡头。国家公园的救生员,佩戴有"伊瓜苏丛林探险队"的臂章,为我们穿上橘色鲜明的救生衣。一套上这行头,触目惊心,大家笑得兴奋而紧张,上了小汽艇,都正襟危坐,一面牢牢拉住舷索。

汽艇开动了,沿着圣马丁岛向西驶去。水上望瀑,纵目无蔽,只见整条河流从天而降,翻白滚赤的洪流嚣嚣,从三面的危崖绝壁倒挂下来,搅得满峡的浊浪起伏,我们随船俯仰,幻觉是跨在一匹不驯的怪兽背上。再往前靠近峡岸,就险险要逼近众瀑的脚底,水势旋而又急,滚成了一锅白热的开水。船夫放慢了速度,让船逡巡在危急的边缘。

不久他掉转船头,顺流而下,绕过圣马丁岛耸翠的密林,然后溯着另一边更长的峡江,逆流而上。不顾暴洪的恐吓,倔强的船头一意孤行,拨开汹涌而来鼓噪而来的浪头与潮头,起起伏伏摇摇摆摆,冲向魔鬼的咽喉,两岸的崖壁在我们的左舷和右舷忽升忽落。造物正把我们当作骰子,在碗里扔来掷去。"四山眩转风掠耳,但见流沫生千涡。"颠倒惊惶之际,宋人的句子忽来心上。要是《百步洪》的作者苏髯此刻在船上有多好。李白要同来有多好。这不是一条瀑布,而是两百多条,排成了瀑布的高峰会议,围坐着洪湍急濑的望族世家。若是他也来了,真要拿这样的气象考他一考。不恨古人吾不见,恨古人不见吾险耳。徐霞客若是来了,怕真要发癫狂叫。正想着这些,船底忽然磋磨有声。

"不会是触礁吧?"天恩紧张地问。

"不会吧。"我姑妄答之,又像在问自己。

"希腊神话里的英雄应该经历过这样的场面。"天恩忽然说。

"This is Homeric（这是荷马）！"我仰对三剑客瀑布大呼。

满峡的喧嚷声中，这句掉书袋的妄言似乎也不很唐突。

小船在中流与波浪周旋了一阵，蓦地加足马力，向魔鬼漱瀑的咽喉疾冲而去。满江的浪头都被触怒了，纷纷抬起头来顶撞我们。三分钟后，那雾气蒸腾、真相不明的魔喉准会将我们吞了进去，漱成几茎水草。幸好船头在撞到左岸的一堆乱岩前，及时刹住，引来众瀑的哄然大笑。

回到渡口，四人都有劫后的余悸。我回头望望舵旁的老船夫，如释重负地对三人说："幸好他不像摆渡忘川的凯伦（Charon）。"

天恩笑笑说："我倒是想到《古舟子咏》的，只是在船上不敢说。"

镜禧取下颈上的相机，像取下一只信天翁，并拭去镜头溅上的水珠。茵西也脱去湿了的救生衣。千岩竞秀，万壑争流，滔滔的伊瓜苏仍然在四面豪笑，长啸，吼哮，哪里把我们放在眼里。

1993 年 1 月

第二章 记忆像铁轨一样长

所谓恩情,
是爱加上辛苦再乘以时间,
所以是有增无减,
且因积累而变得深厚。

何以解忧

人到中年，情感就多波折，乃有"哀乐中年"之说。不过中文常以正反二字合用，来表达反义。例如，"恩怨"往往指怨，"是非"往往指非，所以江湖恩怨、官场是非之类，往往是用反面的意思。也因此，所谓哀乐中年恐怕也没有多少乐可言吧。年轻的时候，大概可以躲在家庭的保护伞下，不容易受伤。到了中年，你自己就是那把伞了，八方风雨都躲不掉。然则，何以解忧？

曹操说："唯有杜康。"

杜康是周时人，善于造酒。曹操的意思是说，唯有一醉可以忘忧。其实就像他那样提得起放得下的枭雄，一手握着酒杯，仍然要叹"悲从中来，不可断绝。"也可见杜康发明的特效药不怎么有效。范仲淹说："酒入愁肠，化作相思泪。"反而触动柔情，帮起倒忙来了。吾友刘绍铭乃刘伶之后，颇善饮酒，所饮的都是未入刘伶愁肠的什么行者尊尼之类,可是他不像一个无忧的人。朋友都知道,他常常对人诉穷。大家都不明白,我独排众议,认为刘绍铭是花钱买醉,喝穷了的。世界上,大概没有比酒醒后的空酒瓶更空虚的心情了。豪斯曼的《惨绿少年》说:

> 要解释天道何以作弄人,
> 一杯老酒比弥尔顿胜任。

弥尔顿写了一整部史诗,来解释人类何以失去乐园,但是其效果太迂阔了,反而不如喝酒痛快。陶潜也说:"天运苟如此,且进杯中酒。"问题是酒醒之后又怎么办。所以赫思曼的少年一醉醒来,发现自己躺在泥里,除了衣物湿尽之外,世界,还是原来的世界。

刘绍铭在一篇小品文里,以酒量来分朋友,把我纳入"滴酒不沾"的一类。其实我的酒量虽浅,而且每饮酡然,可是绝非滴酒不沾,而且无论喝得怎么酡然,从来不会颓然。本来我可以喝一点绍兴,来港之后,因为遍地都是洋酒,不喝,太辜负狄俄尼索斯了,所以把酒坊架上排列得金碧诱人的红酒、白酒、白兰地等,一一尝来。曹操生在今日,总得喝拿破仑才行,不至于坚持"唯有杜康"了吧。朋友之中真正的海量应推戴天,他推己及人,赴宴时常携名酒送给主人。据他说,二百元以下的酒,无可饮者。从他的标准看来,我根本没有喝过酒,只喝过糖水和酸水,亦可见解忧之贵。另一个极端是梁锡华,他的肠胃很娇,连茶都不敢喝，酒更不论。经不起我的百般挑弄，他总算尝了一口匈牙利的"碧叶萝丝"（Pieroth），竟然喜欢。后来受了维梁之诱，又沾染上一种叫"顶冻鸭"（Very Cold Duck）的红酒。

我的酒肠没有什么讲究：中国的花雕加饭和竹叶青，日本的清酒，韩国的庆州法酒，都能陶然。晚饭的时候常饮一杯啤酒，什么牌子都可以，却最喜欢丹麦的嘉士伯和较浓的土波。杨牧以前嗜烈酒，现在约束酒肠，日落之后方进啤酒，至少五樽。所以凡他过处，空啤酒瓶一定排成行列，颇有去思。但是他显然也不是一个无忧之人。不论是杜康还是狄俄尼索斯，果真能解忧吗？"举杯消愁愁更愁"，还是李白讲得对，而李白，是最有名最资深的酒徒。我虽然常游微醺之境，却总在用餐前后，或就枕之前，很少空肚子喝。楼高风寒之夜，读书到更深，有时饮半盅"可匿雅客"（cognac），是为祛寒，而不是为解忧。忧与愁，都在心底，所以字典里都归心部。酒落在胃里，只能烧起一片壮烈的幻觉，岂能到心？

就我而言，读诗，不失为解忧的好办法。不是默读，而是读出声来，甚至纵情朗诵。年轻时读外文系，我几乎每天都要朗诵英文诗，少则半小时，多则两三小时。雪莱对诗下的定义是"声调造成的美"（the rhythmical creation of beauty），说法虽与音乐太接近，倒也说明了诗的欣赏不能脱离朗诵。直到现在，有时忧从中来，我仍会朗诵雪莱的《啊世界，啊生命，啊光阴》，竟也有登高临远而向海雨天风划然长啸的气概。诵毕，胸口的压力真似乎减轻不少。

但我更常做的，是曼吟古典诗。忧从中来，五言绝句不足以抗拒。七言较多回荡开阖，效力大些。最尽兴的，是狂吟起伏跌宕的古风如"弃我去者昨日之日不可留"或"人生千里与万里"，当然要神旺气足，不得嗫嚅吞吐，而每到慷慨激昂的高潮，真有一股豪情贯通今古，太过瘾了。不过，能否吟到惊动鬼神的程度，还要看心情是否饱满，气力是否充沛，往往可遇而不可求。尤其一个人独诵，最为忘我。拿来当众表演，反而不能淋漓尽致。去年年底在台北，我演讲《诗的音乐性》，前半场空谈理论，后半场用国语朗诵新诗，用旧腔高吟古诗，用粤语、闽南语、川语朗诵李白的《下江陵》，最后以英语诵纳什的《春天》，以西班牙语诵洛尔卡的《骑士之歌》与《吉打吟》。我吟的其实不是古诗，而是苏轼的"大江东去"。可惜那天高吟的效果远不如平日独吟时那么浑然忘我，一气呵成；也许因为那种高吟的声调是我最私己的解忧方式吧。

"你什么时候会朗诵西班牙诗的呢？"朋友们忍不住要问我了。二十年前听劳治国神甫诵洛尔卡的 La Guitarra，神往之至，当时就自修了一点西班牙文，但是不久就放弃了。前年9月，去委内瑞拉开会，我存也吵着要去。我就跟她谈条件，说她如果要去，就得学一点西班牙字，至少得知道要买的东西是几块 bolivares。为了教她，我自己不免加倍努力。在加拉加斯机场到旅馆的途中，我们认出了山道旁告示牌上大书的 agua，高兴了好半天。新学一种外文，一切从头开始，舌头牙牙学语，头也就恢复了童真。从那时候起，我已经坚持了将近一年半：读文法，玩字典，背诗，听唱片，看英文与西班牙文对照的小说译本，几乎无日间断。

我为什么要学西班牙文呢？首先，英文已经太普通了，似乎有另习一种"独门武功"的必要。其次，我喜欢西班牙文那种子音单纯母音圆转的声调，而且除了h之外，几乎有字母就有声音，不像法文那么狡猾，字尾的子音都噤若寒蝉。第三，我有意翻译艾尔·格列科的传记，更奢望能用原文来欣赏洛尔卡、聂鲁达、达里奥等诗人的妙处。第四，通了西班牙文之后，就可得陇望蜀，进窥意大利文，至于什么葡萄牙文，当然也在觊觎之列，其顺理成章，就像闽南话可以接通客家话一样。

这些虽然都只是美丽的远景，但凭空想想也令人高兴。"一事能狂便少年"，狂，正所以解忧。对我而言，学西班牙文就像学英文的人有了"外遇"：另外这位女人跟家里的那位大不相同，能给人许多惊喜。她说"爸爸们"，其实是指父母，而"兄弟们"却指兄弟姐妹。她每逢要问什么或是叹什么，总要比别人多用一个问号或惊叹号，而且颠来倒去，令人心乱。不过碰上她爱省事的时候，也爽快得可爱：别人说neither…nor，她说ni…ni；别人无中生有，变出些什么do, does, doing, did, done等戏法，她却嫌烦，手一挥，全部都扫开。别人表示否定，只说一声"不"，而且认为双重否定是粗人的话；她却满口的"瓶中没有无花"，"我没有无钱"。英文的规矩几乎都给她打破了，就像一个人用手走路一样，好不自由自在。英文的禁区原来是另一种语言的通道，真是一大解放。这新获的自由可以解忧。我一路读下去，把中文妈妈和英文太太都抛在背后，把烦恼也抛在背后。无论如何，我牙牙学来的这一点西班牙文，还不够用来自寻烦恼。

而一旦我学通了呢，那我就多一种语文可以翻译，而翻译，也是解忧的良策。译一本好书，等于让原作者的神灵附体，原作者的喜怒哀乐变成了你的喜怒哀乐。"替古人担忧"，总胜过替自己担忧吧。译一本杰作，等于分享一个博大的生命，而如果那是一部长篇巨著，则分享的时间就更长，神灵附体的幻觉当然也更强烈。法朗士曾说好批评家的本领是"神游杰作之间而记其胜"；翻译，也可以说是"神游杰作之间而传其胜。"神游，固然可以忘忧。在克服种种困难之后，终于尽传其胜，更是一大欣悦了。武陵人只能独游桃花源，翻译家却能把刘子骥带进洞天福地。

我译《凡·高传》，是在三十年前；三十多万字的巨著，前后译了十一个月。那是我青年时代遭受重大挫折的一段日子。动手译书之初，我身心俱疲，自觉像一条起锚远征的破船，能不能抵达彼岸，毫无把握。不久，凡·高附灵在我的身上，成了我的"第二自己"（alter ego）。我暂时抛开目前的烦恼，去担凡·高之忧，去陪他下煤矿，割耳朵，住疯人院，自杀。凡·高死了，我的"第二自己"不再附身，但是"第一自己"却解除了烦忧，恢复了宁静。那真是一大自涤，无比净化。

悲哀因分担而减轻，喜悦因共享而加强。如果《凡·高传》能解忧，那么，《不可儿戏》更能取乐了。这出戏（原名 The Importance of Being Earnest）是王尔德的一小杰作，用他自己的话来形容,"像一个空水泡一样娇嫩"。王尔德写得眉飞色舞,我也译得眉开眼笑,有时更笑出声来,达于书房之外。家人问我笑什么,我如此这般地口译一遍,于是全家都笑了起来。去年 6 月,杨世彭把此剧的中译搬上香港的戏台,用国语演了五场,粤语演了八场,丰收了满院的笑声。坐在一波又一波的笑声里,译者忘了两个月伏案的辛劳。

译者没有作家那样的名气,却有一点胜过作家。那就是:译者的工作固定而现成,不像作家那样要找题材,要构思,要沉吟。我写诗,有时会枯坐苦吟一整个晚上而只得三五断句,害得人带着挫折的情绪掷笔就枕。译书的心情就平稳多了,至少总有一件明确的事情等你去做,而只要按部就班去做,总可以指日完工,不会有一日虚度,以此解忧,要比创作来得可靠。

翻译是神游域外,天文学则更进一步,是神游天外。我当然是天文学的外行,却爱看阿西莫夫等人写的入门书籍,和令人遐想欲狂的星象插图。王羲之在《兰亭集序》里有"仰观宇宙之大,俯察品类之盛"的句子;但就今日看来,晋人的宇宙观当然是含糊的。王羲之的这篇名作写于 4 世纪中叶,当时佛教已传来中国,至晋而盛。佛教以一千个小世界为小千世界,合一千个小千世界为中千世界,再合一千个中千世界为大千世界:所以大千世界里一共是十亿个小世界。据现代天文学家的推断,像太阳这样等级的恒星,单是我们太阳系所属的银河里,就有一千亿之多,已经是大千世界的一百倍了;何况一个太阳系里,除九大行星之外,尚有三十二个卫星,一千五百多个小行星,和若干彗星，本身已经是一个小千世界，不只是小世界了。这些所谓小行星（asteroids）大半漂泊于火星与木星之间，最大的一颗叫西瑞司（Ceres），直径四百八十英里，几乎相当于月球的四分之一。

太阳光射到我们眼里，要在太空飞八分钟，但要远达冥王星，则几乎要飞六小时。这当然是指光速。喷射机的时速六百英里，只有光速的一百一十一万六千分之一；如果太阳与冥王星之间可通飞机，则要飞六百九十六年才到，可以想见我们这太阳系有多复辽。可是这比起太阳和其他恒星之间的距离来，又渺乎其微了。太阳和冥王星的距离，以光速言，只要算小时，但和其他恒星之间，就要计年了。最近的恒星叫人马座一号（Alpha Centauri），离我们有四点二九光年，也就是二十五兆英里。在这难以体会的浩阔空间里，什么也没有，除了亘古的长夜里那些永恒之谜的簇簇星光。这样的大虚无里，什么戈壁，什么瀚海，都成了渺不足道的笑话。人马座一号不过是太阳族的隔壁邻居，已经可望而不可即，至于宇宙之大，从这头到那头，就算是光，长征最快的选手了，也要奔波二百六十亿年。

"仰观宇宙之大"谈何容易。我们这寒门小族的太阳系，离银河的平面虽只四十五光年，但是跟盘盘囷囷的银河涡心却相距几乎三万光年。譬如看戏，我们不过是边角上的座位，哪里就觑得真切。至于"俯察品类之盛"，也有许多东西悖乎我们这小世界的"天经地义"。一年是三百六十五天，一天是二十四小时吗？木星上的一年却是地球上的十二年，而其一日只等于我们的十小时。水星上的一年却只有我们的八十八天。太阳永远从东边起来吗？如果你住在金星上，就会看到太阳从西天升起，因为金星的自转是顺着时针方向。

我们常说"天长地久"。地有多久呢？直到19世纪初年，许多西方的科学家还相信《圣经》之说，即地球只有六千岁。亥姆霍兹首创一千八百万年之说，但今日的天文学家根据岩石的放射性变化，已测知地球的年龄是四十七亿年。天有多长呢？据估计，是八百二十亿年。今人热衷于寻根，可是我们世世代代扎根的这个老家，不过是漂泊太空的蕞尔浪子，每秒钟要奔驰十八英里半。而地球所依的太阳，却领着我们向天琴座神秘的一点飞去，速度是每秒十二英里。我们这星系，其实是居无定所的游牧民族。

说到头来，我们这显赫不可仰视的老族长，太阳，在星群之中不过是一个不很起眼的常人。即使在近邻里面，天狼星也比它亮二十五倍，参宿七（Rigel）的亮度却为它的二万五千倍。我们的地球在太阳家里更是一粒不起眼的小丸，在近乎真空的太空里，简直是无处可寻的一点尘灰。然则我们这五尺几寸，一百多磅的欲望与烦恼，又有什么值得大惊小怪呢？问四百六十光年外的参宿七拿破仑是谁，它最多眨一下冷眼，只一眨，便已经从明朝到了现今。

读一点天文书，略窥宇宙之大，转笑此身之小，蝇头蚁足的些微得失，都变得毫无意义。从彗星知己的哈雷（Edmund Halley，1656—1742）到守望变星（Variable star）的赫茨普龙（Kjnar Hertzsprung，1873—1967），很多著名的天文学家都长寿：哈雷享年八十六岁，赫茨普龙九十四岁，连饱受压迫的伽利略也有七十八岁。我认为这都要归功于他们的神游星际,放眼太空。

据说太阳也围绕着银河的涡心旋转,每秒一百四十英里,要二亿三千万年才巡回一周。物换星移几度秋,究竟是几度秋呢?天何其长耶地何其久。大宇宙壮丽而宏伟的默剧并不为我们而上演,我们是这么匆忙这么短视的观众,目光如豆,怎能觑得见那样深远的天机?在那些长命寿星的冷眼里,我们才是不知春秋的蟪蛄。天文学家说,隔了这么远,银河的涡心还能发出这样强大的引力,使太阳这样高速地运行,其质量必须为太阳的九百亿倍。想想看,那是怎样不可思议的神力。我们奉太阳为神,但是太阳自己却要追随着诸天森罗的星斗为银河深处的那一蕊光辉奔驰。那样博大的秩序,里面有一个更高的神旨吗?"九天之际,安放安属?隅隈多有,谁知其数?"两千多年前,屈原已经仰天问过了。仰观宇宙之大,谁能不既惊且疑呢,谁又不既惊且喜呢?一切宗教都把乐园寄在天外,炼狱放在地底。仰望星空,总令人心胸旷达。

不过星空高邈,且不说远如光年之外的蟹状星云了,即使太阳系院子里的近邻也可望而不可攀。金星表面热到摄氏四百度,简直是一座鼎沸的大火焰山,而冥王星又太冷了。不如去较近的"远方"旅行。

旅行的目的不一,有的颇为严肃,是为了增长见闻,恢宏胸襟,简直是教育的延长。中国台湾各大学例有毕业旅行,游山玩水的意味甚于文化的巡礼,游迹也不可能太远。从前英国的大学生在毕业之后常去南欧,尤其是去意大利"壮游"(grand tour):

出身剑桥的弥尔顿、格雷、拜伦莫不如此。拜伦一直旅行到小亚细亚，以当日说来，游踪够远的了。孔子适周，问礼于老子。司马迁二十岁"南游江淮，上会稽，探禹穴，窥九疑，浮于沅湘；北涉汶泗，讲业齐鲁之都，观孔子之遗风……"也是一程具有文化意义的壮游。苏辙认为司马迁文有奇气，得之于游历，所以他自己也要"求天下奇闻壮观，以知天地之广大。过秦汉之故都，恣观终南嵩华之高，北顾黄河之奔流，慨然想见古之豪杰。"

值得注意的是：苏辙自言对高山的观赏，是"恣观"。恣，正是尽情的意思。中国人面对大自然，确乎尽情尽兴，甚至在贬官远谪之际，仍能像柳宗元那样"自肆于山水间"。徐文长不得志，也"恣情山水，走齐鲁燕赵之地，穷览朔漠"。恣也好，肆也好，都说明游览的尽情。柳宗元初登西山，流连忘返以至昏暮，"心凝形释，与万化冥合"。游兴到了这个地步，也真可以忘忧了。

并不是所有的智者都喜欢旅行。康德曾经畅论地理和人种学，但是终生没有离开过科尼斯堡。每天下午三点半，他都穿着灰衣，曳着手杖，出门去散步，却不能说是旅行。崇拜他的晚辈叔本华，也每天下午散步两小时，风雨无阻，但是走来走去只在菩提树掩映的街上，这么走了二十七年，也没有走出法兰克福。另一位哲人培根，所持的却是传统贵族的观点，他说："旅行补足少年的教育，增长老年的经验。"

但是许多人旅行只是为了乐趣，为了自由自在，逍遥容与。中国人说"流水不腐"，西方人说"滚石无苔"，都因为一直在动的关系。最浪漫的该是小说家斯蒂文森了。他在《驴背行》里宣称:"至于我,旅行的目的并不是要去哪里,只是为了前进。我是为旅行而旅行。最要紧的是不要停下来。"在《浪子吟》里他说得更加洒脱:"我只要头上有天,脚下有路。"至于旅行的方式,当然不一而足。有良伴同行诚然是一大快事,不过这种人太难求了。就算能找得到,财力和体力也要相当,又要同时有暇,何况路远人疲,日子一久,就算是两个圣人恐怕也难以相忍。倒是尊卑有序的主仆或者师徒一同上路,像"堂吉诃德先生"或《西游记》里的关系,比较容易持久。也难怪潘耒要说"群游不久"。西方的作家也主张独游。吉普林认为独游才走得快。杰弗逊也认为:独游比较有益,因为较多思索。

独游有双重好处。第一是绝无拘束,一切可以按自己的兴趣去做,只要忍受一点寂寞,便换来莫大的自由。当然一切问题也都要自己去解决,正可训练独立自主的精神。独游最大的考验,还在于一个人能不能做自己的伴侣。在废话连篇假话不休的世界里,能偶然免于对话的负担,也不见得不是件好事。一个能思想的人应该乐于和自己为伍。我在美国长途驾驶的日子,浩荡的景物在窗外变换,繁复的遐想在心中起伏,如此内外交感,虚实相应,从灰晓一直驰到黄昏,只觉应接之不暇,绝少觉得无聊。

独游的另一重好处,是能够深入异乡。群游的人等于把自己和世界隔开,中间隔着的正是自己的游伴。游伴越多,越看不清周围的世界。彼此之间至少要维持最起码的礼貌和间歇发作的对话,已经不很清闲了。有一次我和一位作家乘火车南下,作联席之演讲，一路上我们维持着马拉松对话，已经舌敝唇焦。演讲既毕，回到旅舍，免不了又效古人连床夜话，几乎通宵。回程的车上总不能相对无语啊，当然是继续交谈啦，不，继续交锋。到台北时已经元气不继，觉得真可以三缄其口，三年不言，保持黄金一般的沉默。

如果你不幸陷入了一个旅行团，那你和异国的风景或人民之间，就永远阻隔着这么几十个游客，就像穿着雨衣淋浴一般。要体会异乡异国的生活，最好是一个人赤裸裸地全面投入，就像跳水那样。把美景和名胜用导游的巧舌包装得停停当当，送到一群武装着摄影机的游客面前，这不算旅行，只能叫作"罐头观光"（canned oightseeing）。布尔斯廷（Daniel J.Boorstin）说得好："以前的旅人（traveler）采取主动，会努力去找人，去冒险，去阅历。现在的游客（tourist）却安于被动，只等着趣事落在他的头上，这种人只要观光。"

古人旅行虽然备尝舟车辛苦，可是山一程又水一程，不但深入民间，也深入自然。就算是骑马，对髀肉当然要苦些，却也看得比较真切。像陆游那样"细雨骑驴入剑门"，比起半靠在飞机的沙发里凌空越过剑门，总有意思得多了。大凡交通方式越原始，关山行旅的风尘之感就越强烈，而旅人的成就感也越高。三十五年前我随母亲从香港迁去台湾，乘的是轮船，风浪里倾侧了两天两夜，才眺见基隆浮在水上。现在飞去台湾，只是进出海关而已，一点风波、风尘的跋涉感都没有，要坐船，也坐不成了。所以我旅行时，只要能乘火车，就不乘飞机。要是能自己驾车，当然更好。阿拉伯的劳伦斯喜欢高速驰骋机车，他认为汽车冥顽不灵，只配在风雨里乘坐。有些豪气的青年骑单车远征异国，也不全为省钱，而是为了更深入，更从容，用自己的筋骨去体验世界之大、道路之长。这种青年要是想做我的女婿，我当会优先考虑。

旅人把习惯之茧咬破，飞到外面的世界去，大大小小的烦恼，一股脑儿都留在自己的城里。习惯造成的厌倦感，令人迟钝。一过海关，这种苔藓附身一般的感觉就摆脱了。旅行不但是空间之变，也是时间之变。一上了旅途，日常生活的秩序全都乱了，其实，旅人并没有"日常"生活。也因为如此，我们旅行的时候，常常会忘记今天是星期几，而遗忘时间也就是忘忧。何况不同的国度有不同的时间，你已经不用原来的时间了，怎么还会受制于原来的现实呢？

旅行的前夕，会逐渐预感出发的兴奋，现有的烦恼似乎较易忍受。刚回家的几天，抚弄着带回来的纪念品像抚弄战利品，翻阅着冲洗出来的照片像检阅得意的战绩，血液里似乎还流着旅途的动感。回忆起来，连钱包遭窃或是误掉班机都成了趣事。听人阔谈旅途的趣事，跟听人追述艳遇一样，尽管听的人隔靴搔痒，半信半疑之余，勉力维持礼貌的笑容，可是说的人总是眉飞色舞，再三交代细节，却意犹未尽。所以旅行的前后都受到相当愉快的波动，几乎说得上是精神上的换血，可以解忧。

当然，再长的旅途也会把行人带回家来，靴底沾着远方的尘土。世界上一切的桥，一切的路，无论是多少左转右弯，最后总是回到自己的门口。然则出门旅行，也不过像醉酒一样，解忧的时效终归有限，而宿醒醒来，是同样的惆怅。

　　写到这里，夜，已经深如古水，不如且斟半杯白兰地浇一下寒肠。然后便去睡吧，一枕如舟，解开了愁乡之缆。

1985年3月10日

日不落家

1

　　壹圆的旧港币上有一只雄狮，戴冕控球，姿态十分威武。但7月1日以后，香港回归了中国，那顶金冠就要失色，而那只圆球也不能号称全球了。伊丽莎白二世在位已经四十五年，恰与一世相等。在两位伊丽莎白之间，大英帝国从起建到瓦解，凡历四百余年，与汉代相当。方其全盛，这帝国的属地藩邦、运河军港，遍布了水陆大球，天下四分，独占其一，为历来帝国之所未见，有"日不落国"之称。

　　而现在，日落帝国，照艳了香港最后这一片晚霞。"日不落国"将成为历史，代之而兴的乃是"日不落家"。

　　冷战时代过后，国际日趋开放，交流日见频繁，加以旅游便利,资讯发达,这世界真要变成地球村了。于是同一家人辞乡背井,散落到海角天涯,昼夜颠倒,寒暑对照,便成了"日不落家"。今年我们的四个女儿,两个在北美,两个在西欧,留下我们二老守在岛上。一家而五分,你醒我睡,不可同日而语,也成了"日不落家"。

　　幼女季珊留法五年,先在翁热修法文,后去巴黎读广告设计,点唇画眉,似乎沾上了一些高卢风味。我家英语程度不低,但家人的法语发音,常会遭她纠正。她擅于学人口吻,并佐以滑稽的手势,常逗得母亲和姐姐们开心,轻则解颜,剧则捧腹。可以想见,她的笑话多半取自法国经验,首当其冲的自然是法国男人。马歇·马叟是她的偶像,害得她一度想学默剧。不过她的设计也学得不赖,我译的王尔德喜剧《理想丈夫》,便是她做的封面。现在她住在加拿大,一个人孤悬在温哥华南郊,跟我们的时差是早八小时。

　　长女珊珊在堪萨斯修完艺术史后,就一直留在美国,做了长久的纽约客。大都会的艺馆画廊既多,展览又频,正可尽情饱赏。珊珊也没有闲着,远流版两巨册的《现代艺术理论》就是她公余、厨余的译绩。华人画家在东岸出画集,也屡次请她写序。看来我的"序灾"她也有分了,成了"家患",虽然苦些,却非徒劳。她已经做了母亲,男孩四岁,女孩未满两岁。家教所及:那小男孩一面挥舞恐龙和电动神兵,一面却随口叫出凡·高和蒙娜·丽莎的名字,把考古、科技、艺术合而为一,十足一个博闻强识的顽童。四姐妹中珊珊来得最早,在生动的回忆里她是破天荒第一声婴啼，一婴开啼，众婴响应，带来了日后八根小辫子飞舞的热闹与繁华。然而这些年来她离开我们也最久，而自己有了孩子之后，也最不容易回台，所以只好安于"日不落家"，不便常回"娘家"了，她和幺妹之间隔了一整个美洲大陆，时差又早了三小时。

凌越森森的大西洋更往东去，五小时的时差，便到了莎士比亚所赞的故乡，"一块宝石镶嵌在银涛之上"。次女幼珊在曼彻斯特大学专攻华兹华斯，正襟危坐，苦读的是诗翁浩繁的全集，逍遥汗漫，优游的也还是诗翁俯仰的湖区。华兹华斯乃英国浪漫诗派的主峰，幼珊在柏克莱写硕士论文，仰攀的是这翠微，十年后径去华氏故乡，在曼城写博士论文，登临的仍是这雪顶，真可谓从一而终。世上最亲近华氏的女子，当然是他的妹妹桃乐赛（Dorothy Wordsworth），其次呢，恐怕就轮到我家的二女儿了。

幼珊留英，将满三年，已经是一口不列颠腔。每逢朋友访英，她义不容辞，总得驾车载客去西北的坎布利亚，一览湖区绝色，简直成了华兹华斯的特勤导游。如此贡献，只怕桃乐赛也无能为力吧。我常劝幼珊在撰正论之余，把她的英国经验，包括湖区的唯美之旅，一一分题写成杂文小品，免得日后"留英"变成"留白"。她却惜墨如金，始终不曾下笔，正如她的幺妹空将法国岁月藏在心中。

幼珊虽然远在英国，今年却不显得怎么孤单，因为三妹佩珊正在比利时研究，见面不难，没有时差。我们的三女儿反应迅速，兴趣广泛，而且"见异思迁"：她拿的三个学位依次是历史学士、广告硕士、营销博士。所以我叫她作"柳三变"。在国内香港读中文大学的时候,她的钢琴演奏曾经考取八级,一度有意去美国主修音乐;后来又任《星岛日报》的文教记者。所以在餐桌上我常笑语家人:"记者面前,说话当心。"

回台以后,佩珊一直在东海的企管系任教,这些年来,更把本行的名著三种译成中文,在"天下""远流"出版。今年她去比利时做市场调查,范围兼及荷兰、英国。据我这做父亲的看来,她对消费的兴趣,不但是学术,也是癖好,尤其是对于精品。她的比利时之旅,不但饱览佛朗德斯名画,而且遍尝各种美酒,更远征土耳其,去清真寺仰听尖塔上悠扬的呼祷,想必是十分丰盛的经验。

2

世界变成了地球村,这感觉,看电视上的气象报告最为具体。台湾太热,温差又小,本地的气象报告不够生动,所以爱看外地的冷暖,尤其是够酷的低温。每次播到大陆各地,我总是寻找沈阳和兰州。"哇!零下十二摄氏度耶!过瘾啊!"于是一整幅雪景当面捆来,觉得这世界还是多彩多姿的。

一家既分五地,气候自然各殊。其实四个女儿都在寒带,最北的曼彻斯特约当北纬五十三度又半,最南的纽约也还有四十一度,都属于高纬了。总而言之,四个女儿纬差虽达十二度,且气温大同,只得一个冷字。其中幼珊最为怕冷,偏偏曼彻斯特严寒欺人，而读不完的华兹华斯又必须久坐苦读，难抵凛冽。对比之下，低纬二十二度半的高雄是暖得多了，即使嚷嚷寒流犯境，也不过等于曼彻斯特的仲夏之夜，得盖被窝。

黄昏，是一日最敏感最容易受伤的时辰，气象报告总是由近而远，终于播到了北美与西欧，把我们的关爱带到高纬，向陌生又亲切的都市聚焦。陌生，因为是寒带。亲切，因为是我们的孩子所在。

"温哥华还在零下！"

"暴风雪袭击纽约，机场关闭！"

"伦敦都这么冷了，曼彻斯特更不得了！"

"布鲁塞尔呢，也差不多吧？"

坐在热带的凉椅上看国外的气象，我们总这么大惊小怪，并不是因为没有见识过冰雪，或是孩子们还在稚龄，不知保暖，更不是因为那些国家太简陋，难以御寒。只因为父母老了，念女情深，在记忆的深处，梦的焦点，在见不得光的潜意识底层，女儿的神情笑貌仍似往昔，永远珍藏在娇憨的稚岁，童真的幼龄……所以天冷了，就得为她们加衣，天黑了，就等待她们一一回来，向热腾腾的晚餐，向餐桌顶上金黄的吊灯报到，才能众瓣聚首，众瓣围葩，辐辏成一朵哄闹的向日葵。每当我眷顾往昔，年轻的幸福感就在这一景停格。

人的一生有一个半童年。一个童年在自己小时候，而半个童年在自己孩子的小时候。童年，是人生的神话时代，将信将疑，一半靠父母的零星口述，很难考古。错过了自己的童年，还有第二次机会,那便是自己子女的童年。年轻爸爸的幸福感,大概仅次于年轻妈妈了。在厦门街绿荫深邃的巷子里,我曾是这么一位顾盼自得的年轻爸爸,四个女婴先后裹着奶香的襁褓,投进我喜悦的怀抱。黑白分明,新造的灵瞳灼灼向我转来,定睛在我脸上,不移也不眨,凝神认真地读我,似乎有一点困惑。

"好像不是那个(妈妈)呢,这个(男人)。"她用超语言的混沌意识在说我,而我,更逼近她的脸庞,用超语言的笑容向她示意:"我不是别人,是你爸爸,爱你,也许比不上你妈妈那么周到,但不会比她少。"她用超经验的直觉将我的笑容解码,于是学起我来,忽然也笑了。这是父女间第一次相视而笑,像风吹水绽,自成涟漪,却不落言诠,不留痕迹。

为了女婴灵秀可爱,幼稚可哂,我们笑。受了我们笑容的启示,笑声的鼓舞,女婴也笑了。女婴一笑,我们以笑回答。女婴一哭,我们笑得更多。女婴刚会起立,我们用笑勉励。她又跌坐在地,我们用笑安抚。四个女婴马戏团一般相继翻筋斗来投我家,然后是带爬、带跌、带摇、带晃,扑进我们张迎的怀里——她们的童年是我们的"笑季"。

为了逗她们笑,我们做鬼脸。为了教她们牙牙学语,我们自己先儿语牙牙:"这是豆豆,那是饼饼,虫虫虫虫飞!"成人之间不屑也不敢的幼稚口吻、离奇动作,我们在孩子面前,特权似的,却可以完全解放,尽情表演。在孩子的真童年里,我们找到了自己的假童年,乡愁一般再过一次小时候,管它是真是假,是一半还是完全。

快乐的童年是双全的互惠：一方面孩子长大了，孺慕儿时的亲恩；一方面父母老了，眷念子女的儿时。因为父母与稚儿之间的亲情，最原始、最纯粹、最强烈，印象最久也最深沉，虽经万劫亦不可磨灭。坐在电视机前，看气象而念四女，心底浮现的常是她们孩时，仰面伸手，依依求抱的憨态，只因那形象最萦我心。

最萦我心是第一个长夏，珊珊卧在白纱帐里，任我把摇篮摇来摇去，乌眸灼灼仍对我仰视，窗外一巷的蝉嘶。是幼珊从躺床洞孔倒爬了出来，在地上颤颤昂头像一只小胖兽，令众人大吃一惊，又哄然失笑。是带佩珊去看电影，她水亮的眼珠在暗中转动，闪着银幕的反光，神情那样紧张而专注，小手微汗在我的手里。是季珊小时候怕打雷和鞭炮，巨响一迸发就把哭声埋进婆婆的怀里，呜咽久之。

不知道她们的母亲，记忆中是怎样为每一个女孩的初貌取景造型。也许是太密太繁了，不一而足，甚至要远溯到成形以前，不是形象，而是触觉，是胎里的颠倒蜷伏，手撑脚踢。

当一切追溯到源头，混沌初开，女婴的生命起自父精巧遇到母卵，正是所有爱情故事的雏形。从父体出发长征的；万头攒动，是适者得岸的蝌蚪宝宝，只有幸运的一头被母岛接纳。于是母女同体的十月因缘奇妙地开始。母亲把女婴安顿在子宫，用胚胎喂她，羊水护她，用脐带的专线跟她神秘地通话，给她暧昧的超安全感，更赋她心跳、脉搏与血型，直到大头蝌蚪变成了大头宝宝，大头朝下，抱臂交股，蜷成一团，准备向生之窄门拥挤顶撞，破母体而出，而且鼓动肺叶，用尚未吃奶的气力，嗓音惊天地而动鬼神，又像对母体告别，又像对母亲报到，洪亮的一声啼哭："我来了！"

3

母亲的恩情早在孩子会呼吸以前就开始。所以中国人计算年龄，是从成孕数起。那原始的十个月，虽然眼睛都还未睁开，已经样样向母亲索取，负欠太多。等到降世那天，同命必须分体，更要断然破胎、截然开骨，在剧烈加速的阵痛之中，挣扎着，夺门而出。生日蛋糕之甜，烛火之亮，是用母难之血来偿付的。但生产之大劫不过是母爱的开始，日后母亲的辛勤照顾，从抱到背，从扶到推，从拉拔到提掖，字典上凡是手字部的操劳，哪一样没有做过？《蓼莪》篇说："哀哀父母，生我劬劳。"其实肌肤之亲、操劳之勤，母亲远多于父亲。所以《蓼莪》又说："母兮鞠我，拊我畜我，长我育我，顾我复我，出入腹我。欲报之德，昊天罔极？"其中所言，多为母恩。"出入腹我"一句形容母不离子，最为传神，动物之中恐怕只有袋鼠家庭胜过人伦了。

从前是四个女儿常在身边，顾之复之，出入腹之。我存肌肤白皙，四女多得遗传，所以她们小时我戏呼为"一窝小白鼠"。在丹佛时，长途旅行，一窝小白鼠全在我家车上，坐满后排。那情景，又像是所有的鸡蛋都放在同一只篮里。我手握驾驶盘，不免倍加小心，但是全家同游，美景共享，却也心满意足。在香港的十年，晚餐桌上热汤蒸腾，灯氛温馨，四只小白鼠加一只大白鼠加我这大老鼠围成一桌，一时六口齐张，美肴争入，妙语争出，叽叽喳喳成一片，鼠伦之乐莫过于此。

而现在，一窝小白鼠全散在四方，这样的盛宴久已不再。剩下二老，只能在清冷的晚餐后，向国外的气象报告去揣摩四地的冷暖。中国人把见面打招呼叫作寒暄。我们每晚在电视上真的向四个女儿"寒暄"，非但不是客套，而且寓有真情，因为中国人不惯和家人紧抱热吻，恩情流露，每在淡淡地问暖嘘寒，叮嘱添衣。

往往在气象报告之后，做母亲的一通长途电话，越洋跨洲，就直接拨到暴风雪的那一端，去"寒暄"一番，并且报告高雄家里的现况，例如，父亲刚去墨西哥开会，或是下星期要去"川大"演讲，她也要同行。有时她一夜电话，打遍了西欧北美，耳听四国，把我们这"日不落家"的最新动态收集汇整。

看着做母亲的曳着电线，握着听筒，跟九千里外的女儿短话长说，那全神贯注的姿态，我顿然领悟，这还是母女连心、一线密语的习惯。不过以前是用脐带向体内腹语，而现在，是用电缆向海外传音。

而除了脐带情结之外，更不断写信，并附寄照片或剪稿，有时还寄包裹，把书籍、衣饰、药品、隐形眼镜等，像后方支援前线一般，源源不绝向海外供应。类似的补给从未中止，如同最初，母体用胎盘向新生命送营养和氧气：绵绵的母爱，源源的母爱，唉，永不告竭。

所谓恩情,是爱加上辛苦再乘以时间,所以是有增无减,且因累积而变得深厚。所以《诗经》叹曰:"欲报之德,昊天罔极?"

这一切的一切,从珊珊的第一声啼哭以前就开始了。若要彻底,就得追溯到四十五年前,当四个女婴的母亲初遇父亲,神话的封面刚刚揭开,罗曼史正当扉页。到女婴来时,便是美丽的插图了。第一图是父之囊。第二图是母之宫。第三图是育婴床,在内江街的妇产医院。第四图是摇婴篮,把四个女婴依次摇啊摇,没有摇到外婆桥,却摇成了少女,在厦门街深巷的一栋古屋。以后的插图就不用我多讲了。

这一幅插图,看哪,爸爸老了,还对着海峡之夜在灯下写诗。妈妈早入睡了,微闻鼾声。她也许正梦见从前,有一窝小白鼠跟她捉迷藏,躲到后来就走散了,而她太累,一时也追不回来。

1997 年 4 月

记忆像铁轨一样长

我的中学时代在四川的乡下度过。那时正当抗战,号称天府之国的四川,一寸铁轨也没有。不知道为什么,年幼的我,在千山万岭的重围之中,总爱对着外国地图,向往去远方游历,而且觉得最浪漫的旅行方式,便是坐火车。每次见到月历上有火车在旷野奔驰,曳着长烟,便心随烟飘,悠然神往,幻想自己正坐在那一排长窗的某一扇窗口,无穷的风景为我展开,目的地呢,则远在千里外等我,最好是永不到达,好让我永不下车。那平行的双轨一路从天边疾射而来,像远方伸来的双手,要把我接去未知;不可久视,久视便受它催眠。

乡居的少年那么神往于火车,大概因为它雄伟而修长,轩昂的车头一声高啸,一节节的车厢铿铿跟进,那气派真是慑人。至于轮轨相激枕木相应的节奏,初则铿锵而慷慨,继则单调而催眠,也另有一番情韵。过桥时俯瞰深谷,真若下临无地,蹑虚而行，一颗心，也忐忐忑忑吊在半空。黑暗迎面撞来，当头罩下，一点准备也没有，那是过山洞。惊魂未定，两壁的回声轰动不绝，你已经愈陷愈深，冲进山岳的盲肠里去了。光明在山的那一头迎你，先是一片幽昧的微熹，迟疑不决，蓦地天光豁然开朗，黑洞把你吐回给白昼。这一连串的经验，从惊到喜，中间还带着不安和神秘，历时虽短而印象很深。

坐火车最早的记忆是在十岁。正是抗战第二年，母亲带我从上海乘船到安南，然后乘火车北上昆明。滇越铁路与富良江平行，依着横断山脉蹲踞的余势，江水滚滚向南，车轮铿铿向北。也不知越过多少桥，穿过多少山洞。我靠在窗口，看了几百里的桃花映水，真把人看得眼红、眼花。

入川之后，刚兀的铁轨只能在山外远远喊我了。一直要等胜利还都，进了金陵大学，才有京沪路上疾驶的快意。那是大一的暑假，随母亲回她的故乡武进，铁轨无尽，伸入江南温柔的水乡，柳丝弄晴，轻轻地抚着麦浪。可是半年后再坐京沪路的班车东去，却不再中途下车，而是直达上海。那是最哀伤的火车之旅了：红旗渡江的前夕，我们仓皇离京，还是母子同行，幸好儿子已经长大，能够照顾行李。车厢挤得像满满一盒火柴，可是乘客的四肢却无法像火柴那么排得平整，而是交肱叠股，摩肩错臂，互补着虚实。母亲还有座位。我呢，整个人只有一只脚半踩在茶几上，另一只则在半空，不是虚悬在空中，而是斜斜地半架半压在各色人等的各色肢体之间。这么维持着"势力均衡"，换腿当然不能，如厕更是妄想。到了上海，还要奋力夺窗而出，否则就会被新拥上车来的回程旅客夹在中间,挟回南京去了。

来台之后,与火车更有缘分。什么快车慢车、山线海线,都有缘在双轨之上领略,只是从前京沪路上的东西往返,这时变成了纵贯线上的南北来回。滚滚疾转的风火千轮上,现代哪吒的心情,有时是出发的兴奋,有时是回程的慵懒,有时是午晴的遐思,有时是夜雨的落寞。大玻璃窗招来豪阔的山水,远近的城村;窗外的光景不断,窗内的思绪不绝,真成了情景交融。尤其是在长途,终站尚远,两头都搭不上现实,这是你一切都被动的过渡时期,可以绝对自由地大想心事,任意识乱流。

饿了,买一盒便当充午餐,虽只一片排骨,几块酱瓜,但在快览风景的高速动感下,却显得特别可口。台中站到了,车头重重地喘一口气,颈挂零食拼盘的小贩一拥而上,太阳饼、凤梨酥的诱惑总难以拒绝。照例一盒盒买上车来,也不一定是为了有多美味,而是细嚼之余有一股甜津津的乡情,以及那许多年来,唉,从年轻时起,在这条线上进站、出站、过站、初旅、重游、挥别,重重叠叠的回忆。

最生动的回忆却不在这条线上,在阿里山和东海岸。拜阿里山神是在十二年前。朱红色的窄轨小火车在洪荒的岑寂里盘旋而上,忽进忽退,忽蠕蠕于悬崖,忽隐身于山洞,忽又引吭一呼,回声在峭壁间来回反弹。万绿丛中牵曳着一线嫣红,连高古的山颜也板不起脸来了。

拜东岸的海神却近在三年以前,是和我存一同乘电气化火车从北回线南下。浩浩的太平洋啊,日月之所出,星斗之所生,毕竟不是海峡所能比，东望，是令人绝望的水蓝世界。起伏不休的咸波，在远方，摇撼着多少个港口多少只船，扪不到边，探不到底，海神的心事就连长锚千丈也难窥。一路上怪壁碍天，奇岩镇地，被千古的风浪蚀刻成最丑所以也最美的形貌，罗列在岸边如百里露天的艺廊，刀痕刚劲，一件件都凿着时间的签名，最能满足狂士的"石癖"。不仅岸边多石，海中也多岛。火车过时，一个个岛屿都不甘寂寞，跟它赛起跑来。毕竟都是海之囚，小的，不过跑三两分钟，大的，像龟山岛，也只能追逐十几分钟，就认输放弃了。

萨洛扬的小说里，有一个寂寞的野孩子，每逢火车越野而过，总是兴奋地在后面追赶。四十年前在四川的山国里，对着世界地图悠然出神的，也是那样寂寞的一个孩子，只是在他的门前，连火车也不经过。后来远去外国，越洋过海，坐的却常是飞机，而非火车。飞机虽可想成庄子的逍遥之游，列子的御风之旅，但是出没云间，游行虚碧，变化不多，机窗也太狭小，久之并不耐看。哪像火车的长途，催眠的节奏，多变的风景，从阔窗里看出去，又像是在人间，又像驶出了世外。所以在国外旅行，凡铿铿的双轨能到之处，我总是站在月台——名副其实的"长亭"——上面，等那阳刚之美的火车轰轰隆隆其势不断地踹进站来，来载我去远方。

在美国的那几年，坐过好多次火车。在艾奥瓦城读书的那一年，常坐火车去芝加哥看刘鎏和孙璐。美国是汽车王国，火车并不考究。去芝加哥的老式火车颇有 19 世纪遗风，坐起来实在不大舒服，但沿途的风景却看之不倦。尤其到了秋天，原野上有一股好闻的淡淡焦味,太阳把一切成熟的东西焙得更成熟,黄透的枫叶杂着赭尽的橡叶,一路艳烧到天边,谁见过那样美丽的火灾呢?过密西西比河,铁桥上敲起空旷的铿锵,桥影如网,张着抽象美的线条,倏忽已踹过好一片壮阔的烟波。等到暮色在窗,芝城的灯火迎面渐密,那黑人老车长就喉音重浊地喊出站名:Tanglewood!

有一次,从芝城坐火车回艾奥瓦城。正是圣诞假后,满车都是回校的学生,大半还背着、拎着行囊,更形拥挤。我和好几个美国学生挤在两节车厢之间,等于站在老火车轧轧交挣的关节之上,又冻又渴。饮水的纸杯在众人手上,从厕所一路传到我们跟前。更严重的问题是不能去厕所,因为连那里面也站满了人。火车原已误点,我们在呵气翳窗的芝城总站上早已困立了三四小时,偏偏隆冬的膀胱最容易注满。终于"满载而归",一直熬到艾大的宿舍。一泻之余,顿觉身轻若仙,重心全失。

美国火车经常误点,真是恶名昭彰。我在美国下决心学开汽车,完全是给老爷火车激出来的。火车误点,或是半途停下来等到地老天荒,甚至为了说不清楚的深奥原因向后倒开,都是最不浪漫的事。几次耽误,我一怒之下,决定把方向盘握在自己手里,不问山长水远,都可即时命驾。执照一到手,便与火车分道扬镳,从此我骋我的高速路,它敲它的双铁轨。不过在高速路旁,偶见迤迤的列车同一方向疾行,那修长而魁伟的体魄,那稳重而剽悍的气派,尤其是在天高云远的西部,仍令我怦然心动。总忍不住要加速去追赶,兴奋得像西部片里马背上的大盗,直到把它追进了山洞。

1976年去英国,周榆瑞带我和彭歌去剑桥一游。我们在维多利亚车站的月台上候车,匆匆来往的人群,使人想起那许多著名小说里的角色,在这"生之旋涡"里卷进又卷出的神色与心情。火车出城了,一路开得不快,看不尽人家后院晒着的衣裳,和红砖翠篱之间明艳而动人的园艺。那年西欧大旱,耐干的玫瑰却恣肆着娇红。不过是8月底,英国给我的感觉却是过了成熟焦点的晚秋,尽管是迟暮了,仍不失为美人。到剑桥飘起霏霏的细雨,更为那一幢幢俨整雅洁的中世纪学院平添了一分迷蒙的柔美。经过人文传统日琢月磨的景物,毕竟多一种沉潜的秀逸气韵,不是铝光闪闪的新厦可比。在空幻的雨气里,我们撑着黑伞,踱过剑河上的石洞拱桥,心底回旋的是弥尔顿牧歌中的抑扬名句,不是碳石才子的江南乡音。红砖与翠藤可以为证,半部英国文学史不过是这河水的回声。雨气终于浓成暮色,我们才挥别了灯暖如橘的剑桥小站。往往,大旅途里最具风味的,是这种一日来回的"便游"(side trip)。

两年后我去瑞典开会,回程顺便一游丹麦与联邦德国,特意把斯德哥尔摩到哥本哈根的机票,换成黄底绿字的美丽火车票。这一程如果在云上直飞,一小时便到了,但是在铁轨上轮转,从上午八点半到下午四点半,却足足走了八小时。云上之旅海天一色,美得未免抽象。风火轮上八小时的滚滚滑行,却带我深入瑞典南部的四省,越过青青的麦田和黄艳艳的芥菜花田,攀过银桦蔽天杉柏密矗的山地,渡过北欧之喉的峨瑞升德海峡,在香熟的夕照里驶入丹麦。瑞典是森林王国,火车上凡是门窗几椅之类都用木制,给人的感觉温厚而可亲。车上供应的午餐是烘面包夹鲜虾仁,灌以甘冽的嘉士伯啤酒,最合我的胃口。瑞典南端和丹麦北部这一带,陆上多湖,海中多岛,我在诗里曾说这地区是"屠龙英雄的泽国,佯狂王子的故乡",想象中不知有多阴郁,多神秘。其实那时候正是春夏之交,纬度高远的北欧日长夜短,柔蓝的海峡上,迟暮的天色久久不肯落幕。我在延长的黄昏里独游哥本哈根的夜市,向人鱼之港的灯影花香里,寻找疑真疑幻的传说。

联邦德国之旅,从杜塞尔多夫到科隆的一程,我也改乘火车。德国的车厢跟瑞典的相似,也是一边是狭长的过道,另一边是方形的隔间,装饰古拙而亲切,令人想起旧世界的电影。乘客稀少,由我独占一间,皮箱和提袋任意堆在长椅上。银灰与橘红相映的火车沿莱茵河南下,正自纵览河景,查票员说科隆到了。刚要把行李提上走廊,猛一转身,忽然瞥见蜂房蚁穴的街屋之上峻然拔起两座黑黝黝的尖峰,瞬间的感觉,极其突兀而可惊。定下神来,火车已经驶近那一双怪物,峭险的尖塔下原来还整齐地绕着许多小塔,锋芒逼人,拱卫成一派森严的气象,那么崇高而神秘,中世纪哥特式的肃然神貌耸在半空,无闻于下界琐细的市声。原来是科隆的大教堂,在莱茵河畔顶天立地已七百多岁。火车在转弯。不知道是否因为车身微侧,竟感觉那一对巨塔也峨然倾斜,令人吃惊。不知飞机回降时成何景象,至少火车进城的这一幕十分壮观。

三年前去里昂参加国际笔会的年会,从巴黎到里昂,当然是乘火车，为了深入法国东部的田园诗里，看各色的牛群，或黄或黑，或白底而花斑，嚼不尽草原上缓坡上远连天涯的芳草萋萋。陌生的城镇，点名一般地换着站牌。小村更一现即逝，总有白杨或青枫排列于乡道，掩映着粉墙红顶的村舍，衬以教堂的细瘦尖塔，那么秀气地针着远天。西斯莱、毕沙罗，在初秋的风里吹弄着牧笛吗？那年法国刚通了东南线的电气快车，叫作"Le TGV"（Train à Grande Vitesse），时速三百八十公里，在报上大事宣扬。回程时，法国笔会招待我们坐上这骄红的电鳗；由于座位是前后相对，我一路竟倒骑着长鳗进入巴黎。在车上也不觉得怎么"风驰电掣"，颇感不过如此，今年初夏和纪刚、王蓝、健昭、杨牧一行，从东京坐子弹车射去京都，也只觉其"稳健"而已。车到半途，天色渐昧，正吃着鳗鱼佐饭的日本便当，吞着苦涩的札幌啤酒，车厢里忽然起了骚动，惊叹不绝。在邻客的探首指点之下，迓见富士山的雪顶白矗晚空，明知其为真实，却影影绰绰，像一片可怪的幻象。车行极快，不到三五分钟，那一影淡白早已被近丘所遮。那样快的变动，敢说浮世绘的画师，戴笠挎剑的武士，都不曾见过。

台湾中南部的大学常请台北的教授前往兼课，许多朋友不免每星期南下台中、台南或高雄。从前龚自珍奔波于北京与杭州之间，柳亚子说他"北驾南舣到白头"。这些朋友在岛上南北奔波，看样子也会奔到白头，不过如今是在双轨之上，不是驾马舣舟。我常笑他们是演"双城记"，其实近十年来，自己在台北与香港之间，何尝不是如此？在台北，三十年来我一直以厦门街为家。

现在的汀州路二十年前是一条窄轨铁路，小火车可通新店。当时年少，我曾在夜里踏着轨旁的碎石，鞋声轧轧地走回家去，有时索性走在轨道上，把枕木踩成一把平放的长梯。时常在冬日的深宵，诗写到一半，正独对天地之悠悠，寒战的汽笛声会一路沿着小巷呜呜传来，凄清之中有其温婉，好像在说：全台北都睡了，我也要回站去了，你，还要独撑这倾斜的世界吗？夜半钟声到客船，那是张继。而我，总还有一声汽笛。

在香港，我的楼下是山，山下正是九广铁路的中途。从黎明到深夜，在阳台下滚滚辗过的客车、货车，至少有一百班。初来的时候，几乎每次听见车过，都不禁要想起铁轨另一头的那一片土地，简直像十指连心。十年下来，那样的节拍也已听惯，早成大寂静里的背景音乐，与山风海潮合成浑然一片的天籁了。那轮轨交磨的声音，远时哀沉，近时壮烈，清晨将我唤醒，深宵把我摇睡，已经潜入了我的脉搏，与我的呼吸相通。将来我回去台湾，最不惯的恐怕就是少了这金属的节奏，那就是真正的寂寞了。也许应该把它录下音来，用最敏感的机器，以备他日怀旧之需。附近有一条铁路，就似乎把住了人间的动脉，总是有情的。

香港的火车电气化之后，大家坐在冷静如冰箱的车厢里，忽然又怀起古来，隐隐觉得从前的黑头老火车，曳着煤烟而且重重叹气的那种，古拙刚愎之中仍不失可亲的味道。在从前那种车上，总有小贩穿梭于过道，叫卖斋食与"凤爪"，更少不了的是报贩。普通票的车厢里，不分三教九流，男女老幼，都杂杂沓沓地坐在一起，有的默默看报，有的怔怔望海，有的瞌睡，有的啃鸡爪，有的闲闲地聊天，有的激昂慷慨地痛论国是，但旁边的主妇并不理会，只顾得呵斥自己的孩子，如果你要香港社会的样品，这里便是。周末的加班车上，更多广州返来的回乡客，一根扁担，就挑尽了大包小笼。此情此景，总令我想起杜米埃（Honore Daumier）的名画《三等车上》。只可惜香港没有产生自己的杜米埃，而电气化后的明净车厢里，从前那些汗气、土气的乘客，似乎一下子都不见了，小贩子们也绝迹于月台。我深深怀念那个摩肩抵肘的时代，站在今日画了黄线的整洁月台上，总觉得少了一点什么，直到记起了从前那一声汽笛长啸。

  写火车的诗很多，我自己都写过不少。我甚至译过好几首这样的诗，却最喜欢土耳其诗人塔朗吉（Cahit Sitki Taranci）的这首：

> 去什么地方呢，这么晚了，
> 美丽的火车，孤独的火车？
> 凄苦是你汽笛的声音，
> 令人记起了许多事情。
>
> 为什么我不该挥舞手巾呢？
> 乘客多少都跟我有亲。
> 去吧，但愿你一路平安，
> 桥都坚固，隧道都光明。

1984 年 5 月 7 日

我的四个假想敌

　　二女幼珊在港参加侨生联考，以第一志愿分发台大外文系。听到这消息，我松了一口气，从此不必担心四个女儿通通嫁给广东男孩了。

　　我对广东男孩并无偏见，在港六年，我班上也有好些可爱的广东少年，颇讨老师的欢心，但是要我把四个女儿全都让那些"靓仔""叻仔"掳掠了去，却舍不得。不过，女儿要嫁谁，说得洒脱些，是她们的自由意志，说得玄妙些呢，是姻缘，做父亲的又何必患得患失呢？何况在这件事上，做母亲的往往位居要冲，自然而然成了女儿的亲密顾问，甚至亲密战友，作战的对象不是男友，却是父亲。等到做父亲的惊醒过来，早已腹背受敌，难挽大势了。

　　在父亲的眼里，女儿最可爱的时候是在十岁以前，因为那时她完全属于自己。在男友的眼里，她最可爱的时候却在十七岁以

125

后，因为这时她正像毕业班的学生，已经一心向外了。父亲和男友，先天上就有矛盾。对父亲来说，世界上没有东西比稚龄的女儿更完美的了，唯一的缺点就是会长大，除非你用急冻术把她久藏，不过这恐怕是违法的，而且她的男友迟早会骑了骏马或摩托车来，把她吻醒。

我未用太空舱的冻眠术，一任时光催迫，日月轮转，再揉眼时，怎么四个女儿都已依次长大，昔日的童话之门砰地一关，再也回不去了。四个女儿，依次是珊珊、幼珊、佩珊、季珊。简直可以排成一条珊瑚礁。珊珊十二岁的那年，有一次，未满九岁的佩珊忽然对来访的客人说："喂，告诉你，我姐姐是一个少女了！"在座的大人全笑了起来。

曾几何时，惹笑的佩珊自己，甚至最幼稚的季珊，也都在时光的魔杖下，点化成"少女"了。冥冥之中，有四个"少男"正偷偷袭来，虽然蹑手蹑脚，屏声止息，我却感到背后有四双眼睛，像所有的坏男孩那样，目光灼灼，心存不轨，只等时机一到，便会站到亮处，装出伪善的笑容，叫我岳父。我当然不会应他。哪有这么容易的事！我像一棵果树，天长地久在这里立了多年，风霜雨露，样样有份，换来果实累累，不胜负荷。而你，偶尔过路的小子，竟然一伸手就来摘果子，活该蟠地的树根绊你一跤！

而最可恼的却是树上的果子，竟有自动落入行人手中的样子。树怪行人不该擅自来摘果子，行人却说是果子刚好掉下来，给他接着罢了。这种事，总是里应外合才成功的。当初我自己结婚，不也是有一位少女开门揖盗吗？"堡垒最容易从内部攻破。"说得真是不错。不过彼一时也，此一时也。同一个人，过街时讨厌汽车，开车时却讨厌行人。现在是轮到我来开车。

好多年来，我已经习于和五个女人为伍，浴室里弥漫着香皂和香水气味，沙发上散置皮包和发卷，餐桌上没有人和我争酒，都是天经地义的事。戏称吾庐为"女生宿舍"，也已经很久了。做了"女生宿舍"的舍监，自然不欢迎陌生的男客，尤其是别有用心的一类。但是自己辖下的女生，尤其是前面的三位，已有"不稳"的现象，却令我想起叶芝的一句诗：

一切已崩溃，失去重心。

我的四个假想敌，不论是高是矮，是胖是瘦，是学医还是学文，迟早会从我疑惧的迷雾里显出原形，一一走上前来，或迂回曲折，嗫嚅其词，或开门见山，大言不惭，总之要把他的情人，也就是我的女儿，对不起，从此领去。无形的敌人最可怕，何况我在亮处，他在暗里，又有我家的"内奸"接应，真是防不胜防。只怪当初没有把四个女儿及时冷藏，使时间不能拐骗，社会也无由污染。现在她们都已大了，回不了头；我那四个假想敌，那四个鬼鬼祟祟的地下工作者，也都已羽毛丰满，什么力量都阻止不了他们了。先下手为强，这件事，该乘那四个假想敌还在襁褓的时候，就予以解决的。至少美国诗人纳什（gden Nash, 1902—1971）劝我们如此。他在一首妙诗《由女婴之父来唱的歌》（*Song to Be Sung by the Father of Infant Female Children*）之中，说他生了女儿吉儿之后，惴惴不安，感到不知什么地方正有个男婴也在长大，现在虽然还浑浑噩噩，口吐白沫，却注定将来会抢走他的吉儿。于是做父亲的每次在公园里看见婴儿车中的男婴，都不由神色一变，暗暗想道："会不会是这家伙？"想着想着，他"杀机陡萌"（My dreams, I fear, are infanticiddle），便要解开那男婴身上的别针，朝他的爽身粉里撒胡椒粉，把盐撒进他的奶瓶，把沙撒进他的菠菜汁，再扔头优游的鳄鱼到他的婴儿车里陪他游戏，逼他在水深火热之中挣扎而去，去娶别人的女儿。足见诗人以未来的女婿为假想敌，早已有了前例。

不过一切都太迟了。当初没有当机立断，采取非常措施，像纳什诗中所说的那样，真是一大失策。如今的局面，套一句史书上常见的话，已经是"寇入深矣！"女儿的墙上和书桌的玻璃垫下，以前的海报和剪报之类，还是披头、拜丝、大卫·凯西弟的形象，现在纷纷都换上男友了。至少，滩头阵地已经被入侵的军队占领了去，这一仗是必败的了。记得我们小时，这一类的照片仍被列为机密要件，不是藏在枕头套里，贴着梦境，便是夹在书堆深处，偶尔翻出来神往一番，哪有这么二十四小时眼前供奉的？

这一批形迹可疑的假想敌，究竟是哪年哪月开始入侵厦门街余宅的，已经不可考了。只记得六年前迁港之后，攻城的军事便换了一批口操粤语的少年来接手。至于交战的细节，就得问名义上是守城的那几个女将，我这位"昏君"是再也搞不清的了。只知道敌方的炮火,起先是瞄准我家的信箱,那些歪歪斜斜的笔迹,久了也能猜个七分;继而是集中在我家的电话,"落弹点"就在我书桌的背后,我的文苑就是他们的沙场,一夜之间,总有十几次脑震荡。那些粤音平上去入,有九声之多,也令我难以研判敌情。现在我带幼珊回了厦门街,那头的广东部队轮到我太太去抵挡,我在这头,只要留意台湾健儿,任务就轻松多了。

　　信箱被袭,只如战争的默片,还不打紧。其实我宁可多情的少年勤写情书,那样至少可以练习作文,不致在视听教育的时代荒废了中文。可怕的还是电话中弹,那一串串警告的铃声,把战场从门外的信箱扩至书房的腹地,默片变成了身历声,假想敌在实弹射击了。更可怕的,却是假想敌真的闯进了城来,成了有血有肉的真敌人,不再是假想了好玩的了,就像军事演习到中途,忽然真的打起来了一样。真敌人是看得出来的。在某一女儿的接应之下,他占领了沙发的一角,从此两人呢喃细语,嗫嚅密谈,即使脉脉相对的时候,那气氛也浓得化不开,窒得全家人都透不过气来。这时几个姐妹早已回避得远远的了,任谁都看得出情况有异,万一敌人留下来吃饭,那空气就更为紧张,好像摆好姿势,面对照相机一般,平时鸭塘一般的餐桌,四姐妹这时像在演哑剧,连筷子和调羹都似乎得到了消息,忽然小心翼翼起来。明知这僭越的小子未必就是真命女婿,(谁晓得宝贝女儿现在是十八变中的第几变呢?)心里却不由自主升起一股淡淡的敌意。也明知女儿正如将熟之瓜,终有一天会蒂落而去,却希望不是随眼前这自负的小子。

当然，四个女儿也自有不乖的时候，在恼怒的心情下，我就恨不得四个假想敌赶快出现，把她们通通带走。但是那一天真要来到时，我一定又会懊悔不已。我能够想象，人生的两大寂寞，一是退休之日，一是最小的孩子终于也结婚之后。宋淇有一天对我说："真羡慕你的女儿全在身边！"真的吗？至少目前我并不觉得，自己有什么可羡之处。也许真要等到最小的季珊也跟着假想敌度蜜月去了，才会和我存并坐在空空的长沙发上，翻阅她们小时的相簿，追忆从前，六人一车长途壮游的盛况，或是晚餐桌上，热气蒸腾，大家共享的灿烂灯光。人生有许多事情，正如船后的波纹，总要过后才觉得美的。这么一想，又希望那四个假想敌，那四个生手笨脚的小伙子，还是多吃几口闭门羹，慢一点出现吧。

袁枚写诗，把生女儿说成"情疑中副车"；这书袋掉得很有意思，却也流露了重男轻女的封建意识。照袁枚的说法，我是连中了四次副车，命中率够高的了。余宅的四个小女孩现在变成了四个小妇人，在假想敌环伺之下，若问我择婿有何条件，一时倒恐怕答不上来：沉吟半晌，我也许会说："这件事情，上有月下老人的婚姻谱，谁也不能篡改，包括韦固，下有两个海誓山盟的情人，'二人同心，其利断金'，我凭什么要逆天拂人，梗在中间？何况终身大事，神秘莫测，事先无法推理，事后不能悔棋，就算交给21世纪的电脑，恐怕也算不出什么或然率来。倒不如故示慷慨，伪作轻松，博一个开明父亲的美名，到时候带颗私章，去做主婚人就是了。"

问的人笑了起来,指着我说:"什么叫作'伪作轻松'?可见你心里并不轻松。"

我当然不很轻松,否则就不是她们的父亲了。例如,人种的问题,就很令人烦恼。万一女儿发痴,爱上一个耸肩摊手口香糖嚼个不停的小怪人,该怎么办呢?在理性上,我愿意"有婿无类",做一个大大方方的世界公民。但是在感情上,还没有大方到让一个臂毛如猿的小伙子把我的女儿抱过门槛。现在当然不再是"严夷夏之防"的时代,但是一任单纯的家庭扩充成一个小型的联合国,也大可不必。问的人又笑了,问我可曾听说混血儿的聪明超乎常人。我说:"听过,但是我不稀罕抱一个天才的'混血孙'。我不要一个天才儿童叫我 Grandpa,我要他叫我外公。"问的人不肯罢休:"那么省籍呢?"

"省籍无所谓,"我说,"我就是苏闽联姻的结果,还不坏吧?当初我母亲从福建写信回武进,说当地有人向她求婚。娘家大惊小怪,说'那么远!怎么就嫁给南蛮!'后来娘家发现,除了言语不通之外,这位闽南姑爷并无可疑之处。这几年,广东男孩锲而不舍,对我家的压力很大,有一天闽粤结成了秦晋,我也不会感到意外。如果有个台湾少年特别巴我,其志又不在跟我谈文论诗,我也不会怎么为难他的。至于其他各省,从黑龙江直到云南,口操各种方言的少年,只要我女儿不嫌他,我自然也欢迎。"

"那么学识呢?"

"学什么都可以。也不一定要是学者,学者往往不是好女婿，更不是好丈夫。只有一点：中文必须清通。中文不通，将祸延吾孙！"

　　客又笑了。"相貌重不重要？"他再问。

　　"你真是迂阔之至！"这次轮到我发笑了，"这种事，我女儿自己会注意，怎么会要我来操心？"

　　笨客还想问下去，忽然门铃响起。我起身去开大门，发现长发乱处，又一个假想敌来掠余宅。

1980 年 9 月于厦门街

隔水呼渡

1

1600CC[①]的白色旅行车，一路上克令亢朗，终于来到盘盘山径的尽头，重重地喘了一口大气，松下满身的筋骨。天地顿然无声。高岛说前面无路了，得下车步行。三个人推门而出，走向车尾的行李箱。高岛驮起铁架托住的颤巍巍背囊，本已魁梧的体魄更显得幢幢然，几乎威胁到四周的风景。宓宓拎着两只小旅行袋，脚上早已换了雪白的登山鞋。我一手提着帆布袋，另一手却提着一只扁皮箱：事后照例证明这皮箱迂阔而可笑，因为山中的日月虽长，天地虽大，却原始得不容我坐下来记什么日记。

---

① CC：立方厘米。

三个人在乱草的阡陌上踌躇地寻路，转过一个小山坳，忽然迎面一片明晃，风景开处，令人眼界一宽，闪动着盈盈欲溢的水光。

"这就是南仁湖吗？"宓宓惊问。

高岛嗯了一声，随手把背上的重负卸了下来。这才发现，我们已经站在渡口了。一架半旧的机车斜靠在草坡下，文明似乎到此为止。水边的一截粗木桩却不同意，它系住的一根尼龙白缆斜伸入水，顺势望去，约莫十六七丈外，那一头冒出水来，接上对岸的渡桩，正泊着一只平底白筏。

"恐怕要叫上一阵子了。"高岛似笑非笑地说。

接着他深呼吸起来，忽地一声暴吼。

"令赏！"满湖的风景大吃一惊，回声从山围里反弹过来，袅袅不绝，掠过空荡荡的水面，清晰得可怕。果然，有几只鹭鸶扰攘飞起，半晌，才栖定在斜对岸的相思林里。

"令赏！令赏！"又嘶吼起来，继以一串无意义的怪叫。

"谁是令赏？"我忍不住问道。

"对岸的人家姓林，"高岛说着，伸手指着左边，"看见那边山下的一排椰树吗？对，就是那一排，笔直的十几根白干子。林家本来住在椰树丛里，后来国家公园要他们搬出去。屋子都拆了，不料过了些时，他们却在正对面这山头的后面另搭了一座，住得更深入了。公家的人来找他们，也在这里，像我这么大呼小叫，他们却躲在树背后用望远镜偷看，不理不睬——"

"那我们这样叫，有用吗？"宓宓说。

"不一定听得见，"高岛笑嘻嘻地说，"你看见那树背后的天线没有？"

顺着白筏的方向朝山上看去，草丘顶上是茂密如发的相思树林，果然有一架天线在树后伸出来，衬着阴阴的天色，纤巧可认。

"他们还看电视吗？"宓宓不解了。

"看哪，他们有一架发电机。只是没有电话。"

"没有电话，太好了。外面的世界就拘不到他们。"我说。

"令赏！令赏！"高岛又吼起来。接着他又哇哇怪叫。我和宓宓也加入呼喊。我的男低音趁着水，她的尖嗓子趁着风，一起凌波而去，去为高岛的男高音助阵。静如太古的湖气搅得鱼鸟不宁，乱了好一阵子。自己的耳朵也觉得不像话，一定冒犯了山精水神了。十几分钟后，三个人都停了下来，喉头涩苦苦的。于是山又是山，水又是水。那白筏依然保持着野渡无人的姿态。

"这比天方夜谭的'芝麻开门'辛苦得多了。"我叹道。

"这么一喊，肚子倒饿了，"高岛说，"这里风太大，不如找地方躲下风，先把午饭解决了再说。要是再喊不应，我就绕湖走过去，半个多钟头也应该够了。"

那一天是阴天，风自东来，不时还挟着毛毛细雨，颇有凉意。我们绕到草丘的西边，靠树荫与坡形挡着风势，在一丛紫花绿叶的长穗木边坐下。高岛解开背囊，取出一件鹅黄色的大雨衣铺在草地上，陆陆续续像变戏法一般。烧肉粽、红龟糕、蛋糕、苹果、香瓜，等等，权充午餐是足够的了。最令我们感兴趣的是一瓶长颈圆肚的卡缪白兰地和俨然匹配的三只高脚酒杯,全都攲斜地搁在雨衣上。他为每人都斟了半杯。酒过三巡,大家正醺然之际,他忽然说:

"来点儿茶吧。"

"哪来茶呢?"宓宓笑问。

"煮啊。"

"煮?"

"对啊,现煮。"说着高岛又从他的百宝囊中掏出了一盏酒精灯,点燃之后,再取出一只陶壶,三只功夫小茶盅。不一会儿,香浓扑鼻的乌龙已经斟入了我们的盅里。在这荒山野湖的即兴午餐,居然还有美酒热茶,真是出人意料。高岛一面品茶,一面告诉我们说,他没有一次登山野行不喝热茶,说着,又为大家斟了一遍。

草丘的三面都是湖水,形成了一个半岛。斜风细雨之中,我起身绕丘而行。一条黄土小径带领我,在恒春杨梅、象牙树、垂枝石松之间穿过,来到北岸。瞥见岸边的浅水里有簇簇的黑点在蠢蠢游动,蹲下来一看,圆头细尾,像两公分[①]长而有生命的一逗点,啊,是蝌蚪!原来偌大的一片南仁湖,竟是金线蛙的幼稚园。这水里怕不有几万条墨黑黏滑的"蛙娃",嬉游在水草之间和岸边的断竹枯枝之下。我赶回高岛和宓宓的身边,拿起喝空了的高脚杯。几乎不用瞄准,杯口只要斜斜一掬,两尾"蛙娃"便连水进了杯子。我兴奋地跑回野餐地,举示杯中的猎物。"看哪,

---

① 公分:厘米。

满湖都是蝌蚪！"那两尾黑黑的大头婴在圆锥形的透明车间里窜来窜去，惊惶而可怜。

"可以拿来下酒！"高岛笑说。

"不要肉麻了，"宓宓急叫，"快放了吧！"

我一扬手，连水和蝌蚪一起倒回了湖里。

大家正笑着，高岛忽然举手示意说，渡口有人。我们跟他跑到渡口，水面果然传来人语，循声看去，对岸有好几个人，正在上筏。为首的一人牵动水面的纤索，把白筏慢慢拉过湖来，紧张的索上抖落一串串的水珠。三四分钟后已近半渡，看得出那纤夫平头浓眉，矮壮身材，四十岁左右。高岛在这头忍不住叫他了：

"林先生，叫了你大半天，怎么不来接我们呢？"

"阮笼听无。"那人只顾拉纤，淡淡地说。

"你要是不送人客过来，咳，我们岂不要等上一下晡？"高岛不肯放松。

"那有什么要紧？"那人似笑非笑地说。

筏子终于拢岸了。上面的几个客人跳上渡头来，轮到我们三人上筏。不是传统的竹筏，是用一排塑胶空管编扎而成，两头用帽盖堵住，以免进水，管上未铺平板，所以渡客站在圆筒上，得自求平衡，否则一晃就踩进湖里去了。同时还得留意那根生命线似的纤索，否则也会被它逼得无可立脚，翻入水中。就这么，在高岛和林先生有一搭没一搭的乡音对话之中，一根细纤拉来了对岸。

2

　　林家住在一栋砖墙瓦顶的简单平房里,屋前照例有一片晒谷场,旁边堆些破旧的家具,场中躺着两只黄狗,其一跛了右面的后腿,更有一群黑毛土鸡游走啄食。晒谷场的一面接着南仁湖的小湾,近岸处水浅草深,有点儿像沼泽;另一面是一汪池塘,铺满了睡莲的圆叶,一茎茎直擎着的莲花却都紧闭着红瓣,午寐方酣。在外湖与内塘之间,有一条杂草小埂。我们一路跛过去,便走到一个坡脚,爬上坡去,是青草芊芊的浑圆丘顶,可以环顾几面的湖水。

　　正是半下午,天气仍是凉阴阴的,吹着东北风,还间歇飘着细雨。我们绕着草坡,想把南仁湖看出个大致的轮廓来,却只见山重水复,一览无尽。真羡慕灰面鹫与鹭鸶能够凭虚俯眺,自由无碍地巡游。南仁湖不能算一个大湖,但是水域萦回多湾,加以四周山色连环,却也不像小湖那么一目了然。湖岸线这么曲折,要是徒步绕湖一圈,恐怕得走一整个下午;何况有好几段草树绸缪,荒径若断若续,忽高忽低,未必通得过去。

　　高岛入山多次,地形很熟,正为我们指点湖山风景,宓宓忽然说:"对面有人。"大家眺向北岸,灰褐色的土地两边果然有人走动,白衣一闪,就没入了树影。

　　"会是谁呢,在这山里?"我问。

　　"可能是来研究生态的什么专家,"高岛说,"有些教授一来就住上十天半个月……咦,那不是灰面鹫吗?还是一对呢!这种鸟十月间多过境,现在已经是十月底,快过了。"

大家正在追踪鸟影,一面懊恼没带望远镜来,隔湖又传来人声。那是女人的声音,像在吆喝什么。北岸的断堤埂上出现一个人体,个子不高,一迭连声,正把一头大水牛赶下水来。

高岛笑起来说:"那是林家的嫂子,要把那头牛赶过这边来。"

"它会游水吗?"宓宓讶然。

"怎么不会?是水牛呢。"

那牛果然下了湖,庞然的黑躯已经浸在水中,只露出一弧背脊和仰翘的鼻头,斜里向窄水近岸处泅了过来,七八分钟后竟已半渡。那路线离我们立眺的山坡有百多米,加以天色阴阴,觑不很真切,只能凭那一对匕首似的大弯角,来追认它头的摆向。大家都称赞那水牛英勇善泅,高岛尤其笑得开心。这时,它却停了下来,只探首出水,一动也不动。

"它一定是在水浅的地方找到了歇脚石。"我说。

"湖水并不深,所以渡筏也可以用竹篙来撑,"高岛说,"这南仁湖的水面已有海拔三百十几米了,只因为围在山里,看不出高来。"

正说着,对岸的人影在土埂上跑上跑下,又吆喝起来。水面那一对牛角摆了一下,向前移动起来,有时候似乎还回过头去,观望女主人的动静。女主人继续呵斥,不容它犹豫。终于水牛泅到了湖这边来,先是昂起了峥嵘的头角,继而露出了大半个躯体,却并不径上岸来,只靠在树根毕露的黄土断崖下,来回地扭着身子。

"那是在磨痒，"高岛说，"泡在水里，不但舒服，还可以摆脱讨厌的牛虻。哈哈，你看那头牛，根本不想回家来！"

对岸的女主人尽管声嘶力竭，那头牛却毫不理会。这一主一畜和我们之间，形成了一个钝角三角形，而以牛为钝角。一幕事件单纯而趣味无尽的田园谐剧，就这么演了半个多小时，丘顶的我们是不期而遇的观众。高岛乐得咧嘴直笑，说仅看这一出，今天就没白过。最后，那女人放弃了驱牛的企图，提高了嗓子喊她的丈夫。

"她家隔着一个山坡，"高岛说，"天晓得她丈夫什么时候才过来渡她。我们中年足足喊了一个多钟头呢。"

可是这一次白筏却来得很快，筏首昂起，一排红帽盖在青山白水之间分外醒目。高岛一看见，便高兴地大叫：

"林先生，渡我们过去！"

那矮壮的篙夫转过头来，看到我们，便把迟缓的筏子斜撑过来。十几分钟后，我们都跳上了筏子。篙夫把丈八竹篙举过我们的头顶，一路滴着湖水，向左边猛地一插、一撑，把筏首又对回他"牵手"的方向。白筏朝北岸慢吞吞地拍水前进。四山的蝉声噪成一片。

"那只牛闹什么脾气呀？"高岛问那浓眉厚唇的篙夫，"林嫂赶了半天，都不肯上岸来。"

篙夫并不立刻回答，只管转头去瞅那崖下的畜生，才慢吞吞地说："早起为它穿了鼻子，它有点儿受气。"

"你们笼总有几只牛？"宓宓问。

问话吊在半空,隔了一会儿,才吐出答案:"十几只。"

3

渡过北岸,一行三人沿着湖水向右手曲折走去。高岛坚持北岸更好,因为地僻路荒,人迹罕至,而且林木较密,也较原始。南仁湖四周真是得天独厚的青绿世界,由迎风的季风林所形成,为岛上仅有的低海拔原始林区。相思树、珊瑚树、象牙树、青刚栎、长尾栲、红校攒等,丛丛簇簇,密布在乡风的山坡,更与大头茶、大叶树兰一类较矮的树杂伴而生,翠荫里还庇护着无数的蕨类。这一千多公顷的绿色处女地,文明的黑脚印不许鲁莽践踏的生态保护区,幸存于烟囱、挖土机、扩音器之外,为走投无路的牧神保留一隅最后的故乡,让飞者飞,爬者爬,游者从容自在地摇鳞摆尾,让窒息的肺叶深深呼吸,受伤的耳朵被慰于宁静,刺痛的眼睛被抚于翠青。

从南岸看过来,北岸这一带特别诱人,因为密林开处有一片平旷的草原,缓缓斜向湖水,盈眼的芊芊呼应着近岸而出水的萤蔺。那样慷慨而坦然的鲜绿,曾经在什么童话的第几页插图里见过,此刻,竟然隔水来招呼我的眉睫。无猜的天机,那受宠的惊喜正如一只蜻蜓会停在我的腕上。从南岸看过来,黑斑斑一簇,周围洒落了一点点乳白,对照鲜明,正是起落无定的鹭鸶依傍着放牧的水牛。这黑白的对照,衬着柔绿的舒适背景,却被郁郁苍苍的两岸坡岬,一左一右地遮去大半,似乎造化也意有所钟,舍不得一下子就让我们贪得无厌的眼睛偷窥了这天启的全貌。于是我们决定北渡，去探那牧神的隐私。

今夏一场韦恩台风，肆虐的痕迹就在这世外的山里仍处处可见。最显眼的是纵横的断枝，脆的，一截截吹落在湖岸，坚韧的，像竹，则断而不脱，仍然斜垂在主干上，露出白心。我向丛竹里折取了一根三尺多长的金黄断枝，挥了几下，细长利落而有弹力，十分得手。于是一路挥舞着，见到顺手的断枝，便瞄准重心所在，向湖上挑去，竟也玩得很乐。高岛则背着一应俱全的摄影器材，领着宓宓在前头，正在端详湖景，要挑一处角度最好的"风景眼"，去擒粼粼的水光，稠稠的树色。若是忽然瞥见一闪白鹭掠波而去，或是映水而立，或是翩翩飞翔，要择树而憩，就大呼惊艳，兴奋地举机调镜，总是迟了半拍，逝了白影。

突然又传来宓宓的惊呼，那声音，不像惊艳，倒像惊魇。我吓了一跳。接着高岛也叫了起来，但惊喜多于惊惶：

"一定要拍下来！"他再三嚷道。

我挥动竹枝赶上前去。转过一个黄土坡，眼前忽然一暗。背着薄阴的天色和近乎墨绿色的密树浓荫，头角峥嵘，体格庞沛，顺着坡势布阵一般地，屹立着一群黑压压的水牛。未及细数，总有十几座吧，最高处的一匹反衬在天边，轮廓更是突出。最令人震撼的，是群牛一起回过头来朝着我们，十几双暴眼灼灼瞪瞪而来。这景象不能说怎么可怖，但是巍巍的巨物成阵，一口气挡住了去路，却也令人不能不凛然止步。

"快照啊，"我催他们，"趁它们一起都对着我们。"

牛群对我们的集体注视，令我们感到处于焦点的紧张，同时它们那种不约而同的专注神态，又令人觉得好笑。两人手忙脚乱地拍了几张"牛阵图"之后，我们一个向后转，终于在那许多双目光的睽睽之下，撤退了。

"要是真面对着田单的火牛阵才可怕呢。"我说着，大家都松了一口气，一起沿着北岸向西走。湖边的一条黄土小路，左回右转而且起伏不平，一会儿是窄埂，一会儿是断径，也不见有什么人来往，野草却践得残缺不全。近岸处的树丛下，时或令人眼睛一亮，不是匍地而开的怯紫色蝶豆花，便是粉红色的马鞍藤。最后来到一片开旷的草地，高岛和宓宓便忙于张设三脚架，测光，对镜，要把南仁湖的隐私之美伺机摄下，好带到山外的人间去作见证。我就在水边找到一截粗拙的树枝，坐下去，静观黑嫩的蝌蚪，有的摆尾来去，有的伏卧如寐，风来时也随波荡漾，起伏不已。可以想见明年春天，蛙喧的声势有多惊人。现代的都市人对山林和田野越来越患乡愁，虽然可以在墙上挂几张风景来望梅止渴，效果究竟还不够生动。其实录音带这么发达，为什么没有人把蛙鸣、蝉嘶、鸟叫、潮嚣之类的天籁一一录下，来解城栖者可怜的耳馋？要是有这种录音带就好了，我们就可以在临睡前播放，轻轻地，像是来自远方，然后就在满塘的咯咯蛙唱里，入了仲夏夜之梦。

蝌蚪的尾巴这么长，游动时抖得变成一串S形，十分有趣。我忽然心动，便把折来的黄金竹枝探入水里，去逗弄这些黑蛙娃。看它们奔来窜去的样子，真是好玩。这些黑蛙娃结构单纯，都是一粒大头的后面拖着一条长尾巴,像一条黑豆芽。那椭圆的滑头不怎么好玩,一来因为太小,二来因为怕伤了它。那摇摆不定的尾巴却诱人去戏弄。渐渐地,我学会了一招绝技,就是用竹枝的细尖把黑蛙娃的尾巴按在土岸上。它一惊,必定使劲抖尾巴,当然挣不开了。然后你一松竹枝,它立刻摆尾急窜,向深处潜逃,那情景十分可笑。不过黑蛙娃尾滑滑,又特别警觉,要能将它夹个正着,一举擒住,却也不容易。平均十次里面,最多命中一次。开始我生怕它一挣扎便掉了尾巴,那就太残忍了,后来发现那尾巴坚韧得很,怎么扭挣都不要紧,就放心玩下去了。就这么,竟玩了近一小时。

水面下几寸之内的浅处,是黑蛙娃集体游憩的幼儿园,说得上是万头攒动。水面上,踏着空明的流光来去飘忽的独行客,却是水蜘蛛。无论你怎么定神追踪,再也看不清它迷离的步法究竟怎样在演变,只觉得它的怪异行程像鬼在下棋,落子那么快,快过蜻蜓点水,一霎时已经七起八落,最后总是停在你的目光之外。更怪的是,一般的水蜘蛛都有八只脚,南仁湖上的却只有四只,而且细得像头发,膝弯几乎成直角,身躯也细瘦得不可思议,给我的感觉,正如一组诡谲的几何线条掠水而过。

暮色从湖面蹑来,也是一只水蜘蛛。什么时候湖面已经渐渐暗下来,抬头一看,因为天色已经在变色了。这才发现高岛已经在收三脚架,宓宓在草地背后的土埂上喊我。"该回去了。"高岛也说。三个人便沿着湖岸向东走,目标是断堤近处一根系了纤缆的木桩。

"白鹭！"宓宓叫起来。

两只鹭鸶一前一后，从断堤里面幽深的湖湾飞来，虽然在苍茫的暮色中，衬着南岸郁郁莽莽的季风林，仍然白得艳人眼目。那具有洁癖的贞白，若是静绽如花，还不这么生动，偏偏又这么上下飘舞，比白蝶悠闲，比雪花有劲，就更令人目追心随，整个风景都活泼起来了。双鹭飞到南岸渡头上面的树丛，就若有所待地慢慢回翔起来。

"哇，你们看！"高岛大叫。

从暮色深处，湖的东端，无中生有地闪出四五只，七八只，不，十几只白鹭鸶来，一时皓皓晃晃的翅膀纷纷飘举，那样高雅而从容，虽然凌空迅飞，却宁静无扰，彼此之间的位置也保持不变，另有一种隐然的默契和超然的秩序。而白羽翩翩从暗中不断地招展而来，"灵之来兮如云"，直到我估计归林的群鹭，在对岸的树梢起起落落，欲栖而不定欲飞而又回旋，至少有五十多只。不久，天色便整个暗下来了，云隙间几片灰幽幽的光落在湖面，反托出群山的倒影，暧昧得令人不安。夕愁，就是这样子吗？我们站在渡头，等待中，面前这一片湖水愈加荒僻，而浮出水面的，不是山，不像是山了，是蠢蠢的兽。

"他一定忘记我们还在这边了，"高岛说着，大吼一声，"令赏！"

回声在乱山中反弹过来，虚幻而异怪，所有的精灵只怕都惊动了。背后的密林里传来不知名的吟禽，一串三个音节，不能算怎么恐怖，却令人有点心虚。宓宓和我也发出怪叫来助阵，一时黑暗的秩序大乱。

"令赏!"群山异口同声地回答我们。

我还想借水光看腕表已经几点了,却什么也看不清。这么喊喊停停,也不知过了多久。忽然水面上传来人声,像是两个人在说话。

"令赏!"高岛大叫。

"来了。"是篙夫在回答。

不久传来了水声,想是竹篙拨弄出来的,入水是波的一刺,出水是一串水珠落回水中。水声和人语渐渐近来,浑浑然筏子的轮廓也在夜色中出现。终于筏子拢岸,昏黑中,我们粗手笨脚地都踩了上去,把自己交给了叵测的湖水。人影难辨,只能从语音推测,在筏首撑篙的是林先生,在筏尾撑的是他的儿子。不由自主地,我想起阴间摆渡的船夫凯伦(Charon)。

4

从饥寒交迫的户外夜色里回到林家的平顶旧厝,在日光灯下享用热腾腾的晚餐,分外感到温暖。林厝一共分成四间,正中的堂屋有香案与神龛,供着妈祖,墙角却架着彩色电视机,台北的歌星正在荧光幕上顾盼弄姿。向右是一间饭厅,后门开出去,是一口石井,笨重的抽水机可以咿哑打水。向左是一间木板隔成的睡房,一张大床三面抵住墙壁,占去房间的三分之二,也是用硬木板铺成,上面只盖了一层单薄的垫褥。主人指定我们住这一间，我们的晚餐也就在这一间吃。就着一张小桌子，高岛和宓宓坐在床沿上，我则打横坐在凳子上。

一切都很简陋，桌上的晚餐却毫不寒酸。一大汤碗的草鱼，一碗笋，一碗青菜，一盘田螺，围着中间的一大锅烧酒鸡，三个人努力加餐，仍然剩下了一大半。尤其是那一锅鸡汤，恐怕足足倒了一瓶米酒，烧的是一整只土鸡。每个人至少喝了两碗汤，至于鸡肉，却炖得不够烂熟，嚼得有点辛苦。因为酒浓，不久我便醺然耳热起来。鸡，是自己养的。菜，是自己种的。笋和田螺都是天生。鱼呢，满满的一湖活跳生鲜，只要你撒下网去，绝不会让你空网而归。摇鳍摆尾的鳞族里，有鲫鱼、鳝鱼，还有塘鲺鱼。

微酡的醉意下，高岛提议去渡口的山坡上看那些归巢的白鹭。

"这么晚了，看得到吗？"宓宓有点疑惑。

"哦，看得到的。一吓，就飞起来了。"高岛保证。

"这么黑，怎么找路呢？"她说。

"有灯呀！"高岛说着，回身向床上的背囊里掏出一只电筒和一个像小热水瓶的盒子，只一拧，那盒子就蓦地剧亮起来，净白的光泛了一室，耀人眼花。高岛得意地笑说："这是强力瓦斯灯，我特别带来的。"

于是宓宓拿着电筒，高岛举起明灯，三人兴致勃勃地再出门去。走过晒谷场，刚踏上瘦脊嶙嶙的土埂，宓宓忽然惊呼："开了，你们看！"大家转头一看，跟满塘眼热的嫣红打了个照面，齐齐叫了起来。日间含羞闭瓣午睡酣酣的几百朵睡莲，竟全都醒了过来，趁太阳不在家，每手擎着一枝，举行起烛光夜会来了。经我们的瓦斯灯煌煌一照，满塘的红颜红装一时都回头相望。寂静中，只听见瓦斯迎风的炙响，青蛙跳水的清音。

惊艳一番之后，意犹未尽，只好别过头去，向坡上攀爬。四周一片黑，高岛手中的光亮像一盏神秘的矿灯，向煤坑的深处一路挖去。到了坡顶，喘息才完，四周阒寂无声，只有瓦斯灯炽烈旺盛地嘶嘶响着。湖山浑然在原始的黑沉沉里，从石板屋到满州①，从南仁山到太平洋岸，十几公里的生态保护区，只有这一盏皎白的灯亮着，暗中，不知道有多少惊愕的眼瞳向它转来，有的瞿瞿，有的眈眈，向这不明来历的发光体注目而视。众暗我明，我们是焦点，是靶心，太招摇了，令人惴惴不安。

"飞起来了！"宓宓叫道，"一起飞起来了！"

说着她挥动电筒长而细的剑光，去追踪满空窜扰的翅膀。几十只惊起的栖鹭从草坡另一面的密林梢头，激湍回澜一般地四泻散开，在夜色里盲目地飞逐来去，无数乱翼在电筒的窄光里一闪而逝。尽管如此，这一切却在无声中进行，没有一声鸟呼，像一场哑梦。

突然，高岛把瓦斯灯熄掉，黑暗的伤口一下子就愈合了。只剩下宓宓的窄剑不时挥动着淡光，在追捕零星的鹭影。晚上九点钟的样子，四围的山脊起伏，黑茸茸的轮廓抵在灰黯黯的夜空

---

① 满州：台湾屏东县下辖乡。

上,极其阴森暧昧,难以了解。劲风从东边吹来,那是太平洋浪涛的方向。隔着东岸的丘陵当然听不见潮水,天地寂寞,即使用一千只耳朵谛听,十里之内,也只有低细的虫吟。

5

再回到林家厝,宓宓和我都有点累了。高岛却精神奕奕,兴致不减,又从他的百宝囊中取出土红的茶壶和三只小茶盅,点起酒精灯,煮起乌龙茶来。他再三强调,入山旅行不可不带茶具,更不可不喝热茶。一面说着,一面为我们斟满泡好了的乌龙,顿时茶香盈座。宓宓浅啜了一口说道:

"这么浓的茶,我不敢多喝,怕睡不着。你又喝茶又喝酒,高先生,一切都背在背包里,不怕重吗?"

"这些行头加起来也不过二十公斤,算得了什么?"高岛说着,瞪大了圆眼,一扬眉毛,自豪地笑了起来,"我做了好几年的高山向导,这一切早就惯了。也不记得带过多少登山队了,下雪,刮风,什么都遭遇过,尤其是下雨,一下大雨就会发山洪。有时候困在雨里,只好在帐篷里一夜睡在水上。"

"听说你救过好多人呢。"宓宓说。

"那本来就是向导的责任。"高岛轻描淡写地说,"有一次冒着暴雨,登山队里一个女孩子吵着要自己先回去,再劝也没用。果然,跌下了山去,跌到一半断了腿,再翻身又滚了下去,成了重伤。她要求大家让她死掉,因为断骨错在肉里,不能再移动,太痛苦了,又怕会终身残疾。我把她劝得心回意转。大家轮流抬她下山,没有谁不累得死去活来。"

"真是太惨了,"宓宓说,"后来呢?"

"后来总算医好了,年轻嘛。"

"台湾的山难事件也真多。"我说。

"不外是准备不够,经验不足,失去联络,而且不信向导的话……"

大家笑起来。宓宓又问高岛是不是常不在家。

"是啊。"高岛眉毛一扬,"三天倒有两天是出门在外,以前是做高山向导,现在是为了摄影。照相的人不像你们诗人可以在家里吟风弄月,我们只有到处去寻找镜头,有时为了等一次惊天动地的浪花,要在海风和咸水里……"

"摄影家必须深入自然,深入民间。"宓宓大发议论,正待说下去。

"摄影家是一种特殊的旅行家。"我抢着说,"他不但要经营空间,更要掌握时间。世上一切启示,自然所有的奥妙,只展向耐久的有心人。他是美的猎者。徐霞客要是有一架奥林巴斯……"

"说得好,说得好!"高岛大笑。

"摄影家一定要身体好,"宓宓说,"你认得庄明景吗?对呀,就是拍黄山的那位。为了要拍落日从山谷的缺口落下,他请向导把自己绑牢在松树上,以防跌下山去。"

"我的身体从不生病,"高岛认真告诉我们,"以前我常练瑜伽术，可以倒立好半天。有一年冬天，有个和尚跟我打赌，两人把上身脱光了，倒立在风里，引来好多人围观，最后那和尚冻得受不了，只好认输。哪，像这样——"

说着他果真在床上一个倒栽，竖起蜻蜓来。他竖得挺直，过了几秒钟，又放下腿来，两膝交盘在一起，最后把下半身向前折叠过来。这么维持了一阵，才——自行解开，恢复原状。宓宓和我鼓掌喝彩。

"再来一杯茶吧。"高岛略略喘息之后，又为我斟了一杯。

大家也真累了，就势都躺了下来，睡在硬板的大通铺上。宓宓在我左手，高岛在我右侧，不一会儿，两人都发出了鼾声，一个嘤嘤，一个咻咻，嘤吟在左，咻哦在右，此起彼落，似乎在争颂睡神。只剩我独自清醒地躺着，望着没天花板的屋顶，梁木支撑，排列着老厝的脊椎。灯暗影长，交叠的梁影里隐隐约约都是灰褐的传说。这样的屋顶令我回到了四川，回忆有一种瓦的温柔。

就这么无寐地躺在低细的虫声里，南仁湖母性的怀中，感到四川为近而台北为远。台北和我已变得生疏，年轻时我认得的台北爱过的台北，已经不再。厦门街的那条巷子，我曾经歌颂过无数次的，现在拓宽了，颇有气派；但我的月光长巷呢，三十年的时光隧道已成了历史，只通向回忆。

经过了香港的十年，去年回来，说不上"头白东坡海外归"，却已是另一个人了。我并没有回到台北，那回不去了的台北，只能说迁来了高雄。奇异的转化正在进行，渐渐，我以南部人自命，为了南部的山海和南部的一些人。相对于台北的阴郁，我已惯于南部的爽朗。相对于台北人的新锐慧黠，我更倾心于南部人的乡气浑厚。世界已经那么复杂，邻居个个比你精细，锱铢必较，分秒必争；能有一个憨厚些的朋友，浑然忘机地陪你煮茶看花，并且不一定相信"时间即金钱"，总令人安心，放心，开心。我来南仁湖山，一半出于老派的烟霞之癖，一半却是新派的生态保护。深入原始的山区，原为膜拜牧神而来。不料向导我来的人，出山入水，餐风饮露，与万物共存而同乐，童真未丧，本身已经是半个牧神了。说不定就是牧神派来的吧，或者，竟是牧神自己化装下山的呢？

　　高岛翻了一个身，梦呓含糊，也不知是承认还是否认。

——1986 年 11 月 15 日

九九重九,究竟多久?

英文的 life 一字,本意原为"生命",却兼有"传记"的含义。中文里面倒难找一个字能包含这两层意思。苏格兰文豪卡莱尔的名言:A well-written life is almost as rare as a well-spent one. 只能译成:"写得精彩的传记几乎像活得精彩的一生那么难求。"原文的 life 与 one 是同一件事、同一个字,中文却只好分译成"传记"与"一生"。相比之下,可见英文的语意学心理是把传记看得像生命一般重的。

两年前,高希均先生和王力行女士就劝我要写自传。他们的远见令人感到"受宠",但是没有"若惊",因为我向来没有写自传的念头。我觉得,过日子已经够忙的了,何况还要写文章、翻译,哪里还有余力坐定下来,去写什么大手笔的自传?其实我连日记也不敢写,难得的例外是在"非常时期",包括旅行途中,那是因为有意留下细节、信史,以供日后游记之用。

我最佩服胡适那样的大忙人竟能维持长期的日记。写信，是对朋友周到；写日记，是对自己周到。我呢，意志薄弱，对朋友对自己都不周到。

所以当初《天下远见》的两位要角一提此事，缺乏远见、却不乏自知的我，就立刻婉谢了。

我不敢写自传，不但因为自知毅力不足，抑且深知兹事体大，不可轻试。美国幽默家罗杰斯(Will Rogers)就说过："要令人家破国亡，什么都比不上出版回忆录更厉害。"这当然是言重了。可笑的是，罗杰斯又觉得回忆录其实不足采信，竟说："当你记下自己本来该做的好事，而且删去自己真正做过的坏事——那，就叫回忆录了。"

对一位作家来说，他一生的作品就已是最深刻、最可靠的自传了。我国久有三不朽之说；不过立德、立功的人或许要借自传或他传以传，立言的人已经可传了，又何必靠自传呢？其实一生事迹不美满的居多，何必画蛇添足，一一去重数呢？又没有人勉强你写，何苦"不打自招"？

于是《天下远见》两要角退而求其次，说："不写自传，由别人来写，总可以吧？"我又苦笑了，还说，那也好不到哪里去。不但要提供许多资料，还得文物出土，把前朝旧代的照片全翻出来，考证年代，编写说明。这还没完，还得饱受写传人的盘问缠诘，不想说的糗事终于"久磨成招"。你的深院私宅，敞开前门请他进来参观，他却要走后门，窥边窗，爬阳台，翻箱底，务求独得之秘。爱好窥秘，原是人之常情，所以读者总是站在写传人一边的。我读济慈的传记,发现他的身高竟然跟我相同,就感到非常亲切;读艾略特传,发现他的第一次婚姻很不美满,我深感同情,甚至对他的诗也更多领悟。

读者站在写传人一边,反过来,写传人也就成了读者的代表,甚至是读者派来的户口调查员、心理医生,甚至私家侦探;而传主的家人呢,保密防谍的当然很多,里应外合的也不是没有。

我读傅孟丽小姐撰写的这本《茱萸的孩子——余光中传》的文稿时,有时惊喜,更常惊愕。"我有说过这句话吗?"我不禁转头问自己的家人,又像是在喃喃自语。"你自己不说,人家怎么会记下来呢?"太太反诘。"你是做过这件事啦!是庆元姑姑接受访问时告诉人家的。"女儿也来补充。于是我放弃挣扎。既已腹背受敌,也只好认了。

王尔德有一次对后辈纪德大言自剖:"你想了解我一生的这出大戏吗?那就是,我过日子是凭天才,而写文章只是凭本事。"唯美大师一生惊世骇俗,最擅于自我包装,但是社会毕竟不像语言那么容易驾驭,不是佩一朵襟花、说几句酷话就能摆平的,终于还是难逃同性恋先烈的下场。我倒觉得,一个人真是天才的话,就得省着点用,应该拿来写文章,至于本事嘛,将就凑合着,拿来过日子算了。

所以每次听人阔谈什么"生涯规划"之类的高调,就非常惭愧,觉得自己真是苟且极了。正如办手续要填表,到了"永久地址"一栏,也不胜彷徨。我哪来什么永久地址呢?似乎该填"阴府"，那未免太沉重了。也可以填"天国"，却又乐观得不负责任。从中文大学到中山大学，二十四年来我住的都是不永久的宿舍，"退休"就等于"退房"（check out），哪来永久地址呢？

在没有"生涯规划"的苟且之下，七十年忽然已过了。虽然常常也回忆往事，甚至母亲的声音、笑容，但要我回头大规模地检阅一生，把七十年的岁月像一大本旧照相簿，一巨册的因缘录、离合史、悲喜剧那样掀来翻去，那种沧桑感却令人难以承当。

既然纷繁而漫长的一生，我自己不敢蓦然回顾，更不肯从实招来，《天下远见》出版公司就派了傅孟丽小姐来我家卧底，有信史则明查，无根据则暗访，从头到尾，把我的家人与亲友都炒了一遍，其结果就是这本《茱萸的孩子——余光中传》。

为作家写传，方便在于有现成的作品可作根据：无论是外在的生活或是内心的感受，其作品多少都可资引证。心理学家霭利斯早就指出："一切艺术家所作，无非自传。"但是不便也就在此，因为作家身份的传主如果多产，写传人势必精读详阅，才能鞭辟入里，把作家的风格和传主的人格，穿针引线，交织成一个完整的生命。且不提我的评论与翻译，仅仅是诗集与散文集，就有二十七本之多，要全部读过，而且切题地联系到传主的生涯上来，实在耗时而又费心。傅孟丽小姐不辞艰辛，竟然在一年之内完成了这本传记，令我深为感动。只是她把我写得太好了。读者如能把她溢美的部分打一个六折，再将暴短的部分乘之以三，大概就接近真相了。

面对这本传记，我好像落入了达利的诡异画境，不知为何竟像站在长廊的一头，看着自己的背影没向另一端的远景，又像是在看自己主演的不太连贯的连续剧，一段又一段的前文提要，有时倒带，屡屡停格。这，就是我吗？不禁自问，但封面明明说，是我的传记。

当日母亲生我，是在重九前一日随众登高，次日凌晨产下了我。她所登的是南京栖霞山。今日恐怕有许多人不知道，重九日为何要登高了。这风俗已经行之近两千年。梁朝吴均在《续齐谐记》中说："汝南桓景随费长房游学累年，长房谓曰：'九月九日汝家中当有灾。宜急去，令家人各作绛囊，盛茱萸以系臂，登高饮菊花酒，此祸可除。'景如言，齐家登山，夕还，见鸡犬牛羊一时暴死。长房闻之曰：'此可代也。'今世人登高饮酒，妇人戴茱萸囊，盖始于此。"

每年到了重九，我都不由不想起这美丽而哀愁的传说，更不敢忘记，母难日正是我的民族灵魂深处蠢蠢不安的逃难日。书以《茱萸的孩子》为名，正是此意。

1998 年 12 月于西子湾

焚鹤人

一连三个下午,他守在后院子里那丛月季花的旁边,聚精会神地做那只风筝。全家都很兴奋。全家,那就是说,包括他、雅雅、真真和佩佩。一放学回家,三个女孩子等不及卸下书包,立刻奔到后院子里来,围住工作中的爸爸。三个孩子对这只能飞的东西寄托很高的幻想,它已经成为她们的话题,甚至争论的中心。对于她们,这件事的重要性不下于太阳神八号的访月之行,而爸爸,满身纸屑,左手糨糊右手剪刀的那个爸爸,简直有点儿太空人的味道了。

可是他的兴奋是记忆,而不是展望。记忆里,有许多云、许多风,许多风筝在风中升起。至渺至茫,逝去的风中逝去那些鸟的游伴,精灵的降落伞,天使的驹。对于他,童年的定义是风筝加上舅舅加上狗和蟋蟀。最难看的天空,是充满月光和轰炸机的天空。最漂亮的天空,是风筝季的天空。无意间发现远方的地平线上浮着一只风筝，那感觉总是令人惊喜的。只要有一只小小的风筝，立刻显得云树皆有情，整幅风景立刻富有牧歌的韵味。如果你是孩子，那惊喜必然加倍。如果那风筝是你自己放上天去的，而且愈放愈高，风力愈强，那种胜利的喜悦，当然也就加倍亲切而且难忘。他永远忘不了在四川的那几年。丰硕而慈祥的四川，山如摇篮水如奶，取之不尽，用之不竭。

那时他当然不至于那么小，只是在记忆中，总有那种感觉。那是二次大战期间，西半球的天空，东半球的天空，机群比鸟群更多。他在高高的山国上，在宽阔的战争之边缘仍有足够的空间，做一个孩子爱做的梦。"男孩的意向是风的意向，少年时的思想是长长的思想。"少年爱做的事情，哪一样不是梦的延长呢？看地图，是梦的延长。看厚厚的翻译小说，喃喃咀嚼那些多音节的奇名怪姓，是梦的延长。放风筝也是的。他永远记得那山国高高的春天。嘉陵江在千山万嶂里寻路向南，好听的水声日夜流着，吵得好静好好听，像在说："我好忙，扬子江在山那边等我，猿鸟在三峡，风帆在武昌，运橘柑的船在洞庭，等我，海在远方。"春天来时总那样冒失而猛烈，使人大吃一惊。怎么一下子田里喷出那许多菜花，黄得好放肆，香得好恼人，满田的蜂蝶忙得像加班。邻村的野狗成群结党跑来追求他们的阿花，害得又羞又气的大人挥舞扫帚去打散它们。细雨霏霏的日子，雨气幻成白雾，从林木蕴郁的谷中冉冉蒸起。杜鹃的啼声里有凉凉的湿意，一声比一声急，连少年的心都给它拧得紧紧地好难受。

而最有趣的，该是有风的晴日了。祠堂后面有一条山路，蜿蜒上坡，走不到一刻钟，就进入一片开旷的平地，除了一棵错节盘根的老黄果树外，附近什么杂树也没有。舅舅提着刚完工的风筝，一再嘱咐他起跑的时候要持续而稳定，不能太骤，太快。他的心扑扑地跳，禁不住又回头去看那风筝。那是一只体貌清奇、风神潇洒的白鹤，绿喙赤顶，缟衣大张如氅。翼展怕不有六尺，下面更曳着两条长足。舅舅高举白鹤，双翅在暖洋洋的风中颤颤扑动。终于"一——二——三——"他拼命向前奔跑。不到十码，麻绳的引力忽然松弛，也就在同时，舅舅的喝骂在背后响起。舅舅追上来，检视落地的鹤有没有跌伤，一面怪他太不小心。再度起跑时，他放慢了脚步，不时回顾，一面估量着风力，慢慢地放线。舅舅迅疾地追上来，从他手中接过线球，顺着风势把鹤放上天去。线从舅舅两手勾住的筷子上直滚出去，线球辘辘地响。舅舅又曳线跑了两次，终于在平岗顶上站住。那白鹤羽衣蹁跹，扶摇直上，长足在风中飘扬，他兴奋得大嚷，从舅舅手中抢回线去。风力愈来愈强，大有跟他拔河的意思。好几次，他以为自己要离地飞起，吓得赶快还给了舅舅。舅舅把线在黄果树枝上绕了两圈，将看守的任务交给老树。

"飞得那样高？"四岁半的佩佩问道。

"废话！"真真瞪了她一眼。"爸爸做的风筝怎么会飞不高？真是！"

"又不是爸爸的舅舅飞！是爸爸的舅舅做的风筝！你真是笨瓜！"十岁的雅雅也纠正她。

"你们再吵，爸爸就不做了！"他放下剪刀。

小女孩们安静下来。两只黄蝴蝶绕着月季花丛追逐。隔壁有人在练钢琴，柔丽的琴音在空中回荡。阿眉在厨房里煎什么东西，满园子都是葱油香。忽然佩佩又问："后来那只鹤呢？"

后来那只风筝呢？对了，后来，有一次，那只鹤挂在树顶上，不上不下，一扯，就破了。他掉了几滴泪。舅舅也很怅然。他记得当时两人怔怔站在那该死的树下，久久无言。最后舅舅解嘲说，鹤是仙人的坐骑，想是我们的这只鹤终于变成灵禽，羽化随仙去了。第二天舅甥俩黯然曳着它的尸骸去秃岗顶上，将它焚化。一阵风来，黑灰满天飞扬，带点儿名士气质的舅舅，一时感慨，朗声吟起几句赋来。当时他还是高小的学生，不知道舅舅吟的是什么，后来年纪大些，每次念到"黄鹤一去不复返，白云千载空悠悠"，他就会想起自己的那只白鹤。因为那是他少年时唯一的风筝。当时他曾缠住舅舅，要舅舅再给他做一只。舅舅答应是答应了，但不晓得为什么，自从那件事后，似乎意兴萧条，始终没有再为他做。人生代谢，世事多变，一个孩子少了一只风筝，又算得了什么呢？不久他去十五里外上中学，寄宿在校中，不常回家，且换了一批朋友，也就把这件事渐渐淡忘了。等到他年纪大得可以欣赏舅舅那种亭亭物外的风标，和舅舅发表在刊物上但始终不会结集的十几篇作品时，舅舅却已死了好几年了。舅舅死于飞机失事，那年舅舅才三十出头，从中国香港乘飞机去美国，正待一飞冲天，游乎云表，却坠机焚伤致死。

"后来那只鹤——就烧掉了。"他说。

三个小女孩给妈妈叫进屋里去吃煎饼。他一个人留在园子里继续工作。三天来他一直在糊制这只鹤,禁不住要一一追忆当日他守望舅舅工作时的那种热切心情。他希望,凭着自己的记忆,能把眼前这只风筝做得跟舅舅做的那只一模一样。也许这愿望在他的心底已经潜伏了二十几年了。他痛切感到,每一个孩子至少应该有一只风筝,在天上、云上、鸟上。他,朦朦胧胧感到,眼前这只风筝一定要做好,要飞得高且飞得久,这样,才对得起三个孩子、舅舅和自己。当初舅舅为什么要做一只鹤呢?他一面工作,一面这样问自己。他想,舅舅一定向他解释过的,只是他年纪太小,也许不懂,也许不记得了。他很难决定:放风筝的人应该是哲学家,还是诗人?这件事,人做一半,风做一半,谋事在人,成事在天。表面上,人和自然是对立的,因为人要拉住风筝,而风要推走风筝,但是在一拉一推之间,人和自然的矛盾竟形成新的和谐。这种境界简直有点儿形而上了。但这种经验也是诗人的经验,他想。一端是有限,一端是无限。一端是微小的个人,另一端是整个宇宙,整个太空的广阔与自由。你将风筝,不,自己的灵魂放上去,放上去,上去,更上去,去很冷很透明的空间,鸟的青衢、云的千叠、蜃楼和海市,最后,你的感觉是和天使在通电话,和风在拔河,和迷迷茫茫的一切在心神交驰。这真是最最快意的逍遥游了。而这一切一切神秘感和超自然的经验,和你仅有一线相通,一瞬间,分不清是风云攫去了你的心,还是你掳获了长长的风云,而风云固仍在天上,你仍然立在地上。你把自己放出去,你把自己收回来,你是诗人。

太阳把金红的光收了回去。月秀花影爬满他一身。弄琴人已经住手。有鸟雀飞回高挺的亚历山大椰顶,似在交换航行的什么经验。啾啾啭啭,喊喊喳喳唧唧?黄昏流行的就是这种多舌的方言,鸟啊鸟啊他在心里说,明天在蓝色方场上准备欢迎我这只鹤吧。

他和女孩子们终于走到了河堤上。三个小女孩尤其兴奋。早餐桌上,她们已经为这件事争论起来。真真说,她要第一个起跑。雅雅说真真才7岁,拉不起这么大的风筝。一路上小佩佩也嚷个不停,要爸爸让她拿风筝。她坚持说,昨夜她做了一个梦,梦见自己一个人把风筝"放得比气球还高"。

"你人还没有风筝高,怎么拿风筝?不要说放了。"他说。

"我会嘛!我会嘛!"4月底的风吹起佩佩的头发,像待飞的翅膀。半上午的太阳在她多雀斑的小鼻子上蒸出好些汗珠子。迎着太阳她直眨眼睛。星期天,河堤很少车辆。从那边违建的小木屋里,来了两个孩子,跟在风筝后面,眼中充满羡慕的神色。男孩有十二三岁,平头,拖一双木屐。女孩只有六七岁的样子,两条辫子翘在头上。他举着那只白鹤,走在最前面。绿喙赤冠、玄裳、缟衣,下面垂着两条细长的腿,除了张开的双翼稍短外,这只白鹤和他小时候的那只几乎完全一样。那就是说隔了二十多年,如果他没有记错的话。

"雅雅,"他说,"你站在这里,举高一点儿。不行,不行,不能这样拿。对了,就像这样。再高一点儿。对了。我数到三,你就放手。"

他一面向前走,一面放线。走了十几步,他停下来,回头看

163

着雅雅。雅雅正尽力高举白鹤。鹤首昂然，车轮大的翅膀在河风中跃跃欲起，佩佩就站在雅雅身边。一瞬间，他幻觉自己就是舅舅，而站在风中稚髦飘飘的那个热切的孩子，就是二十多年前的自己。握着线，就像握住一端的少年时代。在心中他默祷说："这只鹤献给你，舅舅，希望你在那一端能看见。"

然后他大声说，"一——二——三！"便向前奔跑起来，立刻他听见雅雅和真真在背后大声喊他，同时手中的线也松下来。他回过头去。白鹤正七歪八斜地倒栽落地。他跑回去。真真气急败坏地迎上来，手里曳着一只鹤腿。

"一只腿掉了！一只腿掉了！"

"怎么搞的？"他说。

"佩佩踩在鸟的脚上！"雅雅惶恐地说，"我叫她走开，她不走！"

"姐姐打我！姐姐打我！"佩佩闪着泪光。

"叫你举高点儿嘛，你不听！"他对雅雅说。

"人家手都举酸了。佩佩一直挤过来。"

"这好了，成了个独脚鹤。看怎么飞得起来！"他不悦地说。

"我回家去拿胶纸好了。"真真说。

"那么远！路上又有车。你一个人不能——"

"我们有糨糊。"看热闹的男孩说。

"不行，糨糊一下子干不了。雅雅，你的发夹给爸爸。"他把断腿夹在鹤腹上。他举起风筝。大白鹤在风中神气地昂首，像迫不及待要乘风而去。三个女孩拍起手来。佩佩泪汪汪地笑起来，那两个孩子也张口傻笑。"这次该你跑，雅雅。"他说。"听我数到三就跑。慢慢跑，不要太快。"雅雅兴奋得脸都红了。她牵着线向前走，其他的孩子跟上去。

"好了好了。大家站远些！雅雅小心啊！一——二——三！"他立刻放开手。雅雅果然跑了起来。没有十几步，白鹤已经飘飘飞起。他立刻追上去。忽然窜出一条黄狗，紧贴在雅雅背后追赶，一面兴奋地吠着。雅雅吓得大叫爸爸。正惊乱间，雅雅绊到了什么，一跤跌了下去。

他厉声斥骂那黄狗，一面赶上去，扶起雅雅。

"不要怕，不要怕，爸爸在这里，我看着呢。膝盖头擦破一点儿皮。不要紧，回去擦一点儿红药水就好了。"

几个小孩合力把黄狗赶走，这时，都围拢来看狼狈的雅雅。

"你这个烂臭狗！我教我们的大鸟来把你吃掉！"真真说。"傻丫头，叫什么！这次还是爸爸来跑吧。"说着他捡起地上的风筝，和滚在一旁的线球。左边的鹤翅拴在一丝野草上，钩破了一个小洞。幸好出事的那只腿还好好地别在鹤身上。

"姐姐跌痛了，我来拿风筝。"真真说。

"好吧。举高点儿，对了，就这样。佩佩让开！大家都走开些！我要跑了！"

他跑了一段路，回头看时，那白鹤平稳地飞了起来，两只黑脚荡在半空。孩子们拍手大叫。他再向前跑了二三十步，一面放出麻索。风力加强。那白鹤很潇洒地向上飞升，愈来愈高，愈远，也愈小。孩子们高兴得跳起来。

"爸爸,让我拿拿看!"佩佩叫。

"不行!该我拿!"真真说。

"你们不会拿的,"他把线球举得高高的,"手一松,风筝不晓得要飞到哪里去了。"

忽然孩子们惊呼起来。那白鹤身子一歪,一条细长而黑的东西悠悠忽忽地掉了下来。

"腿又掉了!腿又掉了!"大家叫。接着那风筝失神落魄地向下堕落。他拉着线向后急跑,竭力想救起它。似乎,那白鹤也在做垂死的挣扎,向四月的风。

"挂在电线上了!糟了!糟了!"大家嚷成一团,一面跟着他向水田的那边冲去,野外激荡着人声、狗声。几个小孩子挤在狭窄的田埂上,情急地嘶喊着,绝望地指着倒悬的风筝。

"用劲一拉就下来了,爸爸!"

"不行不行!你不看它缠在两股电线中间去了?一拉会破的。"

"会掉到水里去的。"雅雅说。

"你这个死电线!"真真哭了起来。

他站在田埂头上,茫然握着松弛的线,看那狼狈而褴褛的负伤之鹤倒挂在高压线上,仅有的一只脚倒折过来,覆在破翅上面。那样子又悲惨又滑稽。

"死电线!死电线!"佩佩附和着姐姐。

"该死的电线!我把你一起剪断!"真真说。

"没有了电线,你怎么打电话,看电视——"

"我才不要看电视,我要放风筝!"

这时,田埂上,河堤上,草坡上,竟围来了十几个看热闹的路人。也有几个是从附近的违建户中闻声赶来。最早的那个男孩子,这时拿了一根晒衣服的长竹竿跑了来。爸爸接过竹竿,踮起脚尖试了几次,始终够不到风筝。忽然,他感到失去了平衡,接着身体一倾,左脚猛向水田里踩去。再拔出来时,裤脚管、袜子、鞋子,全浸了水和泥。三个女孩子惊叫一声,向他跑来。到了近处,看清他落魄的样子,真真忽然笑出声来。雅雅忍不住也笑起来,一面叫:

"哎呀,你看这个爸爸!看爸爸的裤子!"接着佩佩也笑得拍起手来,看热闹的路人全笑起来,引得草坡上的黄狗汪汪而吠。

"笑什么!有什么好笑!"他气得眼睛都红了。雅雅、真真、佩佩吓了一跳,立刻止住了笑。他拾起线球,大喝一声"下来!"使劲一扯那风筝。只听见一阵纸响,那白鹤飘飘忽忽地栽向田里。他拉着落水的风筝,施刑一般跑上坡去。白鹤曳着褴褛的翅膀,身不由己地在草上颠蹈扑打,纸屑在风中扬起,落下。到了堤上,他把残鹤收到脚边。

"你这该死的野鸟,"他暴戾地骂道,"我看你飞到哪里去!"他举起泥浆浓重的脚,没头没脑向地上踩去,一面踩,一面骂,踩完了,再狠命地猛踢一脚,鹤尸向斜里飞了起来,然后木然倒在路边。"回家去!"他命令道。

三个小女孩惊得呆在一旁,满眼闪着泪水,这时才忽然醒来。雅雅捡起面目全非的空骸,真真捧着纠缠的线球,佩佩牵着一只断腿。三个女孩子垂头丧气跟在余怒犹炽的爸爸后面,在旁观者似笑非笑、似惑非惑的注视中,走回家去。

午餐桌上没有一个人说话。只有碗碟和匙箸相触的声音。女孩子都很用心地吃饭,连佩佩也显得很文静的样子在喝汤。这情形,和早餐桌上的兴奋与期待,形成了尖锐的对照。幸好妈妈不在家吃午饭,这种反常的现象,不需要向谁解释。三个孩子的表情都很委屈。真真泪痕犹在,和尘土混凝成一条污印子。雅雅的脸上也没有洗,头发上还粘着几茎草叶和少许泥土。这才想起,她的膝盖还没有搽药水。佩佩的鼻子上布满了雀斑和汗珠。她显然在想刚才的一幕,显然有许多问题要问,但不敢提出来,只能转动她长睫下的灵珠,扫视着墙角。顺着她的眼光看去,他看见那具已经支离残缺的鹤尸,僵倚在墙角的阴影里。他的心中充满了歉疚和懊悔。破坏和凌虐带来的猛烈快感,已经舍他而去。在盛怒的高潮,他觉得理直气壮,可以屠杀所有的天使。但继之而来的是迟钝的空虚。那鹤尸,那一度有生命有灵性的鹤骨,将从此弃在阴暗的一隅,任蜘蛛结网,任蚊蝇休息,任蟑螂与壁虎与鼠群穿行于肋骨之间?伤害之上,岂容再加侮辱?

他放下筷子,推椅而起。

"跟爸爸来。"他轻轻说。

他举起鹤尸。他缓缓走进后园。他将鹤尸悬在一株月桂树上。他点起火柴,鹤身轰地一响烧了起来。然后是仰睨九天的鹤首。女孩子们的眼睛反映着火光。飞扬的黑灰白烟中,他闭起眼睛。

"原谅我,白鹤。原谅我,舅舅。原谅我,原谅无礼的爸爸。"

"爸爸在念什么?"真真轻轻问雅雅。

"我要放风筝,"佩佩说,"我要放风筝。"

"爸爸,再做一只风筝,好不好?"

他没有回答,他不知道该怎么回答才好。他不知道,线的彼端究竟是什么?他望着没有风筝的天空。

一九六九年元旦

寂寞，是最耐听的音乐

第三章

宁愿我渺小而宇宙伟大，

一切的江河不朽，

也不愿进步到无远弗届，

把宇宙缩小得不成气象。

牛蛙记

惊蛰以来，几场天轰地动的大雷雨当顶砸下，沙田一带，嫩绿稚青养眼的草木，到处都是水汪汪的，真有江湖满地的意思。就在这一片淋漓酣饱之中，蛙声遍地喧起，来势可惊。雨下听新蛙，阡陌呼应着阡陌，好像四野的水田，一夜之间蠢蠢都活了过来。这是一种比寂静更蛮荒的寂静。群蛙噪夜，可以当作一串串彼此引爆的地雷，不，水雷，当然没有天雷那么响亮，只能算天雷过后，满地隐隐的回声罢了。

不知怎地，从小对蛙鸣便有好感。现在反省起来，这种好感之中，不但含有乡土的亲切感，还隐隐藏着自然的神秘感，于是一端近乎水草，另一端却通于玄想和禅境了。孔稚珪庭草不翦，中有蛙鸣。王晏闻之曰："此殊聒人。"稚珪答曰："我听鼓吹殆不及此。"所谓鼓吹，是指鼓钲箫笳之乐，足见孔稚珪认为人籁终不及天籁，真是蛙的知己。

沙田在南中国最南端的一角小半岛上,亚热带的气候,正是清明过了,谷雨方甘。每到夜里,谷底乱蛙齐噪,那一片野籁袭人而来,可以想见在水浒草间,无数墨绿而黏滑的乡土歌手,正摇其长舌,鼓其白腹,阁阁而歌。那歌声此起彼落,一递一接,可说是一场"接力唱"。那充沛富足的中气,就像从春回夏凯的暖土里传来,生机勃勃,比黑人的灵歌更肥沃更深沉。夜蛙四起,我坐其中,听初夏的元气从大自然丹田的深处叱咤呼喝,漫野而来。正如韩愈所说:"天之于时也亦然,择其善鸣者而假之鸣。"冥冥之中,蛙其实是夏的发言人,只可惜大家太忙了,无暇细听。当然,天籁里隐藏的天机,玄乎其玄,也不是完全听得懂的。有时碰巧夜深人静,独自盘腿闭目,行瑜伽吐纳之术,一时血脉畅通,心境豁然,蛙声盈耳,浑然忘机,竟似户外鼓腹鼓噪者为我,户内鼓腹吐纳者为蛙,人蛙相契,与夏夜合为一体了。

但是有一种蛙却令我难以浑然忘机,那便是蛙中之牛,所谓牛蛙。大约在五年前的夏天,久旱无雨,一连几夜听到它深沉而迟缓的低哞,不识其为何物,只有暗自纳罕。不久,我存也注意到了。晚饭后我们在屋后的坡上散步,山影幢幢,星光幽诡之中,其声闷闷然,郁郁然,单调而迟滞地从谷底传来,一哼一顿,在山间低震而隐隐有回声,像巨人病中的呻吟。两人停下步来,骇怪了一会儿,猜想那不是谷底的牛叫,就是樟树滩村里哪户人家在推磨。但哪家的牛会这么一迭连声地哞之不休,哪家的人会这么勤奋,走马灯似的推磨不停,又教我们好生不解。后来睡到床上,万籁寂寞,天地之间只有那谜样的魔样的怪声时起时歇,来枕边祟人。有时那声音一呼一应,节拍紧凑,又像是有两条牛在对吟,益增疑惧。

这么过了几夜,其声忽歇,天地清静。日子一久,也就把这事给忘了:牛魔王也好,鬼推磨也好,随它去吧,只要我一枕酣然,不知东方之既白。直到有一晚,其声无缘无故,忽焉又起。我们照例散步上山,一路狐疑不解,但其声远在谷底,我们无法求证,也莫可奈何。就在这时,迎面来了光生伉俪,四人停下来聊天。提起怪声,我不免征询他们的意见,不料光生立刻答道:"那是牛蛙。"

"什么?是牛蛙?"我们大吃一惊。

"对呀,就在楼下的阴沟里。"

"这么近!怪不得——"

"吵死人了,"轮到光生的太太开口,"整夜在我们楼下吼叫,真受不了。有一次我们烧了两大锅开水,端到阴沟的铁格子盖上,兜头兜脑浇了下去——"

"后来呢?"我存紧张地追问。

"就没有声音了。"

"真是——好肉麻。"

说到这里,四个人都笑了。但是在哞哞的牛蛙声中回到家里,我的内心却不轻松。模糊的猜疑一下子揭晓,变成明确的威胁——远虑原来竟是近忧!就在楼下的阴沟里!怪不得那么震人耳鼓,扰人心神!那笨重而鲁钝的次男低音,有了新的意义。几星期来游移不定的想象,忽然有了依附的对象。原来是牛蛙,怪不得声蛮如牛。《伊索寓言》有一则说蛙鼓足了气，要跟牛比大；使我想起，牛蛙的体格虽不如牛，气魄却不多让，那么有限的肺活量，怎能蕴含那么超人，不，"超蛙"的音量。如果它真的体大如牛，那么一匹长舌巨瞳的墨绿色两栖妖兽，伏地一吼，哮声之深邃沉洪，不知该怎样加倍骇人。我立刻去翻词典，词典说牛蛙又名喧蛙，雌蛙体长二十厘米，雄蛙十八厘米，为世上最大之蛙，又说其鼓膜之大，为眼径四分之三。喧蛙之名果不虚传，也难怪听了聒耳惊心，令人蠢蠢不安。

知道了那是什么之后，侧耳再听，果然远在天边，近在跟前，觉得那阴郁的低调，锲而不舍，久而不衰，在你的耳神经上像一把包了皮的钝锯子拉来拉去，真是不留伤痕的暗刑。那哮声在小怪物的丹田里发动，在它体内已着魔似的共鸣一次，到了它蹲伏的阴沟之中，变本加厉，又再共鸣一次，越显得夸大吓人。为它取一个绰号，叫"阴沟里的地雷"，谁曰不宜？不用多说，那一夜我翻来覆去，到后半夜才含糊入梦。

扰攘数夜之后，其声忽又止息。未几夏残秋至，牛蛙的威胁也就淡忘了。到了第二年初夏，第一声牛蛙发难，这一次，再无猜谜的余地。我存和我相对苦笑，两人互慰了一阵，准备用民主元首容忍言论自由的胸襟，来接受这逆耳之声。不过是几只小牛蛙在彼此唱和罢了，有什么好大惊小怪？这么一想，虽未全然心安，却似乎已经理得了。于是一任"阴沟里的地雷"一吼一答，互相引爆，只当没有听见。但此情恰如李清照所言，"才下眉头，却上心头"，自命不在乎了几天之后，那鲁钝而迟滞的单调苦吟，像一把毛哈哈的刷子一下又一下地曳过心头，更深人静的那一点清趣，全给毁了。

终于有一天晚上，容忍到了极限，光生伉俪烧水伏魔的一幕蓦地兜上心来。我去厨房里找来一大筒滴滴涕，又用手帕把嘴鼻蒙起，在颈背上打一个结，便冲下楼去。草地尽头，在几株幼枫之下，是一条长而曲折的排水阴沟，每隔丈许，便有两个长方形的铁格子沟盖。我沿沟巡了一圈，发现那郁闷困顿的呻吟，经过长沟的反激，就近听来，益发空洞而富回声，此呼彼应，竟然有好几处。较远的几处一时也顾不了，但近楼的一处铁格子盖下，郁叹闷哼的哗声，对我卧房的西窗最具威胁。我跪在草地上，听了一会儿，拾来一截长近三尺的枯松枝，伸进沟去捣了几下。哗声戛然而止。但盖孔太小，枯枝太弯，沟又太深，我知道"顽敌"只是一时息鼓，并未受创，只要我一转背，这潜伏的危机又会再起。我蓦地转过身去，待取背后的滴滴涕筒，忽见人影一闪。

"吉米。"原来是三楼张家的幺弟。

"余伯伯，你在做什么？"吉米见我半个脸蒙住，也微吃了一惊。

"赶牛蛙。这些东西吵死人。"

"牛蛙？什么是牛蛙？"

"牛蛙就是——特别大的青蛙。如果你是青蛙，我就是牛蛙。"

"老师说，青蛙吃害虫，对人类有益处。"

"可是它太吵人，就成了害虫，所以——"说到这里，我忽然觉得自己毫无理由,便拿起滴滴涕筒,对吉米说:"站开些,我要喷了!"

说着便猛按筒顶的活塞,像纳粹的狱卒一样,向沟中之囚施放毒气。一时白烟飞腾,隔着手帕,仍微微嗅到呛人的瓦斯臭味。吉米在一旁咳起嗽来,几番扫射之后,滴滴涕筒轻了,想沟中毒气弥漫,"敌阵"必已摧毁无余。听了一会儿,更无声息,便牵了吉米的手回到屋里。

果然肃静了。只有远处的几只还在隐隐地呻吟,近处的这只完全缄默了,今晚可以高枕无忧。也许它已经中毒,正在垂死挣扎,本已扭曲的四肢更加扭曲。威胁一下子解除,我忽然感到胜利者的空虚和疲劳。为了耳根清净,就值得牺牲一条性命吗?带着淡淡的内疚,我蒙眬地睡去。

第二天夜里,河清海晏,除了近处的虫吟细细,远村的犬吠荒荒,天地阒然无声。寂寞,是最耐听的音乐。它是听觉的休战状态,轻柔的静谧俯下身来,抚慰受伤的耳朵。我欣然摊开东坡的诗集,从容地咏味起来。正在这时,心头忽然像给毛刷子刷了一下,那哞声又开始了。那冥顽不灵的苦吟低叹,像一群不死不活的病牛,又开始它那天长地久无意无识的喧闹。我绝望地阖上诗集。还只当是休战呢,这不是车轮鏖战,存心斗我吗?我冲下楼去,沿着那叵测的阴沟侦察了一周。至少有七八只之多,听上去,那中气之足,打一场消耗战绝无问题。它们只要一贯其愚蠢,轮番地哼哼又哈哈,就可以逸待劳,毁掉我一个晚上。

我冲回楼上,恶向胆边生。十分钟后,我提了满满一桶肥皂粉冲泡的水,气喘咻咻地重返阵地。近处的铁格子盖下,昨夜以为肃清了的,此刻吼得分外有劲,像在嘲弄我早熟的乐观。是原来的那只秋毫无损呢,还是别处的沟里又补来了一只?难道这条曲折的阴沟是善于土遁的牛蛙的地下通道吗?带着受了骗的恼羞成怒,我把一整桶毒液兜头直淋了下去。沟底溅起了回声,那怪物魔吃了两声,又装聋作哑起来。我又回到楼上,提来又一桶酵得白沫四起的肥皂粉水,向一盖一盖的空格灌了下去。一不做,二不休,又取来滴滴涕,向所有的洞口逐一喷射过去。

这么折腾了一个多钟头,我倒是累了。睡到床上,还未安枕,那单调而有恶意的哼哈又起,一呼群应,简直是全面反击。我相信那支地下游击队已经不朽,什么武器都不会见效了。

"真像!"

"你在说什么?"枕边人醒过来,惺忪地问道。

第三年的夏天,之藩从美国来中国香港教书,成为我沙田山居的近邻,山间的风起云涌,鸟啭虫吟,日夕与共。起初他不开车,峰回路转的闲步之趣,得以从容领略。不过之藩之为人,凡事只问大要,不究细节,想他散步时对于周围发生的一切,也只是得其神髓而遗其形迹,不甚留心。一天晚上,跟我存在他阳台上看海,有异声起自下方,我存转身去问之藩:"你听,那是什么声音?"

"哪有什么声音?"之藩讶然。

"你听嘛。"我存说。

之藩侧耳听了一会儿,微笑道:"那不是牛叫吗?"

我存和我对望了一眼,我们笑了起来。

"那不是牛,是牛蛙。"她说。

"什么?是牛蛙。"之藩吃了一惊,在群蛙声中愣了一阵,然后恍然大悟,孩子似的爆笑起来。

"真受不了,"他边笑边说,"世界上没有比这更单调的声音!牛蛙!"他想想还觉得好笑。群蛙似有所闻,又哞哞数声相应。

"这种闷沉沉的苦哼,一点幽默感都没有,"我存说,"可是你听了却又可笑。"

"不笑又怎么办?"我说,"难道跟它对哼吗?其实这是苦笑,无可奈何罢了。就像家里来了一个顽童,除了对他苦笑,还有什么办法。"

第二天在楼下碰见之藩,他形容憔悴,大嚷道:"你们不告诉我还好,一知道了,反而留心去听!那声音的单调无趣,真受不了!一夜都没睡好!"

"抱歉抱歉,天机不该泄露的。"我说,"有一次一位朋友看侦探小说正起劲,我一句话便把结局点破。害得他看又不是,不看又不是,气得要揍我。"

"过两天我太太从台北来,可不能跟她说,"之藩再三叮咛,"她常会闹失眠。"

看来牛蛙之害,有了接班人了。

烦恼因分担而减轻。比起新来的受难者,我们受之已久,久而能安,简直有几分优越感了。

第四年的夏天,隔壁搬来了新邻居。等他们安顿了之后,我

179

们过去做睦邻的初访。主客坐定,茶已再斟,话题几次翻新,终于告一段落。岑寂之中,那太太说:"这一带真静。"

我们含笑颔首,表示同意。忽然哞哞几声,从阳台外传了上来。

那丈夫注意到了,问道:"那是什么?"

"你说什么?"我反问他。

"外面那声音。"那丈夫说。

"哦,那是牛——"我说到一半,忽然顿住,因为我存在看着我,眼中含着警告。她接口道:"那是牛叫。山谷底下的村庄上,有好几头牛。"

"我就爱这种田园风味。"那太太说。

那一晚我们听见的不是群蛙,而是枕间彼此咯咯的笑声。

1980 年 5 月

花鸟

客厅的落地长窗外,是一方不能算小的阳台,黑漆的栏杆之间,隐约可见谷底的小村,人烟暧暧。当初发明阳台的人,一定是一位乐观外向的天才,才会突破家居的局限,把一个幻想的半岛推向户外,向山和海,向半空晚霞和一夜星斗。

阳台而无花,犹之墙壁而无画,多么空虚。所以一盆盆的花,便从下面那世界搬了上来。也不知什么时候起,栏杆三面竟已偎满了花盆,但这种美丽的移民一点也没有计划,欧阳修所谓"浅深红白宜相间,先后仍须次第栽",是完全谈不上的。这么十几盆栽,有的是初来此地,不畏辛劳,挤三等火车抱回来的,有的是同事离开中大的遗爱,也有的,是买了车后供在后座带回来的。无论是什么来历,我们都一般看待。花神的孩子,名号不同,容颜各异,但迎风招展的神态都是动人的。

朝西一隅,是茎藤四延和栏杆已绸缪难解的紫藤,开的是一串串粉白带浅紫的花朵。右边是一盆桂苗，高只近尺，花时竟也有高洁清雅的异香，随风漾来。近邻是两盆茉莉和一盆玉兰。这两种香草虽不得列于《离骚》狂吟的芳谱，她们细腻而幽邃的远芬，却是我无力抵抗的。开窗的夏夜，她们的体香回泛在空中，一直远飘来书房里，嗅得人神摇摇而意惚惚，不能久安于座，总忍不住要推纱门出去，亲近亲近。比较起来，玉兰修长的白瓣香得温醇些，茉莉的丛蕊似更醉鼻餍心，总之都太迷人。

再过去是两盆海棠。浅红色的花，油绿色的叶，相配之下，别有一种民俗画的色调，最富中国韵味，而秋海棠叶的象征，从小已印在心头。其旁还有一盆铁海棠，虬蔓郁结的刺茎上，开出四瓣对称的深红小花。此花生命力最强，暴风雨后，只有他屹立不摇，颜色不改。再向右依次是绣球花，蟹爪兰，昙花，杜鹃。蟹爪兰花色洋红而神态凌厉，有张牙奋爪作势攫人之意，简直是一只花魇，令我不敢亲近。昙花已经绽过三次，一次还是双苞对开，真是吉夕素仙。夏秋之间，一夕盛放，皎白的千层长瓣，眼看她态纵迅疾地展开，幽幽地吐出粉黄娇嫩的簇蕊，却像一切奇迹那样，在目迷神眩的异光中，甫启即闭了。一年含蓄，只为一夕的挥霍，大概是芳族之中最羞涩最自谦最没有发表欲的一姝了。

在这些空中半岛，啊不，空中花园之上，我是两园丁之一，专掌浇水，每日夕阳沉山，便在晚霞的浮光里，提一把白柄蓝身的喷水壶，向众芳施水。另一位园丁当然是阳台的女主人，专司杀虫施肥，修剪枝叶，翻掘盆土。有时蓓蕾新发，野雀常来偷食，我就攘臂冲出去，大声驱逐。而高台多悲风，脚下那山谷只敞对海湾，海风一起，便成了老子所谓"虚而不屈，动而愈出"的一具风箱。于是便轮到我一盆盆搬进屋来。寒流来袭，亦复如此。女园丁笑我是陶侃运甓。美，也是有代价的。

无风的晴日，盆花之间常依偎一只白漆的鸟笼。里面的客人是一只灰翼蓝身的小鹦鹉，我为它取名"蓝宝宝"。走近去看，才发现翅膀不是全灰，而是灰中间白，并带一点点蓝：颈背上是一圈圈的灰纹，两翼的灰纹则弧形相掩，饰以白边，状如鱼鳞。翼尖交叠的下面，伸出修长几近半身的尾巴，毛色深孔雀蓝，常在笼栏边拂来拂去。身体的细毛蓝得很轻浅，很飘逸。胸前有一片白羽，上覆浑圆的小蓝点，点数经常在变，少则两点，长全时多至六点，排成弧形，像一条项链。

蓝宝宝的可爱，不止外貌的娇美。如果你有耐性，多跟它做一会儿伴，就会发现它的语言天才。它参加我们的生活成为最受宠爱的"小家人"才半年，韩惟全在我们家小住数日，首先发现它在牙牙学语，学我们的人语。起先我们不信，以为它时发时歇的咿唔唉喋，不过是禽类的哓哓自语，无意识的饶舌罢了。经惟全一提醒，蓝宝宝的断续鸟语，在侧耳细听之下，居然有点人话的意思。只是有时嗫嚅吞吐，似是而非，加以人腔鸟调，句逗含混不清，那意境在人禽之间，恐怕连公冶长再世，也难以体会，更无论圣芳济了。

幸运的时候，蓝宝宝会吐出三两个短句："小鸟过来""干什么""知道了""臭鸟不乖"，还有节奏起伏的"小鸟小鸟小小鸟"。小小曲喙的发音设备，毕竟和人嘴不可"同日而语"，所以人语的唇音齿音等，蓝宝宝虽有娓娓巧舌，仍是摹拟难工的。听说要小鹦鹉认真学话，得先施以剪舌的手术，剪了之后就不会那么"大舌头"了。此举是否见效，我不知道，但为了推行人语而违反人道，太无聊也太残忍了，我是绝对不肯的。无所不载、无所不容的这世界，属于人，也属于花、鸟、虫、鱼：人类之间，禁止别人发言或强迫人人千口一辞，也就够威武的了，又何必向禽兽去行人政呢？因此，盆中的铁海棠，女园丁和我都任其自然，不加扭曲，而蓝宝宝呢，会讲几句人话，固然能取悦于人，满足主人的虚荣心，我们也任其自由发展，从不刻意去教它。写到这里，又听见蓝宝宝在阳台上叫了。不过这一次它是和外面的野雀呼应酬答，是在鸟语。

那样的啁啾，该是羽类的世界语吧。而无论蓝宝宝是在阳台上或是屋里，只要左近传来鸠呼或雀噪，它一定脆音相应，一逗一答，一呼一和，旁听起来十分有趣，或许在飞禽的世界里，也像人世一样，南腔北调，有各种复杂的方言，可惜我们莫能分辨，只好一概称为"鸟语"。

平时说到鸟语，总不免想起"生生燕语明如翦，呖呖莺声溜的圆"之类的婉婉好音，绝少想到鸟语之中，也有极其可怖的一类。后来参观底特律的大动物园，进入了笼高树密的鸟苑，绿重翠叠的阴影里，一时不见高栖的众禽，只听到四周怪笑吃吃，惊叹咄咄，厉呼磔磔，盈耳不知究竟有多少巫师隐身在幽处施法念咒，真是听觉上最骇人的一次经验。看过希区柯克的惊悚片《鸟》，大家惊疑之余，都说真想不到鸟类会有这么"邪恶"。其实人类君临这个世界,品尝珍馐,饕餮万物,把一切都视为当然,却忘了自己经常捕囚或烹食鸟类的种种罪行有多么残忍了。兀鹰食人,毕竟先等人自毙;人食乳鸽,却是一笼一笼地蓄意谋杀。

想到此地,蓝光一闪,一片青云飘在我的肩上,原来是有人把蓝宝宝放出来了。每次出笼,它一定振翅疾飞,在屋里回翔一圈,然后栖在我肩头或腕际。我的耳边、颈背、颊下,是最爱来依偎探讨的地方。最温驯的时候,它会憩在人的手背,低下头来,用小喙亲吻人的手指,一动也不动地,讨人欢喜。有时它更会从嘴里吐出一粒"雀粟"来,邀你共享,据说这是它表示友谊的亲切举动,但你尽可放心,它不会强人所难的,不一会儿,它又径自啄回去了。有时它也会轻咬你的手指头,并露出它可笑的花舌头。兴奋起来,它还会不断地向你磕头,颈毛松开,瞳仁缩小,嘴里更是呢呢喃喃,不知所云。不过所谓"小鸟依人",只是片面的,只许它来亲人,不许你去抚它。你才一伸手,它立刻回过身来面对着你,注意你的一举一动,不然便是蓝羽一张,早已飞之冥冥。

不少朋友在我的客厅里,常因这一闪蓝云的猝然降临而大吃一惊。女作家心岱便是其中的一位。说时迟那时快,蓝宝宝华丽的翅膀一收,已经栖在她手腕上了。心岱惊神未定,只好强自镇静,听我们向她夸耀小鸟的种种。后来她回到台北,还发表《蓝宝》一文,以记其事。

我发现,许多朋友都不知道养一只小鹦鹉有多么有趣,又多么简单。小鹦鹉的身价,就它带给主人的乐趣说来,是非常便宜的。在中国台湾，每只售台币六七十元，在中国香港只要港币六元，美国的超级市场里也常有出售，每只不过五六美元。在丹佛时，我先后养过四只，其中黄底灰纹的一只毛色特别娇嫩，算是珍品，则是花十五美元买来的。买小鹦鹉时，要注意两件事情。年龄要看额头和鼻端，额上黑纹越密，鼻上色泽越紫，则越幼小，要买，当然要初生的稚婴，才容易和你亲近。至于健康呢，则要翻过身来看它的肛门，周围的细白绒毛要干，才显得消化良好。小鹦鹉最怕泻肚子，一泻就糟。

此外的投资，无非是一只鸟笼，两枝栖木，一片鱼骨，和极其迷你的水缸粟钵而已。鱼骨的用场，是供它啄食，以吸取充分的钙质。那么小的肚子，耗费的粟量当然有限，再穷的主人也供得起的。有时为了调剂，不妨喂一点青菜和果皮，让它啄三五口，也就够了。熟了以后，可以放出笼来，任它自由飞憩，不过门窗要小心关好，否则它爱向亮处飞，极易夺门而去。我养过的近十头小鹦鹉之中，就有两头是这么无端飞掉的。有了这种伤心的教训，我只在晚上才敢把鸟放出笼来。

小鸟依人，也会缠人，过分亲狎之后，也有烦恼的。你吃苹果，它便飞来奇袭，与人争食。你特别削一小片喂它，它只浅尝三两口，仍纵回你的口边，定要和你分享大块。你看报，它便来嚼食纸边，吃得津津有味。你写字呢，它便停在纸上，研究你写些什么，甚至以为笔尖来回挥动是在逗它玩乐，便来追咬你的笔尖。要赶它回笼，可不容易。如果它玩得还未尽兴，则无论你如何好言劝诱或恶声威胁，都不能使它俯首归心。最后只有关灯的一招，在黑暗里，它是不敢飞的。于是你伸手擒来，毛茸茸软温温的一团，小心脏抵着你的手心猛跳，吱吱的抗议声中，你已经把它置回笼里。

蓝宝宝是大埔的菜市上六元买来的，在我所有的"禽缘"里，它是最乖巧可爱的一只，现在，即使有谁出六千元，我也不肯舍弃它。前年夏天，我们举家回台北去，只好把蓝宝宝寄在宋淇府上，劳宋夫人做了半个月的"鸟妈妈"。记得交托之时，还郑重其事，拟了一张"养鸟须知"的备忘录，悬于笼侧，文曰：

一、小米一钵，清水半缸，间日一换，不食烟火，俨然羽仙。

二、风口日曝之处，不宜放置鸟笼。

三、无须为鸟沐浴，造化自有安排。

四、智商仿佛两岁稚婴。略通人语，颇喜传讹。闺中隐私，不宜多言，慎之慎之。

1977 年 5 月

沙田山居 [1]

书斋外面是阳台,阳台外面是海,是山,海是碧湛湛的一弯,山是青郁郁的连环。山外有山,最远的翠微淡成一袅青烟,忽焉似有,再顾若无,那便是,大陆的莽莽苍苍了。日月闲闲,有的是时间与空间。一览不尽的青山绿水,马远夏圭的长幅横披,任风吹,任鹰飞,任渺渺之目舒展来回,而我在其中俯仰天地,呼吸晨昏,竟已有十八个月了。十八个月,也就是说,重九的陶菊已经两开,中秋的苏月已经圆过两次了。

海天相对,中间是山,即使是秋晴的日子,透明的蓝光里,也还有一层轻轻的海气,疑幻疑真,像开着一面玄奥的迷镜,照镜的不是人,是神。海与山绸缪在一起,分不出,是海侵入了山间,还是山诱俘了海水,只见海把山围成一角角的半岛,山呢,

---

[1] 此文未查到写作具体时间,已查证其他版本,余同。

把海围成了一汪汪的海湾。山色如环,困不住浩渺的南海,毕竟在东北方缺了一口,放艑艌出去,风帆进来。最是晴艳的下午,八仙岭下,一艘白色渡轮,迎着酣美的斜阳悠悠向大埔驶去,整个吐雾港平铺着千顷的碧蓝,就为了反衬那一影耀眼的洁白。起风的日子,海吹成了千亩蓝田,无数的百合此开彼落。到了夜深,所有的山影黑沉沉都睡去,远远近近,零零落落的灯全睡去,只留下一阵阵的潮声起伏,永恒的鼾息,撼人的节奏撼我的心血来潮。有时十几盏渔火赫然,浮现在阒黑的海面,排成一弯弧形,把渔网越收越小,围成一丛灿灿的金莲。

  海围着山,山围着我。沙田山居,峰回路转,我的朝朝暮暮,日起日落,月望月朔,全在此中度过,我成了山人。问余何事栖碧山,笑而不答,山已经代我答了。其实山并未回答,是鸟代山答了,是虫,是松风代山答了。山是禅机深藏的高僧,轻易不开口的。人在楼上倚栏杆,山列坐在四面如十八尊罗汉叠罗汉,相看两不厌。早晨,我攀上佛头去看日出,黄昏,从联合书院的文学院一路走回来,家,在半山腰上等我,那地势,比佛肩要低,却比佛肚子要高些。这时,山什么也不说,只是争噪的鸟雀泄露了他愉悦的心境。等到众鸟栖定,山影茫然,天籁便低沉下去,若断若续,树间的歌者才歇下,草间的吟哦又四起。至于山坳下面那小小的幽谷,形式和地位都相当于佛的肚脐,深凹之中别有一番谐趣。山谷是一个爱音乐的村女,最喜欢学舌拟声,可惜太害羞,技巧不很高明。无论是鸟鸣犬吠,或是火车在谷口扬笛路过,她都要学叫一声,落后半拍,应人的尾音。

从我的楼上望出去，马鞍山奇拔而峭峻，屏于东方，使朝暾姗姗其来迟。鹿山巍然而逼近，魁梧的肩膊遮去了半壁西天，催黄昏早半小时来临，一个分神，夕阳便落进他的僧袖里去了。一炉晚霞，黄铜烧成赤金又化作紫灰与青烟，壮哉崦嵫的神话，太阳的葬礼。阳台上，坐看晚景变幻成夜色，似乎很缓慢，又似乎非常敏捷，才觉霞光烘颊，余曛在树，忽然变生咫尺，眈眈的黑影已伸及你的肘腋，夜，早从你背后袭来。那过程，是一种绝妙的障眼法，非眼睫所能守望的。等到夜色四合，黑暗已成定局，四围的山影，重甸甸阴森森的，令人肃然而恐。尤其是西屏的鹿山，白天还如佛如僧，蔼然可亲，这时竟收起法相，庞然而踞，黑毛茸蒙如一尊暗中伺人的怪兽，隐然，有一种潜伏的不安。

千山磅礴的来势如压，谁敢相撼？但是云烟一起，庄重的山态便改了。雾来的日子，山变成一座座的列屿，在白烟的横波回澜里，载浮载沉。八仙岭果真化作了过海的八仙，时在波上，时在弥漫的云间。有一天早晨，举目一望，八仙和马鞍和远远近近的大小众峰，全不见了，偶尔云开一线，当头的鹿山似从天隙中隐隐相窥，去大埔的车辆出没在半空。我的阳台脱离了一切，下临无地，在汹涌的白涛上自由来去。谷中的鸡犬从云下传来，从夐远的人间。我走去更高处的联合书院上课，满地白云，师生衣袂飘然，都成了神仙。我登上讲坛说道，烟云都穿窗探首来旁听。

起风的日子，一切云云雾雾的朦胧氤氲全被拭净，水光山色，纤毫悉在镜里。原来对岸的八仙岭下，历历可数，有这许多山村野店，水浒人家。半岛的天气一日数变，风骤然而来，从海口长驱直入，脚下的山谷顿成风箱，抽不尽满壑的咆哮翻腾，蹂躏着罗汉松与芦草，掀翻海水，吐着白浪。风是一群透明的猛兽，奔踹而来，呼啸而去。

　　海潮与风声，即使撼天震地，也不过为无边的静加注荒情与野趣罢了。最令人心动而神往的，却是人为的骚音。从清早到午夜，一天四十多班，在山和海之间，敲轨而来，鸣笛而去的，是九广铁路的客车，货车，猪车。曳着黑烟的飘发，蟠蜿着十三节车厢的修长之躯，这些工业时代的元老级交通工具，仍有旧世界迷人的情调，非协和的超音速飞机所能比拟。山下的铁轨向北延伸，延伸着我的心弦。我的中枢神经，一日四十多次，任南下又北上的千只铁轮轮番敲打，用钢铁火花的壮烈节奏，提醒我，藏在谷底的并不是洞里桃源，住在山上，我亦非桓景，即使王粲，也不能不下楼去：

　　　　栏杆三面压人眉睫是青山
　　　　碧螺黛迤逦的边愁欲连环
　　　　叠嶂之后是重峦，一层淡似一层
　　　　湘云之后是楚烟，山长水远
　　　　五千载与八万万，全在那里面……

尺素寸心

接读朋友的来信,尤其是远自海外犹带着异国风云的航空信,确是人生一大快事,如果无须回信的话。回信,是读信之乐的一大代价。久不回信,屡不回信,接信之乐必然就相对减少,以至于无,这时,友情便暂告中断了,直到有一天在赎罪的心情下,你毅然回起信来。蹉跎了这么久,接信之乐早变成欠信之苦,我便是这么一位累犯的罪人,交游千百,几乎每一位朋友都数得出我的前科来的。英国诗人奥登曾说,他常常搁下重要的信件不回,躲在家里看他的侦探小说。王尔德有一次对韩黎说:"我认得不少人,满怀光明的远景来到伦敦,但是几个月后就整个崩溃了,因为他们有回信的习惯。"显然王尔德认为,要过好日子,就得戒除回信的恶习。可见怕回信的人,原不止我一个。

回信,固然可畏,不回信,也绝非什么乐事。书架上经常叠着百多封未回之信,"债龄"或长或短,长的甚至在一年以上,那样的压力,也绝非一个普通的罪徒所能负担的。一叠未回的信,就像一群不散的阴魂,在我罪孽深重的心底憧憧作祟。理论上说来,这些信当然是要回的。我可以坦然向天发誓,在我清醒的时刻,我绝未存心不回人信。问题出在技术上。给我一整个夏夜的空闲,我该先回一年半前的那封信呢,还是七个月前的这封?隔了这么久,恐怕连谢罪自谴的有效期也早过了吧?在朋友的心目中,你早已沦为不值得计较的妄人。"莫名其妙!"是你在江湖上一致的评语。

其实,即使终于鼓起全部的道德勇气,坐在桌前,准备偿付信债于万一,也不是轻易能如愿的。七零八落的新简旧信,漫无规则地充塞在书架上,抽屉里,有的回过,有的未回,"只在此山中,云深不知处",要找到你决心要回的那一封,耗费的时间和精力,往往数倍于回信本身。再想象朋友接信时的表情,不是喜出望外,而是余怒重炽,你那一点决心就整个崩溃了。你的债,永无清偿之日。不回信,绝不等于忘了朋友,正如世上绝无忘了债主的负债人。在你惶恐的深处,恶魔的尽头,隐隐约约,永远潜伏着这位朋友的怒眉和冷眼,不,你永远忘不了他。你真正忘掉的,而且忘得那么心安理得,是那些已经得你回信的朋友。

有一次我对诗人周梦蝶大发议论,说什么"朋友寄新著,必须立刻奉覆,道谢与庆贺之余,可以一句'定当细细拜读'作结。如果拖上了一个星期或个把月,这封贺信就难写了,因为到那时候,你已经有义务把全书读完,书既读完,就不能只说些泛泛的美词。"梦蝶听了，为之绝倒。可惜这个理论，我从未付之行动，一定丧失了不少友情。倒是有一次自己的新书出版，兴冲冲地寄赠了一些朋友。其中一位过了两个月才来信致谢，并说他的太太、女儿，和太太的几位同事争读那本大作，直到现在还不曾轮到他自己，足见该书的魅力如何云云。这一番话是真是假，令我存疑至今。如果他是说谎，那真是一大天才。

据说胡适生前，不但有求必应，连中学生求教的信也亲自答复，还要记他有名的日记，从不间断。写信，是对人周到；记日记，是对自己周到。一代大师，在著书立说之余，待人待己，竟能那么周密从容，实在令人钦佩。至于我自己，笔札一道已经招架无力，日记，就更是奢侈品了。相信前辈作家和学人之间，书翰往还，那种优游条畅的风范，应是我这一辈难以追摹的。梁实秋先生名满天下，尺牍相接，因缘自广，但是廿多年来，写信给他，没有一次不是很快就接到回信，而笔下总是那么诙谐，书法又是那么清雅，比起当面的谈笑风生，又别有一番境界。我素来怕写信，和梁先生通信也不算频。何况《雅舍小品》的作者声明过，有十一种信件不在他收藏之列，我的信，大概属于他所列的第八种吧。据我所知，和他通信最密的，该推陈之藩。陈之藩年轻时，和胡适、沈从文等现代作家书信往还，名家手迹收藏甚富，梁先生戏称他为 man of letters，到了今天，该轮到他自己的书信被人收藏了吧。

朋友之间，以信取人，大约可以分成四派。第一派写信如拍电报，寥寥数行，草草三二十字，很有一种笔挟风雷之势。只是苦了收信人，惊疑端详所费的工夫，比起写信人纸上驰骋的时间，恐怕还要多出数倍。彭歌、刘绍铭、白先勇，可称代表。第二派写信如美女绣花，笔触纤细，字迹秀雅，极尽从容不迫之能事，至于内容，则除实用的功能之外，更兼抒情，娓娓说来，动人清听。宋淇、夏志清可称典型。尤其是夏志清，怎么大学者专描小小楷，而且永远用廉便的国际邮简？第三派则介于两者之间，行乎中庸之道，不温不火，舒疾有致，而且字大墨饱，面目十分爽朗。颜元叔、王文兴、何怀硕、杨牧、罗门，都是"样板人物"。尤其是何怀硕，总是议论纵横，而杨牧则字稀行阔，偏又爱用重磅的信纸，那种不计邮费的气魄，真足以笑傲江湖。第四派毛笔作书，满纸烟云，体在行草之间，可谓反潮流之名士，罗青属之。当然，气魄最大的应推刘国松、高信疆，他们根本不写信，只打越洋电话。

1976 年 5 月

催魂铃

一百年前发明电话的那人，什么不好姓，偏偏姓"铃"（Alexander Bell），真是一大巧合。电话之来，总是从颤颤的一串铃声开始，那高调，那频率，那精确而间歇的发作，那一迭连声的催促，凡有耳神经的人，没有谁不悚然惊魂，一跃而起的。最吓人的，该是深夜空宅，万籁齐寂，正自杯弓蛇影之际，忽然电话铃声大作，像恐怖电影里那样。旧小说的所谓"催魂铃"，想来也不过如此了。王维的辋川别墅里，要是装了一架电话，他那些静绝清绝的五言绝句，只怕一句也吟不出了。电话，真是现代生活的催魂铃。电话线的天网恢恢，无远弗届，只要一线袅袅相牵，株连所及，我们不但遭人催魂，更往往催人之魂，彼此相催，殆无已时。古典诗人常爱夸张杜鹃的鸣声与猿啼之类，说得能催人老。于今猿鸟去人日远，倒是这凛凛不绝于耳的电话铃声，把现代人给催老了。

古人鱼雁往返，今人铃声相迫。鱼来雁去，一个回合短则旬月，长则经年，那天地似乎广阔许多。"晚来天欲雪，能饮一杯无？"那时如果已有电话，一个电话刘十九就来了，结果我们也就读不到这样的佳句。至于"断无消息石榴红"，那种天长地久的等待，当然更有诗意。据说阿根廷有一位邮差，生就拉丁民族的洒脱不羁，常把一袋袋的邮件倒在海里，多少叮咛与嘱咐，就此付给了鱼虾。后来这家伙自然吃定了官司。我国早有一位殷洪乔，把人家托带的百多封信全投在江中，还祝道："沉者自沉，浮者自浮，殷洪乔不能作致书邮！"

这位逍遥殷公，自己不甘随俗浮沉，却任可怜的函书随波浮沉，结果非但逍遥法外，还上了《世说新语》，成了任诞趣谭。如果他生在现代，就不能这么任他逍遥，因为现代的大城市里，电话机之多，分布之广，就像工业文明派到家家户户去卧底的奸细，催魂的铃声一响，没有人不条件反射地一弹而起，赶快去接，要是不接，它就跟你没完没了，那高亢而密集的声浪，锲而不舍，就像一排排嚣张的惊叹号一样，滔滔向你卷来。我不相信魏晋名士乍闻电话铃声能不心跳。

至少我就不能。我家的电话，像一切深入敌阵患在心腹的奸细，竟装在我家文化中心的书房里，注定我一夕数惊，不，数十惊。四个女儿全长大了，连"最小偏怜"的一个竟也超过了《边城》里翠翠的年龄。每天晚上，热门的电视节目过后，进入书房，面对书桌，正要开始我的文化活动，她们的男友们（？）也纷纷出动了，我用问号，是表示存疑，因为人数太多，讲的又全是广东话，我凭什么分别来者是男友还是天真的男同学呢？总之我一生没有听过这么多陌生男子的声音，电话就在我背后响起，当然由我推椅跳接，问明来由，便扬声传呼，辗转召来"他"要找的那个女儿。铃声算是镇下去了，继之而起的却是人声的哼哼唧唧，喃喃喋喋。被铃声惊碎了的静谧，一片片又拼了拢来，却夹上这么一股昵昵尔汝、不听不行、听又不清的涓涓细流，再也拼不完整。世界上最令人分心的声音，还是人自己的声音，尤其是家人的语声。开会时主席滔滔的报告，演讲时名人侃侃的大言，都可以充耳不闻，别有用心，更勿论公车上渡轮上不相干的人声鼎沸，唯有这家人耳熟的声音，尤其是向着听筒的窃窃私语、叨叨独白，欲盖弥彰，似抑实扬，却又间歇不定，笑噌无常，最能乱人心意。你当然不会认真听下去，可是家人的声音，无论是音色和音调，太亲切了，不听也自入耳，待要听时，却轮到那头说话了，这头只剩下了唯唯诺诺。有意无意之间，一通电话，你听到的只是零零碎碎，断断续续的"片面之词"，在朦胧的听觉上，有一种半盲的幻觉。

　　好不容易等到叮咛一声挂回听筒，还我寂静，正待接上断绪，重新投入工作，铃声响处，第二个电话又来了。四个女儿加上一个太太，每人晚上四五个电话，催魂铃声便不绝于耳了。像一个现代的殷洪乔，我成了五个女人的接线生。有时也想回对方一句"她不在"，或者干脆把电话挂断，又怕侵犯了人权，何况还是女权，在一对五票的劣势下，怎敢冒天下之大不韪？

　　绝望之余，不禁悠然怀古，想没有电话的时代，这世界多么单纯,家庭生活又多么安静,至少房门一关,外面的世界就闯不进来了,哪像现代人的家里,肘边永远伏着这么一枚不定时的炸弹。那时候,要通消息,写信便是。比起电话来,书信的好处太多了。首先,写信阅信都安安静静,不像电话那么吵人。其次,书信有耐性和长性,收到时不必即拆即读,以后也可以随时展阅,从容观赏,不像电话那样即呼即应,一问一答,咄咄逼人而来。"星期三有没有空?""那么,星期四行不行?"这种事情必须当机立断,沉吟不得,否则对方会认为你有意推托。相比之下,书信往还,中间有绿衣人或蓝衣人作为缓冲,又有洪乔之误周末之阻等的借口,可以慢慢考虑,转肘的空间宽得多了。书信之来,及门而止,然后便安详地躺在信箱里等你去取,哪像电话来时,登堂入室,直捣你的心脏,真是迅铃不及掩耳。一日二十四小时,除了更残漏断、英文所谓"小小时辰"之外,谁也抗拒不了那催魂铃武断而坚持的命令,无论你正做着什么,都得立刻放下来,向它"交耳"。周公"一沐三握发,一饭三吐哺",是为接天下之贤士,我们呢,是为接电话。谁没有从浴室里气急败坏地裸奔出来,一手提裤,一手去抢听筒呢?岂料一听之下,对方满口日文,竟是错了号码。

电话动口,书信动手,其实写信更见君子之风。我觉得还是老派的书信既古典又浪漫;古人"呼儿烹鲤鱼,中有尺素书"的优雅形象不用说了,就连现代通信所见的邮差、邮筒、邮票、邮戳之类,也都有情有韵,动人心目。在高人雅士的手里,书信成了绝佳的作品,进则可以辉照一代文坛,退则可以怡悦二三知己,所以中国人说它是"心声之献酬",西洋人说它是"最温柔的艺术"。但自电话普及之后,朋友之间要互酬心声,久已勤于动口而懒于动手,眼看这种温柔的艺术已经日渐没落了。其实现代人写的书信,甚至出于名家笔下的,也没有多少够得上"温柔"两字。

也许有人不服,认为现代人虽爱通话,却也未必疏于通信,圣诞新年期间,人满邮局信满邮袋的景象,便是一大例证。其实这景象并不乐观,因为年底的函件十之八九都不是写信,只是在印好的贺节词下签名而已。通信"现代化"之后,岂但过年过节,就连贺人结婚、生辰、生子、慰人入院、出院、丧亲之类的场合,也都有印好的公式卡片任你"填表"。"听说你离婚了,是吗?不要灰心,再接再厉,下一个一定美满!"总有一天会出售这样的慰问明信片的。所谓"最温柔的艺术",在电话普及、社交卡片泛滥的美国,是注定要没落的了。

甚至连情书,"最温柔的艺术"里原应最温柔的一种,怕也温柔不起来了。梁实秋先生在《雅舍小品》里说:"情人们只有在不能喁喁私语时才要写信。情书是一种紧急救济。"他没有料到电话愈来愈发达,情人情急的时候是打电话,不是写情书,即使山长水远,也可以两头相思一线贯通。以前的情人总不免"肠断萧娘一纸书",若是"玉珰缄札何由达",就更加可怜了。现代的情人只拨那小小的转盘,不再向尺素之上去娓娓倾诉。麦克鲁恒说得好,"消息端从媒介来",现代情人的口头盟誓,在十孔盘里转来转去,铃声丁零一响,便已消失在虚空里,怎能转出伟大的爱情来呢？电话来得快，消失得也快，不像文字可以永垂后世，向一代代的痴顽去求印证。我想情书的时代是一去不返了，不要提亚伯拉德和哀绿绮思，即使近如徐志摩和郁达夫的多情，恐也难再。

　　有人会说："电话难道就一无好处吗？至少即发即至，随问随答，比通信快得多啊！遇到急事，一通电话可以立刻解决，何必劳动邮差摇其鹅步，延误时机呢？"这我当然承认，可是我也要问，现代生活的节奏调得这么快，究竟有什么意义呢？你可以用电话去救人，匪徒也可以用电话去害人，大家都快了，快，又有什么意义？

　　　　客从远方来，遗我一书札；
　　　　上言长相思，下言久离别。
　　　　置书怀袖中，三岁字不灭；
　　　　一心抱区区，惧君不识察。

　　在节奏舒缓的年代，一切都那么天长地久，耿耿不灭，爱情如此，一纸痴昧的情书，贴身三年，也是如此。在高速紧张的年代，一切都即生即灭，随荣随枯，爱情和友情，一切的区区与耿耿，都被机器吞进又吐出，成了车载斗量的消耗品了。电话和电视的恢恢天网，使五洲七海千城万邑缩小成一个"地球村"，四十亿兆民都迫到你肘边成了近邻。人类愈"进步"，这大千世界便愈加缩小。英国记者魏克说，孟买人口号称六百万，但是你在孟买的街头行走时，好像那六百万人全在你身边。据说有一天附带电视的电话机也将流行，那真是无所逃于天地之间了。《二〇〇一年：太空放逐记》的作者克拉克曾说：到1986年我们就可以跟火星上的朋友通话，可惜时差是三分钟，不能"对答如流"。我的天，"地球村"还不够，竟要去开发"太阳系村"吗？

野心勃勃的科学家认为，有一天我们甚至可能探访太阳以外的太阳。但人类太空之旅的速限是光速，一位太空人从二十五岁便出发去寻织女星，长征归来，至少是七十七岁了，即使在途中他能因"冻眠"而不老，世上的亲友只怕也半为鬼了。"空间的代价是时间"，一点也不错。我是一个太空片迷，但我的心情颇为矛盾。从《二〇〇一年》到《第三类接触》，一切太空片都那么美丽、恐怖而又寂寞，令人"念天地之悠悠，独怆然而涕下"。而尤其是寂寞，唉，太寂寞了。人类即使能征服星空，也不过是君临沙漠而已。

长空万古，渺渺星辉，让一切都保持点距离和神秘，可望而不可即，不是更有情吗？留一点余地给神话和迷信吧，何必赶得素娥青女都走投无路，"逼神太甚"呢？宁愿我渺小而宇宙伟大，一切的江河不朽，也不愿进步到无远弗届，把宇宙缩小得不成气象。

对无远弗届的电话与关山阻隔的书信，我的选择也是如此。在英文里，叫朋友打个电话来，是"给我一声铃"。催魂铃吗，不必了。不要给我一声铃，给我一封信吧。

1980年愚人节

娓娓与喋喋

不知道我们这一生究竟要讲多少句话？如果有一种电脑可以统计，像日行万步的人所带的计步器那样，我相信其结果必定是天文数字，其长，可以绕地球几周，其密，可以下大雨几场。情形当然因人而异。有人说话如参禅，能少说就少说，最好是不说，尽在不言之中。有人说话如嘶蝉，并不一定要说什么，只是无意识的口腔运动而已。说话，有时只是掀唇摇舌，有时是为了表情达意，有时，却也是一种艺术。许多人说话只是避免冷场，并不要表达什么思想，因为他们的思想本就不多。至于说话而成艺术，一语而妙天下，那是可遇不可求，要记入《世说新语》或《约翰生传》才行。哲人桑塔耶纳就说："雄辩滔滔是民主的艺术；清谈娓娓的艺术却属于贵族。"他所指的贵族不是阶级，而是趣味。

最常见的该是两个人的对话。其间的差别当然是大极了。对象若是法官、医师、警察、主考之类，对话不但紧张，有时恐怕还颇危险，乐趣当然是谈不上的。朋友之间无所用心的闲谈，如果两人的识见相当，而又彼此欣赏，那是最快意的事了。如果双方的识见悬殊，那就好像下棋让子，玩得总是不畅。要紧的是双方的境界能够交接，倒不一定两人都有口才，因为口才宜于应敌，却不宜用来待友。甚至也不必都能健谈：往往一个健谈，一个善听，反而是最理想的配合。可贵的在于共鸣，不，在于默契。真正的知己，就算是脉脉相对，无声也胜似有声：这情景当然也可以包括夫妻和情人。

　　这世界如果尽是健谈的人，就太可怕了。每一个健谈的人都需要一个善听的朋友，没有灵耳，巧舌拿来做什么呢？英国散文家海斯立德说："交谈之道不但在会说，也在会听。"在公平的原则下，一个人要说得尽兴，必须有另一个人听得入神。如果说话是权利，听话就是义务，而义务应该轮流负担。同时，仔细听人说话，轮到自己说时，才能充分切题。我有一些朋友，迄今未养成善听人言的美德，所以跟人交谈，往往像在自言自语。凡是音乐家，一定先能听音辨声，先能收，才能发。仔细听人说话，是表示尊敬与关心。善言，能赢得听众。善听，才赢得朋友。

　　如果是几个人聚谈，又不同了。有时座中一人侃侃健谈，众人睽睽恭听，那人不是上司、前辈，便是德高望重，自然拥有发言权，甚至插口之权，其他的人就只有斟酒点烟、随声附和的份了。有时见解出众、口舌便捷的人，也能独揽话题，语惊四座。有时座上有二人焉，往往是主人与主客，一来一往，你问我答，你攻我守，左右了全席谈话的大势，也能引人入胜。

最自然也是最有趣的情况，乃是滚雪球式。谈话的主题随缘而转，愈滚愈大，众人兴之所至，七嘴八舌，或轮流做庄，或旁白助阵，或争先发言，或反复辩难，或怪问乍起而举座愕然，或妙答迅接而哄堂大笑，一切都是天机巧合，甚至重加排练也不能再现原来的生趣。这种滚雪球式，人人都说得尽兴，也都听得入神，没有冷场，也没有冷落了谁，却有一个条件，就是座上尽是老友，也有一个缺点，就是良宵苦短，壁钟无情，谈兴正浓而星斗已稀。日后我们怀念故人，那一景正是最难忘的高潮。

众客之间若是不顶熟稔，雪球就滚不起来。缺乏重心的场面，大家只好就地取材，与邻座不咸不淡地攀谈起来，有时兴起，也会像旧小说那样"捉对儿厮杀"。这时，得凭你的运气了。万一你遇人不淑，邻座远交不便，近攻得手，就守住你一个人恳谈、密谈。更有趣的话题，更壮阔的议论，正在三尺外热烈展开，也许就是今晚最生动的一刻；明知你真是冤枉，错过了许多赏心乐事，却不能不收回耳朵，面对你的不芳之邻，在表情上维持起码的礼貌。其实呢，你恨不得他忽然被鱼刺哽住。这种性好密谈的客人，往往还有一种恶习，就是名副其实地交头接耳，似乎他要郑重交代的，句句都是肺腑之言，恨不得回其天鹅之颈，伸其长蛇之舌，来舔你的鼻子，哎呀，真的是 tête-à-tête 还不够，必得 nose-to-nose 才满足。你吓得闭气都来不及了，哪里还听得进什么肺腑之言？此人的肺腑深深几许，尚不得而知，他的口腔是怎么一回事，早已有各种菜味，酸甜苦辣地向你来告密了。

205

至于口水，更是不问可知，早已泽被四方矣，谁教你进入它的射程呢？

聚谈杂议，幸好不是每次都这么危险。可是现代人的生活节奏毕竟愈来愈快，无所为的闲谈、雅谈、清谈、忘机之谈几乎是不可能了。"偶然值林叟，谈笑无还期。"在一切讲究效率的工业社会，这种闲逸之情简直是一大浪费。刘禹锡但求无丝竹之扰耳，其实丝竹比起现代的流行音乐来，总要清雅得多。现代人坐上计程车、火车、长途汽车，都难逃噪声之害，到朋友家去谈天吧，往往又有孩子在看电视。饭店和咖啡馆而能免于音乐的，也很少见了。现代生活的一大可恼，便是经常横被打断，要跟二三知己促膝畅谈，实在太难。

剩下的一种谈话，便是跟自己了。我不是指出声的自言自语，而是指自我的沉思默想。发现自己内心的真相，需要性格的力量。唯勇者始敢单独面对自己；唯智者才能与自己为伴。一般人的心灵承受不了多少静默，总需要有一点声音来解救。所以卡莱尔说："语言属于时间，静默属于永恒。"可惜这妙念也要言诠。

1986 年 1 月 9 日至 10 日

假如我有九条命

　　假如我有九条命，就好了。
　　一条命，就可以专门应付现实的生活。苦命的丹麦王子说过：既有肉身，就注定要承受与生俱来的千般惊扰。现代人最烦的一件事，莫过于办手续；办手续最烦的一面莫过于填表格。表格愈大愈好填，但要整理和收存，却愈小愈方便。表格是机关发的，当然力求其小，于是申请人得在四根牙签就塞满了的细长格子里，填下自己的地址。许多人的地址都是节外生枝，街外有巷，巷中有弄，门牌还有几号之几，不知怎么填得进去。这时填表人真希望自己是神，能把须弥纳入芥子，或者只要在格中填上两个字："天堂。"一张表填完，又来一张，上面还有密密麻麻的各条说明，必须皱眉细阅。至于照片、印章，以及各种证件的号码，更是缺一不可。于是半条命已去了，剩下的半条勉强可以用来回信和开会,假如你找得到相关的来信,受得了邻座的烟熏。

一条命,有心留在台北的老宅,陪伴父亲和岳母。父亲年逾九十,右眼失明,左眼不清。他原是最外倾好动的人,喜欢与乡亲契阔谈宴,现在却坐困在半昧不明的寂寞世界里,出不得门,只能追忆冥隔了二十七年的亡妻,怀念分散在外地的子媳和孙女。岳母也已过了八十,五年前断腿至今,步履不再稳便,却能勉力以蹒跚之身,照顾旁边的朦胧之人。她原是我的姨母,家母亡故以来,她便迁来同住,主持失去了主妇之家的琐务,对我的殷殷照拂,情如半母,使我常常感念天无绝人之路,我失去了母亲,神却再补我一个。

一条命,用来做丈夫和爸爸。世界上大概很少全职的丈夫,男人忙于外务,做这件事不过是兼差。女人做妻子,往往却是专职。女人填表,可以自称"主妇"(housewife),却从未见过男人自称"主夫"(househusband)。一个人有好太太,必定是天意,这样的神恩应该细加体会,切勿视为当然。我觉得自己做丈夫比做爸爸要称职一点,原因正是有个好太太。做母亲的既然那么能干而又负责,做父亲的也就乐得"垂拱而治"了。所以我家实行的是总理制,我只是合照上那位俨然的元首。四个女儿天各一方,负责通信、打电话的是母亲,做父亲的总是在忙别的事情,只在心底默默想念着她们。

一条命,用来做朋友。中国的"旧男人"做丈夫虽然只是兼职，但是做起朋友来却是专任。妻子如果成全丈夫，让他仗义疏财，去做一个漂亮的朋友，"江湖人称小孟尝"，便能赢得贤名。这种有友无妻的作风，"新男人"当然不取。不过新男人也不能遗世独立，不交朋友。要表现得"够朋友"，就得有闲、有钱，才能近悦远来。穷忙的人怎敢放手去交游？我不算太穷，却穷于时间，在"够朋友"上面只敢维持低姿态，大半仅是应战。跟身边的朋友打完消耗战，再无余力和远方的朋友隔海越洲，维持庞大的通讯网了。演成近交而不远攻的局面，虽云目光如豆，却也由于鞭长莫及。

一条命，用来读书。世界上的书太多了，古人的书尚未读通三卷两帙，今人的书又汹涌而来，将人淹没。谁要是能把朋友题赠的大著通通读完，在斯文圈里就称得上是圣人了。有人读书，是纵情任性地乱读，只读自己喜欢的书，也能成为名士。有人呢是苦心孤诣地精读，只读名门正派的书，立志成为通儒。我呢，论狂放不敢做名士，论修养不够做通儒，有点不上不下。要是我不写作，就可以规规矩矩地治学；或者不教书，就可以痛痛快快地读书。假如有一条命专供读书，当然就无所谓了。

书要教得好，也要全力以赴，不能随便。老师考学生，毕竟范围有限，题目有形。学生考老师，往往无限又无形。上课之前要备课，下课之后要阅卷，这一切都还有限。倒是在教室以外和学生闲谈问答之间，更能发挥"人师"之功，在"教"外施

"化"。常言"名师出高徒",未必尽然。老师太有名了,便忙于外务,席不暇暖,怎能即之也温?倒是有一些老师"博学而无所成名",能经常与学生接触,产生实效。

另一条命应该完全用来写作。台湾的作家极少是专业写作,大半另有正职。我的正职是教书,幸而所教与所写颇有相通之处,不至于互相排斥。以前在台湾,我日间教英文,夜间写中文,颇能并行不悖。后来在香港,我日间教三十年代文学,夜间写八十年代文学,也可以各行其是。不过艺术是需要全神投入的活动,没有一位兼职然而认真的艺术家不把艺术放在主位。鲁本斯任荷兰驻西班牙大使,每天下午在御花园里作画。一位侍臣在园中走过,说道:"哟,外交家有时也画几张画消遣呢。"鲁本斯答道:"错了,艺术家有时为了消遣,也办点外交。"陆游诗云:"看渠胸次隘宇宙,惜哉千万不一施。空回英概入笔墨,生民清庙非唐诗。向令天开太宗业,马周遇合非公谁?后世但作诗人看,使我抚几空嗟咨。"陆游认为杜甫之才应立功,而不应仅仅立言,看法和鲁本斯正好相反。我赞成鲁本斯的看法,认为立言已足自豪。鲁本斯所以传后,是由于他的艺术,不是他的外交。

一条命,专门用来旅行。我认为没有人不喜欢到处去看看:多看他人,多阅他乡,不但可以认识世界,亦可以认识自己。有人旅行是乘豪华邮轮,谢灵运在世大概也会如此。有人背负行囊,翻山越岭。有人骑自行车环游天下。这些都令我羡慕。

我所优为的，却是驾车长征，去看天涯海角。我的太太比我更爱旅行，所以夫妻两人正好互做旅伴，这一点只怕徐霞客也要艳羡。不过徐霞客是大旅行家、大探险家，我们只是浅游而已。

最后还剩一条命，用来从从容容地过日子，看花开花谢，人往人来，并不特别要追求什么，也不被"截止日期"所追迫。

1985 年 7 月 7 日《联副》

朋友四型

一个人命里不见得有太太或丈夫，但绝对不可能没有朋友。即使是荒岛上的鲁滨孙，也不免需要一个"礼拜五"。一个人不能选择父母，但是除了鲁滨孙之外，每个人都可以选择自己的朋友。照说选来的东西，应该符合自己的理想才对，但是事实又不尽然。你选别人，别人也选你。被选，是一种荣誉，但不一定是一件乐事。来按你门铃的人很多，岂能人人都令你"喜出望外"呢？大致说来，按铃的人可以分为下列四型：

第一型，高级而有趣。这种朋友理想是理想，只是可遇而不可求。世界上高级的人很多，有趣的人也很多，又高级又有趣的人却少之又少。高级的人使人尊敬，有趣的人使人欢喜，又高级又有趣的人，使人敬而不畏，亲而不狎，交结愈久，芬芳愈醇。譬如新鲜的水果，不但甘美可口，而且富于营养，可谓一举两得。朋友是自己的镜子。一个人有了这种朋友，自己的境界也低不到哪里去。东坡先生杖履所至,几曾出现过低级而无趣的俗物?

第二型,高级而无趣。这种人大概就是古人所谓诤友,甚至畏友了。这种朋友,有的知识丰富,有的人格高超,有的呢,"品学兼优"像一个模范生,可惜美中不足,都缺乏那么一点儿幽默感,活泼不起来。你总觉得,他身上有那么一个窍没有打通,因此无法豁然恍然,具备充分的现实感。跟他交谈,既不像打球那样,你来我往,此呼彼应,也不像滚雪球那样,把一个有趣的话题愈滚愈大。精力过人的一类,只管自己发球,不管你接不接得住。消极的一类则以逸待劳,难得接你一球两球。无论对手是积极或消极,总之该你捡球,你不捡球,这场球是别想打下去的。这种畏友的遗憾,在于趣味太窄,所以跟你的"接触面"广不起来。天下之大,他从城南到城北来找你的目的,只在讨论"死亡在法国现代小说中的特殊意义"等。为这种畏友捡一晚上的球,疲劳是可以想见的。这样的友谊有点像吃药,太苦了一点。

第三型,低级而有趣。这种朋友极富娱乐价值,说笑话,他最黄;说故事,他最像;消息,他最灵通;关系,他最广阔;好去处,他都去过;坏主意,他都打过。世界上任何话题他都接得下去,至于怎么接法,就不用你操心了。他的全部学问,就在不让外行人听出他没有学问。至于内行人,世界上有多少内行人呢?所以他的马脚在许多客厅和餐厅里跑来跑去,并不怎么露眼。这种人最会说话,餐桌上有了他,一定宾主尽欢,大家喝进去的美酒还不如听进去的美言那么"沁人心脾"。会议上有了他,再空洞的会议也会显得主题正确、内容充沛,没有白开。如果说,第二型的朋友拥有世界上全部的学问,独缺常识,这一型的朋友则恰恰相反,拥有世界上全部的常识,独缺学问。照说低级的人而有趣味,岂非低级趣味,你竟能与他同乐,岂非也有低级趣味之嫌?不过人性是广阔的,谁能保证自己毫无此种不良的成分呢?如果要你做鲁滨孙,你会选第三型还是第二型的朋友做"礼拜五"呢?

第四型,低级而无趣。这种朋友,跟第一型的朋友一样少,或然率相当之低。这种人当然自有一套价值标准,非但不会承认自己低级而无趣,恐怕还自以为又高级又有趣呢。然则,余不欲与之同乐矣。

1972年5月

借钱的境界

一提起借钱，没有几个人不胆战心惊的。有限的几张钞票，好端端地隐居在自己口袋里，忽然一只手伸过来把它带走，真教人一点安全感都没有。借钱的威胁不下于核子战争：后者毕竟不常发生，而且同难者众，前者的命中率却是百分之百，天下之大，那只手却是朝你一个人伸过来的。

借钱，实在是一件紧张的事，富于戏剧性。借钱是一种神经战，紧张的程度，可比求婚，因为两者都是秘密进行，而面临的答复，至少有一半可能是"不肯"。不同的是，成功的求婚人留下，永远留下，失败的求婚人离去，永远离去；可是借钱的人，无论成功或失败，永远有去无回，除非他再来借钱。

除非有奇迹发生，借出去的钱，是不会自动回来的。所谓"借"，实在只是一种雅称。"借"的理论，完全建筑在"还"的假设上。有了这个大胆假设，借钱的人才能名正言顺，理直气壮，贷钱的人才能心安理得，至少也不至于毫无希望。也许当初，借的人确有还的诚意，至少有一种决心要还的幻觉。等到借来的钱用光了，事过境迁，第二种幻觉便渐渐形成。他会觉得，那一笔钱本来是"无中生有"变出来的，现在要他"重归于无"变回去，未免有点不甘心。"谁叫他比我有钱呢？"朦朦胧胧之中，升起了这个念头。"天之道损有余而补不足。人之道则不然，损不足以奉有余。"当初就是因为不足，才需要向人借钱，现在要还钱给人，岂非损不足以奉有余，简直有背天道了。日子一久，还钱的念头渐渐由淡趋无。

久借不还，"借"就变了质，成为——成为什么呢？"偷"吗？明明是当面发生的事情，不能叫偷。"抢"吗？也不能算抢，因为对方明明同意。借钱和这两件事最大的不同，就是后者往往施于陌生人，而前者往往行于亲朋之间。此外，偷和抢定义分明，只要出了手，罪行便告成立。久借不还——也许就叫"赖"吧？——对"受害人"的影响虽然相似，其"罪"本身却是渐渐形成的。只要借者心存还钱之念，那么，就算事过三年五载，"赖"的行为仍不能成立。"不是不还，而是还没有还。"这中间的道理，真是微妙极了。

借钱，实在是介于艺术和战术之间的事情。其实呢，贷方比借方更处于不利之境。借钱之难，难在启齿。等到开了口，不，开了价，那块"热山芋"就抛给对方了。借钱需要勇气，不借，恐怕需要更大的勇气吧。这时，"受害人"的贷方，惶恐觳觫，嗫嚅沉吟，一副搜索枯肠，借词推托的样子。技巧就在这里了。资深的借钱人反而神色泰然，眈眈注视对方，大有法官逼供犯人之概。在这种情势下，无论那"犯人"提出什么理由，都显得像在说谎。招架乏力，没有几个人不终于乖乖拿出钱来的。所谓"终于"，其实过程很短，"不到一盏茶工夫"，客人早已得手。"月底一定奉还"，到了门口，客人再三保证。"不忙不忙，慢慢来。"主人再三安慰，大有孟尝君的气派。

当然是慢慢来，也许就不再来了。问题是，孟尝君的太太未必都像孟尝君那么大度。而那笔钱，不大不小，本来也许足够把自己久想购买却迟疑不忍下手的一样东西买回家来，现在竟入了他人囊中，好不恼人。月底早过去了。等那客人来还吗？不可能。催他来还吗？那怎么可以！借钱不还，最多引起众人畏惧，说不定还能赢人同情。至于向人索债，那简直是卑鄙，守财奴的作风，将不见容于江湖。何况索债往往失败；失财于前，失友于后，花钱去买绝交，还有更愚蠢的事吗？

既然是这样，借钱出去，就不该等人来还。所谓"借钱"给人，事实上等于"送钱"给人，区别在于："借钱"给人，并不能赢得慷慨的美名，更不能赢得借者的感激，因为"借"是期待"还"的，动机本来就不算高贵。参透了这点道理，真正聪明的人，应该干脆送钱，而绝不借钱给人。钱，横竖是丢定了，何不磊磊落落，大大方方，丢得有声有色，"某某真够朋友！"听起来岂不过瘾。

当然，借钱的一方也不是毫无波折的。面露寒酸之色，口吐啜嚅之言，所索又不过升斗之需，这是"低姿势"的借法，在战术上早落了下风。在借贷的世界里，似乎有一个公式，那就是，开价愈低，借成功的机会愈小。照理区区之数，应该很容易借到，何至碰壁。问题在于，开价既低，来客的境遇穷塞可知，身份也必然卑微。"兔子小开口"，充其量不过要一根胡萝卜吧。谁耐烦去敷衍一只兔子呢？

如果来者是一个资深的借钱人，他就懂得先要大开其口。"已经在别处筹了七八万，能不能再调两万五千，让我周转一下？"狮子搏兔，喧宾夺主，一时形势互易，主人忽然变成了一只小兔子。小兔子就算捐躯成仁，恐怕也难塞大狮子的牙缝。这样一来，自卑感就从客人转移到主人，借钱的人趾高气扬，出钱的人反而无地自容了。"真对不起，近来我也——（也怎么样呢？捉襟见肘吗？还是三餐不继呢？又不是你在借钱，何苦这么自贬？）——我也——先拿三千去，怎么样？"一面舌结唇颤，等待狮子宣判。"好吧。就先给我——五千好了。"两万五千减成一个零头，显得既豪爽，又体贴，感激的反而是主人。潜意识里面，好像是客人免了他两万，而不是他拿给客人五千。这是"中姿势"的借法。

至于"高姿势"，那里面的学问就太大了，简直有一点天人之际的意味。善借者不是向私人，而是向国家借。借的借口不再是一根胡萝卜，而是好几根烟囱。借的对象不再是一个人，而是千百万人。债主的人数等于人口的总数，反而不像欠任何人的钱了。至于怎么还法，甚至要不要还，岂是胡萝卜的境界所能了解的。

此之谓"大借若还"。

1972 年 3 月

幽默的境界

据说秦始皇有一次想把他的苑囿扩大,大得东到函谷关,西到今天的凤翔和宝鸡。宫中的弄臣优旃说:"妙极了!多放些动物在里面吧。要是敌人从东边打过来,只要教麋鹿用角去抵抗,就够了。"秦始皇听了,就把这计划搁了下来。

这么看来,幽默实在是荒谬的解药。委婉的幽默,往往顺着荒谬的逻辑夸张下去,使人领悟荒谬的后果。优旃是这样,淳于髡、优孟是这样,包可华也是这样。西方有一句谚语,大意是说:解释是幽默的致命伤,正如幽默是浪漫的致命伤。虚张声势,故作姿态的浪漫,也是荒谬的一种。凡事过分不合情理,或是过分违背自然,都构成荒谬。荒谬的解药有二:第一是坦白指摘,第二是委婉讽喻,幽默属于后者。什么时候该用前者,什么时候该用后者,要看施者的心情和受者的悟性。心情好,婉说,心情坏,直说。对聪明人,婉说,对笨人只有直说。用幽默感来评人的等级，有三等。第一等有幽默的天赋，能在荒谬里觑见幽默。第二等虽不能创造幽默，却多少能领略别人的幽默。第三等连领略也无能力。第一等是先知先觉，第二等是后知后觉，第三等是不知不觉。如果幽默感是磁性，第一等便是吸铁石，第二等是铁，第三等便是一块木头了。这么看来，秦始皇还勉强可以归入第二等，至少他领略了优旃的幽默感。

第三等人虽然没有幽默感，对于幽默仍然很有贡献，因为他们虽然不能创造幽默，却能创造荒谬。这世界，如果没有妄人的荒谬表演，智者的幽默岂不失去依据？晋惠帝的一句"何不食肉糜？"惹中国人嗤笑了一千多年。晋惠帝的荒谬引发了我们的幽默感：妄人往往在不自知的情况下，牺牲自己，成全别人，成全别人的幽默。

虚妄往往是一种膨胀作用，相当于螳臂当车，蛇欲吞象。幽默则是一种反膨胀（deflationary）作用，好像一帖泻药，把一个胖子泻成一个瘦子那样。可是幽默并不等于尖刻，因为幽默针对的不是荒谬的人，而是荒谬本身。高度的幽默往往源自高度的严肃，不能和杀气、怨气混为一谈。不少人误认尖酸刻薄为幽默，事实上，刀光剑影中只有恨，并无幽默。幽默是一个心热手冷的开刀医生，他要杀的是病，不是病人。

把英文 humour 译成幽默，是神来之笔。幽默而太露骨太嚣张，就失去了"幽"和"默"。高度的幽默是一种讲究含蓄的艺术，暗示性愈强，艺术性也就愈高。不过暗示性强了，对于听者或读者的悟性，要求也自然增高。幽默也是一种天才，说幽默的人灵光一闪，绣口一开，听幽默的人反应也要敏捷，才能接个正着。这种场合，听者的悟性接近禅的"顿悟"；高度的幽默里面，应该隐隐含有禅机一类的东西。如果说者语妙天下，听者一脸茫然，竟要说者加以解释或者再说一遍，岂不是天下最扫兴的事情？所以说，"解释是幽默的致命伤。"世界上有两种话必须一听就懂，因为它们不堪重复：第一是幽默的话，第二是恭维的话。最理想也是最过瘾的配合，是前述"幽默境界"的第二等人围听第一等人的幽默：说的人说得精彩，听的人也听得尽兴，双方都很满足。其他的配合，效果就大不相同。换了第一等人面对第三等人，一定形成冷场，且令说者懊悔自己"枉抛珍珠付群猪"。不然便是第二等人面对第一等人而竟想语娱四座，结果因为自己的"幽默境界"欠高，只赢得几张生硬的笑容。要是说者和听者都是第一等人呢？"顿悟"当然不成问题，只是语锋相对，机心竞起，很容易导致"幽默比赛"的紧张局面。万一自己舌翻谐趣，刚刚赢来一阵非常过瘾的笑声，忽然邻座的一语境界更高，利用你刚才效果的余势，飞腾直上，竟获得更加热烈的反应，和更为由衷的赞叹，则留给你的，岂不是一种"第二名"的苦涩之感？

幽默，可以说是一个敏锐的心灵，在精神饱满生趣洋溢时的自然流露。这种境界好像行云流水，不能做假，也不能苦心经营，事先筹备。世界上有的是荒谬的事，虚妄的人；诙谐天成的心灵，自然左右逢源，取用不尽。幽默最忌的便是公式化，譬如说到丈夫便怕太太，说到教授便缺乏常识，提起官吏，就一定要刮地皮。公式化的幽默很容易流入低级趣味，就像公式化的小说中那些人物一样，全是欠缺想象力和观察力的产品。我有一个远房的姨丈，远房的姨丈有几则公式化的笑话，那几则笑话有一个忠实的听众，他的太太。丈夫几十年来翻来覆去说的，总是那几则笑话，包括李鸿章吐痰、韩复榘训话等，可是太太每次听了，都像初听时那样好笑，令丈夫的发表欲得到充分的满足。夫妻两人显然都很健忘，也很快乐。

一个真正幽默的心灵，必定是富足、宽厚、开放，而且圆通的。反过来说，一个真正幽默的心灵，绝对不会固执成见，一味钻牛角尖，或是强词夺理，厉色疾言。幽默，恒在俯仰指顾之间，从从容容，潇潇洒洒，浑不自觉地完成。在一切艺术之中，幽默是距离宣传最远的一种。"舍我其谁？"的英雄气概，和幽默是绝缘的。宁曳尾于涂中，不留骨于堂上；非梧桐之不止，岂腐鼠之必争？庄子的幽默是最清远最高洁的一种境界，和一般弄臣笑匠不能并提。真正幽默的心灵，绝不抱定一个角度去看人或看自己，他不但会幽默人，也会幽默自己，不但嘲笑人，也会释然自嘲，泰然自贬，甚至会在人我不分物我交融的忘我境界中，像钱默存所说的那样，欣然独笑。真具幽默感的高士，往往能损己娱人，参加别人来反躬自笑。创造幽默的人，竟能自备荒谬，岂不可爱？吴炳钟先生的语锋曾经伤人无算。有一次他对我表示，身后当嘱家人在自己的骨灰坛上刻"原谅我的骨灰"（Excuse my dust.）一行小字，抱去所有朋友的面前谢罪。这是吴先生二十年前的狂想，不知道他现在还要不要那样做？这种狂想，虽然有资格列入《世说新语》的任诞篇，可是在幽默的境界上，比起那些扬言愿捐骨灰做肥料的利他主义信徒来，毕竟要高一些吧。

其他的东西往往有竞争性，至少幽默是"水流心不竞"的。幽默而要竞争，岂不令人啼笑皆非？幽默不是一门三学分的学问，不能力学，只可自通，所以"幽默专家"或"幽默博士"是荒谬的。幽默不堪公式化，更不堪职业化，所以笑匠是悲哀的。一心一意要逗人发笑，别人的娱乐成了自己的责任，那有多么紧张？自生自发无为而为的一点谐趣，竟像一座发电厂那样日夜供电，天机沦为人工，有多乏味？就算姿势升高，幽默而为大师，也未免太不够幽默了吧。文坛常有论争，唯"谐坛"不可论争。如果有一个"幽默协会"，如果会员为了竞选"幽默理事"而打起架来，那将是世界上最大的荒唐，不，最大的幽默。

1972 年 6 月

何时你才能面对自己

第四章 4

发现自己内心的真相，

需要性格的力量。

唯勇者始敢单独面对自己；

唯智者才能与自己为伴。

高速的联想

　　那天下午从九龙驾车回马料水，正是下班时分，大埔路上，高低长短形形色色的车辆，首尾相衔，时速二十五英里。一只鹰看下来，会以为那是相对爬行的两队单角蜗牛，单角，因为每辆车只有一根收音机天线。不料快到沙田时，莫名其妙地塞起车来，一时单角的蜗牛都变成了独须的病猫，废气暖暖，马达喃喃，像集体在腹诽狭窄的公路。熄火又不能，因为每隔一会儿，整条车队又得蠢蠢蠕动。前面究竟在搞什么鬼，方向盘的舵手谁也不知道。载道的怨声和咒语中，只有我沾沾自喜，欣然独笑。俯瞥仪表板上，从左数过来第七个蓝色钮键，轻轻一按，我的翠绿色小车忽然离地升起，升起，像一片逍遥的绿云牵动多少愕然仰羡的眼光，悠悠扬扬向东北飞逝。

　　那当然是真的：在拥挤的大埔路上，我常发那样的狂想。我爱开车。我爱操纵一架马力强劲、反应敏灵、野蛮又柔驯的机器，我爱方向盘在掌中微微颤动、四轮在身体下面平稳飞旋的那种感觉，我爱用背肌承受的压力去体会起伏的曲折的地形山势，一句话，我崇拜速度。阿拉伯的劳伦斯曾说："速度是人性中第二种古老的兽欲。"以运动的速度而言，自诩万物之灵的人类是十分可怜的。褐雨燕的最高时速，是二百九十点五英里。狩猎的鹰在俯冲下扑时，能快到每小时一百八十英里。比赛的鸽子，有九十六点二九英里的时速。兽中最速的选手是豹和羚羊：长腿黑斑的亚洲豹，绰号"猎豹"者，在短程冲刺时，时速可到七十英里，可惜五百码后，就降成四十多英里了；叉角羚羊奋蹄疾奔，可以维持六十英里时速。和这些相比，"动若脱兔"只能算"中驷之才"：英国野兔的时速不过四十五英里。"白驹过隙"就更慢了，骑师胯下的赛马每小时只驰四十三点二六英里。人的速度最是可怜，一百码之外只能达到二十六点二二英里的时速。

可怜的凡人，奔腾不如虎豹，跳跃不如跳蚤，游泳不如旗鱼，负重不如蚂蚁，但是人会创造并驾驭高速的机器，以逸待劳，不但突破自己体能的极限，甚至超迈飞禽走兽，意气风发，逸兴遄飞之余，几疑可以追神迹，蹑仙踪。高速，为什么令人兴奋呢？生理学家一定有他的解释，例如，循环加速，心跳变剧等等。但在心理上，至少在潜意识里，追求高速，其实是人与神争的一大欲望：地心引力是自然的法则，也就是人的命运，高速的运动就是要反抗这法则，虽不能把它推翻，至少可以把它的限制压到最低。赛跑或赛车的选手打破世界纪录的那一刹那，是一闪宗教的启示，因为凡人体能的边疆，又向前推进了一步，而人进一步，便是神退一步，从此，人更自由了。

滑雪、赛跑、游泳、赛车、飞行等的选手，都称得上是英雄。他们的自由和光荣是从神手里，不是从别人的手里，夺过来的。他们所以成为英雄，不是因为牺牲了别人，而是因为克服了自然，包括他们自己。

若论紧张刺激的动感，高速运动似乎有这么一个原则：就是，凭借的机械愈多，和自然的接触就愈少，动感也就减小。赛跑，该是最直接的运动。赛马，就间接些，但凭借的不是机械，而是汗油生光、肌腱勃怒、奋鬣扬蹄的神驹。最间接的，该是赛车了，人和自然之间，隔了一只铁盒，四只轮胎。不过，愈是间接的运动，就愈高速，这对于生就低速之躯的人类说来，实在是一件难以两全的事情。其他动物面对自己天生的体速，该都是心安理得，受之怡然的吧？我常想，一只时速零点零三英里的蜗牛，放在跑车的挡风玻璃里去看剧动的世界，会有怎样的感受？

许多人爱驾敞篷的跑车，就是想在高速之中，承受、享受更多的自然：时速超过七十五英里，八十英里，九十英里，全世界轰然向你扑来，发交给风，肺交给激湍洪波的气流，这时，该有点飞的感觉了吧。阿拉伯的劳伦斯有耐性骑骆驼，却不耐烦驾驶汽车；他认为汽车是没有灵性的东西，只合在风雨中乘坐。从沙漠回到文明，才下了驼背，他便跨上机车，去拜访哈代和萧伯纳。他在机车上，每月至少驰骋二千四百英里，快的时候，时速高达一百英里，终因车祸丧生。

我骑过五年单车，也驾过四年汽车，却从未驾过机车，但劳伦斯驰骤生风的豪情,我仿佛可以想象。机车的骁腾剽悍,远在单车之上,而冲风抢路身随车转的那种投入感,更远胜靠在桶形椅背踏在厚地毯上的方向舵手。电影"逍遥游"(Easy Rider)里,三骑士在美国西南部的沙漠里直线疾驰的那一景,在摇滚乐亢奋的节奏下,是现代电影的高潮之一。我想,在潜意识里,现代少年是把桀骜难驯的机车当马骑的:现代骑士仍然是戴盔着靴,而两脚踏镫、双肘向外、分掌龙头两角的骑姿,却富于浪漫的夸张,只有马达的厉啸逆人神经而过,比不上古典的马嘶。现代车辆引擎,用马力来标示电力,依稀有怀古之风。准此,则敞篷车可以比拟远古的战车,而四门的"轿车"(sedan)更是复古了。20世纪60年代中期,福特车厂驱出的"野马"(Mustang)号拟跑车,颈长尾短,剽悍异常,一时纵横于超级公路,逼得克莱斯勒车厂只好放出一群修矫灵猛的"战马"(Charger)来竞逐。

我学开车,是在1964年的秋天。当时我从皮奥瑞亚去艾奥瓦访叶珊与黄用,一路上,火车误点,灰狗的长途车转车费时,这才省悟,要过州历郡亲身去纵览惠特曼和桑德堡诗中体魄雄伟的美国,手里必须有一个方向盘。父亲在国内闻言大惊,一封航空信从松山飞来,力阻我学驾车。但无穷无尽更无红灯的高速公路在夐阔自由的原野上张臂迎我,我的逻辑是:与其把生命交托给他人,不如握在自己的手里。学了七小时后,考到驾驶执照。发那张硬卡给我的美国警察说:"公路是你的了,别忘了,命也是你的。"

奇妙的方向盘,转动时世界便绕着你转动,静止时,公路便平直如一条分发线。前面的风景为你剖开，后面的背景呢，便在反光镜中缩成微小，更微小的幻影。时速上了七十英里，反光镜中分巷的白虚线便疾射而去如空战时机枪连闪的子弹，万水千山，记忆里，漫漫的长途远征全被魔幻的反光镜收了进去，再也不放出来。"欢迎进入内布拉斯卡""欢迎来加利福尼亚""欢迎来内华达"，闯州穿郡，记不清越过多少条边界，多少道税关。高速令人兴奋，因为那纯是一个动的世界，挡风玻璃是一望无餍的窗子，光景不息，视域无限，油门大开时，直线的超级大道变成一条巨长的拉链，拉开前面的远景蜃楼摩天绝壁拔地倏忽都削面而逝成为车尾的背景被拉链又拉拢。高速，使整座雪山簇簇的白峰尽为你回头，千顷平畴旋成车轮滚滚的辐辏。春去秋来，多变的气象在挡风窗上展示着神的容颜：风沙雨露和冰雪，烈日和冷月，沙漠的飞蓬，草原夏夜密密麻麻的虫尸，扑面踹来大卡车轮隙踢起的卵石，这一切，都由那一方弧形大玻璃共同承受。

　　从海岸到海岸，从极东的森林洞（Woods Hole）浸在大西洋的寒碧到太平洋暖潮里浴着的长堤，不断的是我的轮印横贯新大陆。坦荡荡四巷并驱的大道自天边伸来又没向天边，美利坚，卷不尽展不绝一幅横轴的山水只为方向盘后面的远眺之目而舒放。现代的徐霞客坐游异域的烟景，为我配音的不是古典的马蹄得得风帆飘飘，是八汽缸引擎轻快的低吟。

　　二十轮轰轰地翻滚，体格修长而魁梧的铝壳大卡车，身长数倍于一辆小轿车，超它时全身的神经紧缩如猛收一张网，胃部隐隐地痉挛，两车并驰，就像在狭长的悬崖上和一匹犀牛赛跑，真是疯狂。一时小车惊窜于左，重吨的货柜车奔腾而咆哮于右，右耳太浅，怎盛得下那样一旋涡的骚音？1965年年初，一个苦寒凛冽的早晨，灰白迷蒙的天色像一块毛玻璃，道奇小车载我自芝加哥出发，辗着满地的残雪碎冰，一日七百英里的长征，要赶回葛底斯堡去。出城的州际公路上，遇上了重载的大货车队，首尾相衔，长可半英里，像一道绝壁蔽天水声震耳的大峡谷，不由分说，将我夹在缝里，挟持而去。就这样一直对峙到印第安纳州境，车行渐稀，才放我出峡。

后来驶车日久，这样的超车也不知经历过多少次了，浑不觉二十轮卡车有多威武，直到前几天，在香港的电视上看到了斯皮尔伯格导演的惊悚片《决斗》。一位急于回家的归客，在公路上超越一辆庞然巨物的油车，激怒了高踞驾驶座上的隐身司机，油车变成了金属的恐龙怪兽，挟其邪恶的暴力盲目地冲刺，一路上天崩地塌、火咂咂衔尾追来。反光镜里，惊瞥赫现那油车的车头已经是一头狂兽，而一进隧道，车灯亮起，可骇目光灼灼黑凛凛一尊妖牛。看过斯皮尔伯格的后期作品《大白鲨》，就知道在《决斗》里，他是把那辆大油车当作一匹猛兽来处理的，但它比大白鲨更凶顽更神秘，更令人分泌肾上腺素。

香港是一个弯曲如爪的半岛旁错落着许多小岛，地形分割而公路狭险，最高的时速不过五十英里，一般时速都在四十英里以下，再好的车、再强大的马力也不能放足驰骤。低速的大埔路上，蜗步在一串慢车的背影之后，常想念美国中西部大平原和西南部沙漠里，天高路邈，一车绝尘，那样无阻的开阔空旷。虽说能源的荒年，美国把超级公路的速限降为每小时五十五英里，去年8月我驾车在南加州，时速七十英里，也未闻警笛长啸来追逐。

更念烟波相接，一座多雨的岛上，多少现代的愚公，亚热带小阳春艳阳下在移山开道，开路机的履带轧轧，铲土机的巨螯孔武地举起，起重机碌碌地滚着辘轳，为了铺一条巨毡从基隆到高雄，迎接一个新时代的驶来。那样壮阔的气象，四衢无阻，千车齐毂并驰的路景，郑成功、吴凤没有梦过，阿眉族、泰耶鲁族的民谣从不曾唱过。我要拣一个秋晴的日子，左窗亮着金艳艳的晨曦，从台北出发，穿过牧神最绿最翠的辖区，腾跃在世界最美丽的岛上；而当晚从高雄驰回台北，我要驰速限甚至纵一点超速，在亢奋的脉搏中，写一首现代诗歌咏带一点汽油味的牧神，像陶潜和王维从未梦过的那样。

更大的愿望，是在更古老更多回声的土地上驰骋。中国最浪漫的一条古驿道，应该在西北。最好是细雨霏霏的黎明，从渭城出发，收音机天线上系着依依的柳枝。挡风窗上犹渑着轻尘，而渭城已渐远，波声渐渺。甘州曲，凉州词，阳关三叠的节拍里车向西北，琴音诗韵的河西孔道，右边是古长城的雉堞隐隐，左边是青海的雪峰簇簇，白耀天际，我以七十英里高速驰入张骞的梦高适岑参的世界，轮印下重重叠叠多少古英雄长征的蹄印。

1977年1月

秦琼卖马

《隋唐演义》写秦叔宝困在潞州的小客栈里，盘缠耗尽，英雄气短，逼得把胯下的黄骠马牵去西营市待沽："王小二开门，叔宝先出门外，马却不肯出门，竟晓得主人要卖他的意思。马便如何晓得卖他呢？此龙驹神马，乃是灵兽，晓得才交五更。若是回家，就是三更天也备鞍辔，捎行李了。牵栈马出门，除非是饮水龁青，没有五更天牵他饮水的理。马把两只前腿蹬定这门槛，两只后腿倒坐将下去。"读到此地，多情的看官们没有不掉泪的。

回台前夕，把胯下四年的旧车卖了，竟也十分依依不舍。汽车不比宝马，原是冥顽不灵之物，卖车的主人也不比秦琼，未到床头金尽的地步，仲夏的香港，更不比潞州的风高气冷，但我在卖车那两天，心情却像秦琼卖马，因为我和那车的缘分，也已到穷途末路了。

对于古英雄，马不但是胯下的坐骑，还是人格的延伸，英雄形象的装饰。项羽而无乌骓，关羽而无赤兔，都不可思议。"所向无空阔，真堪托死生"，简直超乎鞍辔之外，进入玄想的境地了。至于陆游，虽有"铁马秋风大散关"的豪语，在我想象之中，却似乎总是骑匹瘦驴。现代的车辆之中，最近于马的，首推机器脚踏车，至于汽车，其实是介于马和马车之间。美国的汽车便有"野马""战马"之类的名号，足见车马之间的联想，原就十分自然。

马反映了骑者的个性，汽车多少也是如此。买跑车的人跟买旅行车的人，总是有点分别的，开慢车跟开快车，也表现不同的性格。我在丹佛的时候，大学里有一位须发竞茂的美国同事，开一辆长如火车车厢的旅行车，停在小车之间，蔽天塞地，俨然有大巫之概。大家问他，好好一个单身汉，买这么一辆旅行车干什么，他的答复是将来打算养半打孩子。问他太太可有着落，说正在找。我心里暗想，女友见到这么一辆幼稚园校车，怎不吓得回头就逃。果然，到我离开丹佛时，那辆空大的旅行车里，仍然不见女人，孩子更不用提。车格即人格，这位同事"挈妇将雏，拖大带小"的温厚性情，可想而知。

另有一位同事，是位哲学名家，开起车来慢悠悠地，游心太玄，很有康德饭后散步的风度。只是"狭路相逢"，倒要小心一点，如果不巧你的快车跟上了他的慢车，也不得不耐下心来，权充康德的影子，步康德的后尘。不过哲人的低速却低得不很均匀，因为他时常变速，不"变慢"，一会儿像"稳当推"（andante），一会儿像"赖而兼拖"（larghetto），一会儿又像"鸭踏脚"（adagio），令步其后尘的车辆无所适从。我们的哲人却安车当步,在狭路上领着一长列探头探脑而又超不得车的车队,从容蠕行如一条蜈蚣。一年前,之藩忽然买了一辆米黄色的小车,同事闻讯,一时人人自危。果然米黄小车过处,道路侧目,看他"赖而兼拖"而来,"鸭踏脚"而去,全不像个电子系的教授。

车性即人性,大致可以肯定。王维开起车来,想必跟李白大不相同。我一直想写一首诗,叫《与李白同驰高速公路》。李白生当今日,一定猛骋跑车,到见山非山见水非水的速度,违警与否,却是另一件事。拥有汽车,等于搬两张沙发到马路上,可以长途坐游,比骑马固然有欠生动与浪漫,但设计精密,马力无穷,又快又稳,又可以坐乘多人,只要脚尖微抑,肘腕轻舒,胯下的四轮就如挟了风火一般滚滚不息,历州过郡,朝发午至,令发明木牛流马的孔明自叹不如。还有一点,鞍上的英雄遇上风雨,毕竟十分狼狈,桶形座(bucket seat)上的驾驶人却顶风冒雨,不废驰驱,无论水晶帘外的世界是严冬或是酷暑,车内的气候却由仪表板上按钮操纵。杖屐登临,可以写田园诗。鞍镫来去,可以写江湖诗。但坐在方向盘后,却可以写现代诗,现代的游仙诗。

电钟不停,里程表不断地跳动,我和那辆得胜小车(Datsun200L)告别时,它已经快满四岁,里程表上已记下两万一千多英里了。这里程,已近乎绕地球的一圈。四年的岁月悠悠转,又兜回了原地,那一切的峰回路转,水远山长,在那迷目的反光小镜里,名副其实都变成"前尘"了。

那辆日产出厂的得胜,最触目的是周身的绿玉色泽和流线形轮廓。细致耐看的绿色之下，更泛出游移不定的一层金光，迎着日辉，尤显得金碧灿然，像艳阳漾在荷叶的上面。车重二五八〇磅，身长一七七英寸，比起我在丹佛开的那辆鹿轩（Impala）来，短了四十寸，但在地窄街狭的香港，和那些一千六百"西西"的各型小车相较，又显得有些昂藏了。桶形的驾驶座在右面，开车时却要靠左行驶，起初不惯，两星期后也就自然了。朋友去港，我开车到机场迎接，只要是径自走向车右去开门的，一望便知是美国来客，宾主撞在一块，不免相顾失笑。车上了公路，放轮奔驰，路面的起伏回旋，从车底的轮胎和弹簧，隐隐传到髀骨和背肌，麻麻地，有一种轻度催眠的快感。浑圆的方向盘，掌中运转，给人大权在握、一切操之在我的信心。速度上了四十英里，引擎的低吟稳健而轻快，像一只弓背导电喃喃自怡的大猫。四年的日子就绕着这圆盘左右旋转，两万多英里的路程大半耗在马料水到尖沙咀的大埔路上。不记得，在巍巍的狮子山下，曾向深邃的税关投下多少枚买路钱了。朋友从台湾来，想眺望梦里的乡关，载他们去勒马洲"窥边"，去镜中饱饫青青的山脉、脉脉的青山，也不记得有多少回了。最赏心餍目的，是在秋晴的佳日，海色山岚如初拭之镜，驶去屏风的八仙岭下，沿着白净的长堤，一面散步，一面回顾中大的水塔和蜃楼。而如果游兴未央，也会载着思果，之藩，洪娴，深入缥缈的翠微，去探新娘潭，乌腾蛟，三门仔，鹿颈。

迄今驾过三辆车，前二辆高速驰骤，都在新大陆，这一辆的轮印却始终在老大陆的门口徘徊。之藩初到香港，有一次载他去大埔，我说，"如果一直朝北开，一会儿就到广州了"，之藩大惊,连呼不可乱来。香港地狭,只得台北县大小,马力强劲的跑车和名牌轿车,在路警眈眈的监视之下,谁也不敢大开油门,突破四十英里的速限,就像一群身怀绝技的侠客,只能规行矩步,揖让而进,不敢使尽浑身解数。那辆绿玉得胜困在半岛多如蟹爪的新界,一百十五匹马力施展不开来,在我的腕下最高时速只到过六十英里,那当然也只是在夜间,十几秒钟的事情罢了,比起在新大陆的旷野上那种持续而迅疾的滑游来,真是委屈了它了。有一次我晓发芝加哥,夜抵盖提斯堡,全程六百英里,在香港,我一个月也开不到这么多路。

中文大学在沙田东北的一座山上,地势略似东海大学,但波光潋滟,水色迎人,风景更具灵动之美。我住的第六苑在山的背面,高低约在山腰。开车出门,不是上坡便是下坡,引擎未热,便要仰攀陡坡,所有车辆莫不气喘咻咻,或闷闷而哼,或嚣嚣而怨。山道起伏不定,转弯更频,须要不断换挡,而且猛扭方向盘,加以微微隆起的人工路障,须要不断刹车,那辆得胜在委屈之余更饱受折磨,真觉得对不起它。好在亚热带的气候,连霜都少见,它更不愁陷雪或溜冰,这一点却胜过以前的两车。

以前的那两辆车,曾为我蹍冰踏雪,抵御异国凛冽的长冬,而车厢却拥我如春温,都哪里去了呢?1965年产的"飞镖",1969年出世的"鹿轩",底特律一胎又一胎的漂亮孩子,在迎新汰旧的美国,怕早已肢体残缺,玻璃不全,枕尸叠骸地敧侧在公路边的废车坟场了吧?那挡风窗上变幻的美景,反光镜中的缩地术,雨刷子记录的风霜,电钟记录的昨日,方向盘后的乡愁,一切一切的记忆，都销蚀在埋而未埋的旧车、老车、古董车里了。谁还能想象，当初在底特律刚刚出厂，豪华的陈列室里，乳嫩的白漆，克罗米的银光，曾炫过多少惊羡的眼睛？

　　正如这辆绿比玉润的得胜，当初也炫过我，它新主的眼睛；坐在黑亮生光的绸面座位上，新皮的气味令人兴奋，平稳飞旋的四轮触地又似乎离地。四年下来，从前的光鲜已经收敛，虽然我一直善加保养，看上去只有两岁的样子，毕竟时间的指纹和足印已触目可见，轮胎已换了三次了。明知它不过是一堆顽铁，几块玻璃，日后的归宿也只是累累的车冢，而肌肤之亲与日俱深。四年来，无论远征或近游，它总是默默地守在停车场一隅，像一匹忠实的坐骑。看新主接过钥匙，跨进了车去，砰的一声关上了车门，关我在外面。然后是引擎响了，多么熟悉的低吟；然后车头神气地转了过去，四灯炯炯探人；然后是夭矫的车身，伶俐的车尾，车尾的一排红灯；然后便没入了车潮之中。只留下了我，一个寂寞怅恨的秦琼，呆立在空虚的停车场上。

1980 年 9 月 4 日于厦门街

你的耳朵特别名贵

七等生的短篇小说《余索式怪诞》写一位青年放假回家，正想好好看书，对面天寿堂汉药店办喜事，却不断播放惑人的音乐。余索走到店里，要求他们把声浪放低，对方却以一人之自由不得干犯他人之自由为借口加以拒绝。于是余索成了不可理喻的怪人，只好落荒而逃，遁于山间。不料他落脚的寺庙竟也用扩音器播放如怨如诉的佛乐，而隔室的男女又猜拳嬉闹，余索忍无可忍，唯有走入黑暗的树林。

我对这位青年不但同情，简直认同，当然不是因为我也姓余，而是因为我也深知噪声害人于无形，有时甚于刀枪。噪声，是听觉的污染，是耳朵吃进去的毒药。叔本华一生为噪声所苦，并举歌德、康德、李克登堡等人的传记为例，指出凡伟大的作家莫不饱受噪声折磨。其实不独作家如此，一切需要思索，甚至仅仅需要休息或放松的人，皆应享有宁静的权利。有一种似是而非的论调,认为好静乃是听觉上的"洁癖",知识分子和有闲阶级的"富贵病"。在这种谬见的笼罩之下,噪声的受害者如果向"音源"抗议,或者向第三者,例如警察吧,去申冤投诉,一定无人理会。"人家听得,你听不得?你的耳朵特别名贵?"是习见的反应。所以制造噪声乃是社会之常态,而干涉噪声却是个人之变态,反而破坏了邻里的和谐,像余索一样,将不见容于街坊。诗人库伯(William Cowper)说得好:

  吵闹的人总是理直气壮。

  其实,不是知识分子难道就不怕吵吗?《水浒传》里的鲁智深总是大英雄了吧,却也听不得垂杨树顶群鸦的聒噪,在众泼皮的簇拥之下,一发狠,竟把垂杨连根拔起。
  叔本华在一百多年前已经这么畏惧噪声,我们比他"进化"了这么多年,噪声的势力当然是强大得多了。七等生的《余索式怪诞》刊于1975年,可见那时的余索已经无所逃于天地之间。十年以来,我们的听觉空间只有更加脏乱。无论我怎么爱台湾,我都不能不承认台北已成为噪声之城,好发噪声的人在其中几乎享有无限的自由。人声固然百无禁忌,狗声也是百家争鸣:狗主不仁,以左邻右舍为刍狗。至于机器的噪声,更是横行无阻。最大的凶手是扩音器,商店用来播放音乐,小贩用来沿街叫卖,广告车用来流动宣传,寺庙用来诵经唱偈,人家用来办婚丧喜事，于是一切噪声都变本加厉，扩大了杀伤的战果。四年前某夜，我在台北家中读书，忽闻异声大作，竟是办丧事的呕哑哭腔，经过扩音器的"现代化"，声浪汹涌淹来，浸灌吞吐于天地之间，只觉其凄厉可怕，不觉其悲哀可怜。就这么肆无忌惮地闹到半夜，我和女儿分别打电话向警局投诉，照例是没有结果。

噪声害人，有两个层次。人叫狗吠，到底还是以血肉之躯摇舌鼓肺制造出来的"原音"，无论怎么吵人，总还有个极限，在不公平之中仍不失其为公平。但是用机器来吵人，管它是收音机、电视机、唱机、扩音器，或是工厂开工，机车发动，却是以逸待劳、以物役人的按钮战争，太残酷、太不公平了。

早在两百七十年前，散文家斯迪尔（Richard Steele）就说过："要闭起耳朵，远不如闭起眼睛那么容易，这件事我常感遗憾。"上帝第六天才造人，显已江郎才尽。我们不想看丑景，闭目便可，但要不听噪声，无论怎么掩耳、塞耳，都不清静。更有一点差异：光，像棋中之车，只能直走；声，却像棋中之炮，可以飞越障碍而来。我们注定了要饱受噪声的迫害。台湾的人口密度太大，生活的空间相对缩小。大家挤在牛角尖里，人手里都有好几架可发噪声的机器，不，武器，如果不及早立法管制，认真取缔，未来的听觉污染势必造成一个半聋的社会。

每次我回到台北，都相当地"近乡情怯"，怯于重投噪声的天罗地网，怯于一上了计程车，就有个音响喇叭对准了我的耳根。香港的计程车里安静得多了。英国和德国的计程车里根本不播音乐。香港的公共场所对噪声的管制比台北严格得多，一般的商场都不播音乐，或把音量调到极低，也从未听到谁用扩音器叫卖或竞选。

愈是进步的社会，愈是安静。滥用扩音器逼人听噪声的社会，不是落后，便是集权。曾有人说，一出国门，耳朵便放假。这实在是一句沉痛的话，值得我们这个把热闹当作繁荣的社会好好自省。

1985 年 5 月 19 日《联副》

开你的大头会

世界上最无趣的事情莫过于开会了。大好的日子,一大堆人被迫放下手头的急事、要事、趣事,济济一堂,只为听三五个人逞其舌锋,争辩一件议而不决、决而不行、行而不通的事情,真是集体浪费时间的最佳方式。仅仅消磨光阴倒也罢了,更可惜的是平白扫兴,糟蹋了美好的心情。会场虽非战场,却有肃静之气,进得场来,无论是上智或下愚,君子或小人,都会一改常态,人人脸上戴着面具,肚里怀着鬼胎,对着冗赘的草案、苛细的条文,莫不咬文嚼字,反复推敲,务求措辞严密而周详,滴水不漏,一劳永逸,把一切可钻之隙、可趁之机统统堵绝。

开会的心情所以好不了,正因为会场的气氛只能够印证性恶的哲学。济济多士埋首研讨三小时,只为了防范冥冥中一个假想敌,免得他日后利用漏洞,占了大家的,包括你的,便宜。开会,正是民主时代的必要之恶。名义上它标榜尊重他人,其实是在怀疑他人,并且强调服从多数,其实往往受少数左右,至少是搅局。

除非是终于付诸表决,否则争议之声总不绝于耳。你要闭目养神,或游心物外,或思索比较有趣的问题,并不可能。因为万籁之中人声最令人分心,如果那人声竟是在辩论,甚或指摘,那就更令人不安了。在王尔德的名剧《不可儿戏》里,脾气古怪的巴夫人就说:"什么样的辩论我都不喜欢。辩来辩去,总令我觉得很俗气,又往往觉得有道理。"

意志薄弱的你,听谁的说辞都觉得不无道理,尤其是正在侃侃的这位总似乎胜过了上面的一位。于是像一只小甲虫落入了雄辩的蛛网,你放弃了挣扎,一路听了下去。若是舌锋相当,场面火爆而高潮迭起,效果必然提神。可惜讨论往往陷于胶着,或失之琐碎,为了"三分之二以上"或"讲师以上"要不要加一个"含"字,或是垃圾的问题要不要另组一个委员会来讨论,而新的委员该如何产生才具有"充分的代表性"等,节外生枝,又可以争议半小时。

如此反复斟酌,分发(hair-splitting)细究,一个草案终于通过,简直等于在集体修改作文。可惜成就的只是一篇面无表情更无文采的平庸之作,绝无漏洞,也绝无看头。所以没有人会欣然去看第二遍。也所以这样的会开完之后,你若是幽默家,必然笑不出来,若是英雄,必然气短,若是诗人,必然兴尽。

开会的前几天,一片阴影就已压上我的心头,成了生命中不可承受之烦。开会的当天,我赴会的步伐总带一点从容就义。总之，前后那几天我绝对激不起诗的灵感。其实我的诗兴颇旺，并不是那样经不起惊吓。我曾经在监考的讲台上得句；也曾在越洋的747经济客舱里成诗，周围的人群挤得更紧密，靠得也更逼近。不过在陌生的人群里"心远地自偏"，尽多美感的距离，而排排坐在会议席上，摩肩接踵，咳唾相闻，尽是多年的同事、同人，论关系则错综复杂，论语音则闭目可辨，一举一动都令人分心，怎么容得你悠然觅句？叶慈说得好："与他人争辩，乃有修辞；与自我争辩，乃有诗。"修辞是客套的对话，而诗，是灵魂的独白。会场上流行的既然是修辞，当然就容不得诗。

所以我最佩服的，便是那些喜欢开会、擅于开会的人。他们在会场上总是意气风发，雄辩滔滔，甚至独揽话题，一再举手发言，有时更单挑主席缠斗不休，陷议事于瓶颈，置众人于不顾，像唱针在沟纹里不断反复，转不过去。

而我，出于潜意识的抗拒，常会忘记开会的日期，惹来电话铃一迭连声催逼，有时去了，却忘记带厚重几近电话簿的议案资料。但是开会的烦恼还不止这些。

其一便是抽烟了。不是我自己抽，而是邻座的同事在抽，我只是就近受其熏陶，所以准确一点，该说闻烟，甚至呛烟。一个人对于邻居，往往既感觉亲切又苦于纠缠，十分矛盾。同事也是一种邻居，也由不得你挑选，偏偏开会时就贴在你隔壁，却无壁可隔，而有烟共吞。你一面呛咳，一面痛感"远亲不如近邻"之谬，应该倒过来说"近邻不如远亲"。万一几个近邻同时抽吸起来，你就深陷硝烟火网，呛咳成一个伤兵了。好在近几年来，社会虽然日益沉沦，交通、治安每况愈下，公共场所禁烟却大有进步，总算除了开会一害。

另一件事是喝茶。当然是各喝各的，不受邻居波及。不过会场奉茶，照例不是上品，同时在冷气房中迅趋温暾，更谈不上什么品茗，只成灌茶而已。经不起工友一遍遍来壶添，就更沦为牛饮了。其后果当然是去"造水"，乐得走动一下。这才发现，原来会场外面也很热闹，讨论的正是场内的事情。

其实场内的枯坐久撑，也不是全然不可排遣的。万物静观，皆成妙趣，观人若能入妙，更饶奇趣。我终于发现，那位主席对自己的袖子有一种，应该是不自觉的，紧张心结，总觉得那袖口妨碍了他，所以每隔十分钟左右，会忍不住突兀地把双臂朝前猛一伸直，使手腕暂解长袖之束。那动作突发突收，敢说同事们都视而不见。我把这独得之秘传授给一位近邻，两人便兴奋地等待，看究竟几分钟之后会再发作一次。那近邻观出了瘾来，精神陡增，以后竟然迫不及待，只等下一次开会快来。

不久我又发现，坐在主席左边的第三位主管也有个怪招。他一定是对自己的领子有什么不满，想必是妨碍了他的自由，所以每隔一阵子，最短时似乎不到十分钟。总情不自禁要突抽颈筋，迅转下巴，来一个"推畸"（twitch）或"推死它"（twist），把衣领调整一下。这独家奇观我就舍不得再与人分享了，也因为那近邻对主席的"推手式"已经兴奋莫名，只怕再加上这"推畸"之扭他负担不了，万一神经质地爆笑起来，就不堪设想了。

当然，遣烦解闷的秘方，不只这两样。例如，耳朵跟鼻子人人都有，天天可见，习以为常竟然视而不见了。但在众人危坐开会之际，你若留神一张脸接一张脸巡视过去，就会见其千奇百怪，愈比愈可观，正如对着同一个字凝神注视，竟会有不识的幻觉一样。

会议开到末项的"临时动议"了。这时最为危险，只怕有妄人意犹未尽，会无中生有，活部转败，竟然敢冒天下之大不韪，提出什么新案来。

幸好没有。于是会议到了最好的部分：散会。于是又可以偏安半个月了，直到下一次开会。

1997年4月于西子

没有邻居的都市

1

六年前从香港回来,就一直定居在高雄,无论是醒着梦着,耳中隐隐都是海峡的涛声。老朋友不免见怪:为什么我背弃了台北。我的回答是:并非我背弃了台北,而是台北背弃了我。

在南部这些年来,若无必要,我绝不轻易北上。有时情急,甚至断然说道:"拒绝台北是幸福的开端!"因为事无大小,台北总是坐庄,诸如开会、演讲、聚餐、展览等,要是台北一招手就仓皇北上,我在高雄的日子就过不下去了。

这么说来,我真像一个无情的人了,简直是忘恩负义。其实不然。我不去台北,少去台北,怕去台北,绝非因为我忘了台北,恰恰相反,是因为我忘不了台北——我的台北,从前的台北。那一坳繁华的盆地，那一盆少年的梦，壮年的回忆盛着我初做丈夫，初做父亲，初做作家和讲师的情景，甚至更早，盛着我还是学生还有母亲的岁月——当时灿烂，而今已成黑白片了的五十年代，我的台北；无论我是坐"国光号"从西北，或是坐"自强号"从西南，或是坐华航从东北进城，那个台北是永远回不去了。

至于从八十年代忽已跨进九十年代的台北，无论从报上读到，从电视上看到，或是亲身在街头遇到的，大半都不能令人高兴；无论先知或骗子用什么"过渡""多元""开放"来诠释，也不能令人感到亲切。你走在忠孝东路上，整个亮丽而嚣张的世界就在你肘边推挤，但一切又似乎离你那么遥远，什么也抓不着，留不住。像传说中一觉醒来的猎人，下得山来，闯进了一个陌生的世界，你走在台北的街上。

所谓乡愁，如果是地理上的，只要一张机票或车票，带你到熟悉的门口，就可以解决了。如果是时间上的呢，那所有的路都是单行，所有的门都闭上了，没有一扇能让你回去。经过香港的十年，我成了一个时间的浪子，背着记忆沉重的行囊，回到台北的门口，却发现金钥匙丢了，我早已把自己反锁在门外。

惊疑和怅惘之中，即使我叫开了门，里面对立着的，也不过是一张陌生的脸，冷漠而不耐。

"那你为什么去高雄呢？"朋友问道，"高雄就认识你吗？"

"高雄原不识年轻的我，"我答道，"我也不认识从前的高雄。所以没有失落什么，一切可以从头来起。台北不同，背景太深了,自然有沧桑。台北盆地是我的回声谷,无穷的回声绕着我,祟着我,转成一个记忆的旋涡。"

2

那条厦门街的巷子当然还在那里。台北之变,大半是朝东北的方向,挖土机对城南的蹂躏,规模小得多了。如果台北盆地是一个大回声谷,则厦门街的巷子是一条曲折的小回声谷,响着我从前的脚步声。我的那条"家巷",一一三巷,巷头连接厦门街,巷尾通到同安街,当然仍在那里。这条窄长的巷子,颇有文学的历史。五十年代,《新生报》的宿舍就在巷腰,常见彭歌的踪影。有一度,潘垒也在巷尾卜居。《文学杂志》的时代,发行人刘守宜的寓所,亦即杂志的社址,就在巷尾斜对面的同安街另一小巷内。所以那一带的斜巷窄弄,也常闻夏济安、吴鲁芹的咳唾风生,夏济安因兴奋而赧赧的脸色,对照着吴鲁芹泰然的眸光。王文兴家的日式古屋掩映在老树荫里,就在同安街尾接水源路的堤下,因此脚程所及,也常在附近出没。那当然还是《家变》以前的淹远岁月。后来黄用家也迁去一一三巷,门牌只差我家几号,一阵风过,两家院子里的树叶都会前后吹动的。

赫拉克利特说过:"后浪之来,滚滚不断。拔足更涉,已非前流。"时光流过那条长巷的回声峡谷,前述的几人也都散了。只留下我这厦门人氏,长守在厦门街的僻巷,直到20世纪80年代的中叶,才把它,我的无根之根,非产之产,交给了晚来的洪范书店和尔雅出版社去看顾。

　　只要是我的"忠实读者",没有不知道厦门街的。近乎半辈子在其中消磨,母亲在其中谢世,四个女儿和十七本书在其中诞生,那一带若非我的乡土,至少也算是我的市井、街坊、闾里和故居。若是我患了梦游症,警察当能在那一带将我寻获。

　　尽管如此,在我清醒的时刻,是不会去重游旧地的。尽管每个月必去台北,却没有勇气再踏进那条巷子,更不敢去凭吊那栋房子,因为巷子虽已拓宽、拉直,两旁却立刻停满了汽车,反而更显狭隘。曾经是扶桑花、九重葛掩映的矮墙头,连带扶疏的树影全不见了,代之矗起的是层层叠叠的公寓,和另一种枝柯的天线之网。清脆的木屐敲叩着满巷的宁谧,由远而近,由近而低沉。清脆的脚踏车铃在门外叮叮曳过,那是早晨的报贩,黄昏放学的学生,还有三轮车夹杂在其间。夜深时自有另外的声音来接班,凄清而幽怨的是按摩女或盲者的笛声,悠缓地踱过,低抑中透出沉洪的,是呼唤晚睡人的"烧肉粽"。那烧肉粽,一掀开笼盖白气就腾入夜色,我虽然从未开门去买过,但是听在耳里,知道巷子里还有人在和我分担深夜,却减了我的寂寞。

　　但这些都消失了,拓宽而变窄的巷子,激荡着汽车、爆发着机车的噪声。巷里住进了更多的人,却失去了邻居,因为回家后人人都把自己关进了公寓,出门,又把自己关进了汽车。走在今日的巷子里,很难联想起我写的《月光曲》:

　　　　厦门街的小巷纤细而长

用这样干净的麦管吸月光
凉凉的月光，有点薄荷味的月光

而机器狼群的厉嗥，也掩盖了我的《木屐怀古组曲》：

踢踢踏
踏踏踢
给我一双小木屐
让我把童年敲敲醒
像用笨笨的小乐器
从巷头
到巷底
踢力踏拉
踏拉踢力

3

五十年代的青年作者要投稿，有本刊物是兵家必争之地。我从香港来台，插班台大外文系三年级，立刻认真投稿，每投必中。只有一次诗稿被退，我不服气，把原诗再投一次，竟获刊出。最早的时候，每首诗的稿酬是五元，已经够我带女友去看一场电影，吃一次馆子了。

诗稿每次投去，大约一周之后刊登。算算日子到了，一大清早只要听到前院拍挞一声,那便是报纸从竹篱笆外飞了进来。我就推门而出,拾起大王椰树下的报纸,就着玫红的晨曦,轻轻、慢慢地抽出里面的副刊。最先瞥见的总是最后一行诗,只一行就够了,是自己的。那一刹那,世界多奇妙啊,朝霞是新的,报纸是新的,自己的新作也是簇簇新崭崭新。编者又一次肯定了我,世界,又一次向我瞩目,真够人飘飘然的了。

不久稿费通知单就来了,静静抵达门口的信箱。当然还有信件、杂志、赠书。世界来敲门,总是骑着脚踏车来的,刹车声后,更揿动痉挛的电铃。我要去找世界呢,也是先牵出轻俊而灵敏的赫拉克勒斯(Hercules),左脚点镫,右脚翻腾而上,曳一串爽脆的铃声,便上街而去。脚程带劲而又顺风的话,下面的双轮踩得出哪吒的气势,中山北路女友的家,十八分钟就到了。

台大毕业的那个夏夜,我和萧堉胜并驰脚踏车直上圆山,躺在草地上怔怔地对着星空。学生时代终于告别了,而未来充满了变数,不知如何是好。那时候还没有流行什么"失落的一代",我们却真是失落了。幸好人在社会,身不由己。大学生毕业后受训、服役,从我们那一届开始。我们是外文系出身,不必去凤山严格受训,便留在台北做起翻译官来。直到1956年,夏济安因为事忙,不能续兼东吴的散文课,要我去代课。这是我初登大学讲坛的因缘。

住在五十年代的台北,自觉红尘十丈,够繁华的了。其实人口压力不大,交通也还流畅,有些偏僻街道甚至有点田园的野趣。骑着脚踏车,在和平东路上向东放轮疾驶,翘起的拇指山蛮有性格地一直在望,因为前面没有高楼,而一过新生南路,便车少人稀,屋宇零落,开始荒了。双轮向北,从中山北路二段右转上了南京东路,并非今日宽坦的四线大道,啊不是,只是一条粗铺的水泥弯路,在水田青秧之间蜿蜒而隐。我上台大的那两年,双轮沿罗斯福路向南,右手尽是秧田接秧田,那么纯洁无辜的鲜绿,偏偏用童真的白鹭来反衬,怎不令人眼馋,若是久望,真要得"餍绿症"了。这种幸福的危机,目迷霓虹的新台北人是不用担心的。

　　大四那一年的冬天,一日黄昏,寒流来袭,吴炳钟老师召我去他家吃火锅。冒着削面的冰风骑车出门,我先去衡阳街兜了一圈。不过八点的光景,街上不但行人稀少,连汽车、脚踏车也交不到几辆,只有阴云压着低空,风声摇撼着树影。五十年代的台北市,今日回顾起来,只像一个不很起眼的小省城,繁荣或壮丽都说不上,可是空间的感觉似乎很大,因为空旷,至少比起今日来,人稀车少,树密屋低。四十年后,台北长高了,显得天小了,也长大了,可是因为挤,反而显得缩了。台北,像裹在所有台北人身上的一件紧身衣。那紧,不但是对肉体,也是对精神的压力,不但是空间上,也是时间上的威胁。一根神经质的秒针,不留情面地追逐着所有的台北人。长长短短的截止日期,为你设下了大限小限,令你从梦里惊醒。只要一出门,天罗地网的招牌、噪声、废气、资讯,就把你鞭笞成一只无助的陀螺。

　　何时你才能面对自己呢?

那时的武昌街头，一位诗人可以靠在小书摊上，君临他独坐的王国，与磨镜自食的斯宾诺萨，以桶为家的第欧尼跟遥遥对笑。而牯岭街的矮树短墙下，每到夜里，总有一群梦游昔日的书迷，或老或少，或佝偻，或蹲踞，向年淹代远的一堆堆一迭迭残篇零简、孤本秘籍，各发其思古之幽情。

那时的台北，有一种人叫作"邻居"。在我厦门街巷居的左邻，有一家人姓程。每天清早，那父亲当庭漱口，声震四方。晚餐之后，全家人合唱圣歌，天伦之乐随安详的旋律飘过墙来。四十年后，这种人没有了。旧式的"厝边人"全绝迹了，换了一批戴面具的"公寓人"。这些人显然更聪明，更富有，更忙碌，爱拼才会赢，令人佩服，却难以令人喜欢。

台北已成没有邻居的都市。

使我常常回忆发迹以前的那座古城。它在电视和电脑的背后，传真机和移动电话的另一面。坐上三轮车我就能回去，如果我找得到一辆三轮车。

1992 年 1 月

唯清醒可保自由

第五章

人生原是战场,
有猛虎才能在逆流里立住脚跟,
然而踏碎了的蔷薇犹能盛开,
醉倒了的猛虎有时醒来。
所以完整的人生应该兼有这两种至高的境界。

山　盟

　　山，在那上面等他。从一切历书以前，峻峻然，巍巍然，从五行和八卦以前，就在那上面等他了。树，在那上面等他。从汉时云秦时月从战国的鼓声以前，就在那上面。就在那上面等他了，虬虬蟠蟠，那原始林。太阳，在那上面等他。赫赫洪洪荒荒。太阳就在玉山背后。新铸的古铜锣当的一声轰响，天下就亮了。

　　这个约会太大。一边是山，森林，太阳，另一边，仅仅是他。山是岛的贵族，正如树是山的华胄。登岛而不朝山，是无礼。这山盟，一爽竟爽了二十年。其间他曾经屡次渡海，膜拜过太平洋和巴士海峡对岸，多少山。在科罗拉多那山国一闭就闭了两年，海拔一英里之上，高高晴晴冷冷，是六百多天的乡愁。一万四千英尺以上的不毛高峰，狼牙交错，白森森将他禁锢在里面，远望也不能当归，高歌也不能当泣。他成了世界上最高的浪子，石囚。只是山中的岁月，太长，太静了，连摇滚乐的电吉他也不能一声划破。那种高高在上的岑寂，令他不安。一场大劫正蹂躏着东方，多少族人在水里，火里，唯独他学桓景登高避难，过了两个重九还不下山。

春秋佳日，他常常带了四个小女孩去攀落基山。心惊胆战，脚麻手酸，好不容易爬到峰巅。站在一丛丛一簇簇的白尖白顶之上，反而怅然若失了。爬啊爬啊爬到这上面来了又怎么样呢？四个小女孩在新大陆玩得很高兴。她们只晓得新大陆，不晓得旧大陆。"问君西游何时还？畏途巉岩不可攀。"忽然他觉得非常疲倦。体魄魁梧的昆仑山，在远方喊他。母亲喊孩子那样喊他回去，那昆仑山系，所有横的岭侧的峰，上面所有的神话和传说。落基山美是美雄伟是雄伟，可惜没有回忆没有联想不神秘。要神秘就要峨眉山五台山普陀山武当山青城山华山庐山泰山，多少寺多少塔多少高僧，隐士，豪侠。那一切固然令他神往，可是最最萦心的，是噶达素齐老峰。那是昆仑山之根，黄河之源。那不是朝山，是回家，回到一切的开始。有一天应该站在那上面，下面摊开整幅青海高原，看黄河，一条初生的脐带，向星宿海吮取生命。他的魂魄，就化成一只雕，向山下扑去。浩大圆浑的空间，旋，令他目眩。

那只是，想想过瘾罢了。山不转路转，路不转人转。747才是一只越洋大鹏，把他载回海岛。1972年。昆仑山仍在神话和云里。黄河仍在诗经里流着。岛有岛神，就先朝岛上的名山吧。

上山那一天，正碰上寒流，气温很低。他们向冷上加冷的高处出发。朱红色的小火车冲破寒雾，在渐渐上升的轨道上奔驰起来，不久，嘉义城就落在背后的平原上了。两侧的甘蔗田和香蕉变成相思树和竹林。过了竹崎，地势渐高渐险，轨旁的林木也渐渐挺直起来，在已经够陡的坡上，将自己拔向更高的空中。最后，车窗外升起铁杉和扁柏，像十里苍苍的仪队，在路侧排开。也许怕风景不够柔媚，偶尔也亮起几树流霞一般明艳的复重樱花，只是惊喜的一瞥，还不够为车道镶一条花边。

路转峰回，小火车呜呜然在狭窄的高架桥上驰过。隔着车窗，山谷愈来愈深，空空茫茫的云气里，脚下远远地，只浮出几丛树尖，下临无地，好生令人心悸。不久，黑黝黝的山洞一口接一口来吞噬他们的火车。他们被咽进了山的盲肠里，汽笛的惊呼在山的内脏里回荡复回荡。阿里山把他们吞进去又吐出来，算是朝山之前的小小磨炼。后来才发现，山洞一共四十九条，窄桥一共八十九座。一关关闯上去，很有一点《西游记》的味道。

过了十字路，山势益险，饶它是身材窈窕的迷你红火车，到三千多英尺的高坡上，也回天乏术了。不过，难不倒它。行到绝处，车尾忽然变成车头，以退为进，潇潇洒洒，循着"Z"字形那样倒溜冰一样倒上山去。同时森林愈见浓密，枝叶交叠的翠盖下，难得射进一隙阳光。浓影所及，车厢里的空气更觉得阴冷逼人。最后一个山洞把他们吐出来，洞外的天蓝得那样彻底，阿里山，已经在脚下了。

终于到了阿里山宾馆，坐在餐厅里。巨幅玻璃窗外，古木寒山，连绵不绝的风景匍匐在他的脚下。风景时时在变，白云怎样回合群峰就怎样浮浮沉沉像嬉戏的列岛。一队白鸽在谷口飞翔，有时退得远远的，有时浪沫一样地忽然卷回来。眺者自眺，飞者自飞。目光所及，横卧的风景手卷一般展过去展开米家霭霭的烟云。他不知该餐脚下的翠微，或是，回过头来，满桌的人间烟火。山中清纯如酿的空气，才吸了几口，饥意便在腹中翻腾起来。他饿得可以餐赤松子之霞，饮麻姑之露。

"爸爸，不要再看了。"佩佩说。

"再不吃，獐肉就要冷了。"咪也在催。

回过头来，他开始大嚼山珍。

午后的阳光是一种黄橙橙的幸福，他和矗立的原始林和林中一切鸟一切虫自由分享。如果他有那样一把剪刀，他真想把山上的阳光剪一方带回去，挂在他们厦门街的窗上，那样，雨季就不能围困他了。金辉落在人肌肤上，干爽而温暖，可是四周的空气仍然十分寒冽，吸进肺去，使人神清意醒，有一种要飘飘升起的感觉。当然，他并没有就此飞逸，只是他的眼神随昂昂的杉柏从地面拔起，拔起百尺的尊贵和肃穆之上，翠蘖青盖之上。是蓝空，像传说里要我们相信的那样酷蓝。

而且静。海拔两千一百米以上那样的，万籁沉淀到底，阒寂的隔音。值得歌颂的，听觉上全然透明的灵境。森林自由自在地行着深呼吸。柏子闲闲落在地上。绿鸠像隐士一样自管自地吟啸。所以耳神经啊你就像琴弦那么松一松吧，今天轮到你休假。没有电铃会奇袭你的，没有电话没有喇叭会施刑。没有车要躲灯要看没有繁复的号码要记没有钟表。就这么走在光洁的青板石道上，听自己清清楚楚的足音，也是一种悦耳的音乐。信步所之，要慢，要快，或者要停。或者让一只蚂蚁横过，再继续向前。或者停下来，读一块开裂的树皮。

或者用惊异的眼光，久久，向强毙的断树桩默然致敬。整座阿里山就是这么一所户外博物馆，到处暴露着古木的残骸。时间，已经把它们雕成神奇的艺术。虽死不朽，丑到极限竟美了起来。据说，大半是日据时代伐余的红桧巨树，高贵的躯干风中雨中不知矗立了千年百年，耉耋的斧斤过后，不知在什么怀乡的远方为栋为梁，或者凌迟寸磔，散作零零星星的家具器皿。留下这一盘盘一塔塔硕老无朋的树根，夭矫顽强，死而不仆，而日起月落秦风汉雨之后，虬蟠纠结，筋骨尽露的指爪，章鱼似的，犹紧紧抓住当日哺乳的后土不放。霜皮龙鳞，肌理纵横，顽比锈铜废铁，这些久僵的无头尸体早已风化为树精木怪。风高月黑之夜，可以想见满山蠢蠢而动，都是这些残缺的山魈。

幸好此刻太阳犹高，山路犹有人行。艳阳下，有的树桩削顶成台，宽大可坐十人。有的扭曲回旋，畸陋不成形状。有的枯木命大，身后春意不绝，树中之王一传而至二世，再传而至三世，发为三代同堂，不，同根的奇观。先主老死枯槁，蚀成一个巨可行牛的空洞；父王的僵尸上，却亭亭立着青翠的王子。有的昂然庞然，像一个象头，鼻牙嵯峨，神气俨然。更有一些断首缺肢的巨桧，狞然戟刺着半空，犹不甘忘却，谁知道几世纪前的那场暴风雨，劈空而来，横加于他的雷殛。

正嗟叹间，忽闻重物曳引之声，沉甸甸地，辗地而来。异声越来越近，在空山里激荡相磨，很是震耳。他外文系出身，自然而然想起凯兹奇尔的仙山中，隆隆滚球为戏的那群怪人。大家都很紧张。小女孩们不安地抬头看他。辗声更近了。隔着繁密的林木，看见有什么走过来。是——两个人。两个血色红润的山胞，气喘咻咻地拖着直径几约两英尺的一截木材，辗着青石板路跑来。怪不得一路上尽是细枝横道，每隔尺许便置一条。原来拉动木材，要靠它们的滑力。两个壮汉哼哼咻咻地曳木而过，脸上臂上，闪着亮油油的汗光。

姐妹潭一掬明澄的寒水，浅可见底。迷你小潭，传说着阿里山上两姐妹殉情的故事。管他是不是真的呢，总比取些道貌可憎的名字好吧。

"你们四姐妹都丢个铜板进去，许个愿吧。"

"看你做爸爸的，何必这么欧化？"

"看你做妈妈的，何必这么缺乏幻想。管它。山神有灵，会保佑她们的。"

珊珊、幼珊、佩珊，相继投入铜币。眼睛闭起，神色都很庄重，丢罢，都绽开满意的笑容。问她们许些什么大愿时，一个也不肯说。也罢。轮到最小的季珊，只会嬉笑，随随便便丢完了事。问她许的什么愿，她说，我不知道，姐姐丢了，我就要丢。

他把一枚铜币握在手边，走到潭边，面西而立，心中暗暗祷道："希望有一天能把这几个小姐妹带回家去，带回她们真正的家，去踩那一片博大的后土。新大陆，她们已经去过两次，玩过密西根的雪，涉过落基山的溪，但从未被长江的水所祝福。希望，有一天能回到后土上去朝山，站在全中国的屋脊上，说，看啊，黄河就从这里出发，长江就在这里吃奶。要是可能，在我七十岁或者六十五岁，给我一间草庐，在庐山，或是峨眉山上，给我一根藤杖，一卷七绝，一个琴僮，几位棋友，和许多猴子许多云许多鸟。不过这个愿许得太奢侈了。阿里山神啊，能为我接通海峡对面，五岳千峰的大小神明吗？"

姐妹潭一层笑靥，接去了他的铜币。

"爸爸许得最久了。"幼珊说。

"到了那一天，无论你们嫁到多远的地方去，也不关我的事了。"他说。

"什么意思吗？"

"只有猴子做我的邻居。"他说。

"哎呀好好玩！"

"最后，我也变成一只——千年老猿。像这样。"他做出欲攫季珊的姿态。

"你看爸爸又发神经了。"

慈云寺缺乏那种香火庄严禅房幽深的气氛。岛上的寺庙大半如此，不说也罢。倒是那所"阿里山森林博物馆"，规模虽小，陈设也简陋单调，离国际水准很远，却朴拙天然，令人觉得可亲。他在那里面很低徊了一阵。才一进馆，颈背上便吹来一股肃杀的冷风。昂过头去。高高的门楣上，一把比一把狞恶，排列着三把青锋逼人的大钢锯。森林的刽子手啊，铁杉与红桧都受害于你们的狼牙。堂下陈列着阿里山五木的平削标本，从浅黄到深灰，色泽不一，依次是铁杉、峦大杉、台湾杉、红桧、扁柏。露天走廊通向陈列室。阿里山上的飞禽走兽，从云豹、麂、山猫、野山羊、黄鼠狼到白头鼯鼠，从绿鸠、蛇鹰到黄鱼鸮，莫不展现它们生命的姿态。一个玻璃瓶里，浮着一具小小的桃花鹿胚胎，白色的胎衣里，鹿婴的眼睛还没有睁开。令他低回的，不是这些，是沿着走廊出来，堂上庞然供立，比一面巨鼓还要硕大的，一截红桧木的横剖面。直径宽于一只大鹰的翼展，堂堂的木面竖在那里，比人还高。树木高贵的族长，它生于宋神宗熙宁十年，也就是1077年。"中华民国"元年，也就是明治四十五年，日本人采伐它，千里迢迢，运去东京修造神社。想行刑的那一天，须髯临风，倾天柱，倒地根，这长老长啸仆地的时候，已经有八百三十五岁的高龄了。一个生命，从北宋延续到清末，成为中国历史的证人。他伸出手去，抚摸那伟大的横断面。他的指尖溯帝王的朝代而入，止于八百多个同心圆的中心。多么神秘的一点，一个崇高的生命便从此开始。那时苏轼正是壮年，宋朝的文化正盛开，像牡丹盛开在汴梁，欧阳修墓上犹新，黄庭坚周邦彦的灵感犹畅。他的手指按在一个古老的春天上。美丽的年轮轮回着太阳的光圈，一圈一圈向外推开，推向元，推向明，推向清。太美了。太奇妙了。这些黄褐色的曲线，不是年轮，是中国脸上的皱纹。推出去，推向这海岛的历史。哪，也许是这一圈来了葡萄牙人的三桅战船。这一年春天，红毛鬼闯进了海峡。这一年，国姓爷的楼船渡海东来。大概是这一圈杀害了吴凤。有一年龙旗降下升起太阳旗。有一年他自己的海轮来泊在基……不对不对，那是最外的一圈之外了，哪，大约在这里。他从古代的梦中醒来，用手指划着虚空。

"爸爸，你在干什么呀？"季珊抬头看着他。

他抓住她的小手指，从外向内数，把她的指尖按在第十六圈上。

"公公就是这一年。"他说。

"公公这一年怎么啦？"她问。

走回宾馆，太阳就下山了。宋朝以前就是这样子，汉以前周以前就是这太阳，神农和燧人以前。在那尊巨红桧的心中，春来春去，画了八百圈年轮的长老，就是这太阳。在他眼中，那红桧，和岛上一切的神木，都像小孩子一样幼稚吧。后羿留给我们的，这太阳。

此刻他正向谷口落下去，像那巨红桧小时候看见的那样，缓缓落了下去。千树万树，在无风的岑寂中肃立西望，参加一幕壮丽无比的葬礼。火葬烧着半边天。宇宙在降旗。一轮橙红的火球降下去，降下去，圆得完美无憾的火球啊！怪不得一切年轮都是他的模仿，因为太阳造物以他自己的形象。

快要烧完了。日轮半陷在暗红的灰烬里,愈沉愈深。山口外,犹有殿后的霞光在抗拒四周的夜色,横陈在地平线上的,依次是惊红骇黄怅青惘绿和深不可泳的诡蓝渐渐沉溺于苍黛。怔望中,反托在空际的林影全黑了下来。

最后,一切都还给纵横的星斗。

但是太阳会收复世界的,在玉山之巅。在崦嵫山里这只火凤凰会铸冶新的光芒。高处不胜苦寒。他在两条厚毛毯里,瑟缩犹难入梦,盘盘旋旋的山路,还在腿上作麻。夜,太静了。毛黑茸茸的森林似乎有均匀的鼾息。不要错过日出,他一再提醒自己。我要亲眼看神怎样变戏法,那只火凤凰怎样突破蛋黄怎样飞起来,不要错过不要。他似乎枕在一座活火山上,有一种美丽的不安。梦是一床太短的被,无论如何也盖不完满。约会女友的前夕,从前,也有过这症状。无以名之,叫它作幸福症吧。睡吧睡吧不要真错过了不要。

走到祝山顶上,已经是六点半了。虽然是华氏四十度的气温,大家都喘着气,微有汗意。脸上都红通通的,"阿里山的姑娘",他戏呼她们。天色透出鱼肚白,群峰睡意尚未消尽。雾气在下面的千壑中聚集。没有风。只有一只鸟,在新鲜的静寂中试投着它的清音。啾啾唧啾啾唧啭啭唧唧。屏息的期待中,东方的天壁已经炙红了一大片。"快起来了,快起来了。"他回过头去,观日楼下的广场上,已然麇集了百多位观众,在迎接太阳的诞生。已经冻红的脸上,更反映着熊熊的霞光。

"上来了！"

"上来了！"

"太阳上来了上来了！"

浩阔的空间引爆出一阵集体的欢呼。就在同时，巍峨的玉山背后，火山猝发一样迸出了日头，赤金晃晃，千臂投手向他们投过来密密集集的标枪。失声惊呼的同时，一阵刺痛，他的眼睛也中了一枪。簇簇的光，簇新簇新的光，刚刚在太阳的丹炉里炼成，猬集他一身。在清虚无尘的空中飞啊飞啊飞了八分钟，扑倒他身上这簇光并未变冷。巨铜锣玉山上捶了又捶，神的噪声金熔熔的赞美诗火山熔浆一样滚滚而来，观礼的凡人全擎起双臂忘了这是一种无条件降服的仪式在海拔七千尺以上。一座峰接一座峰在接受这样灿烂的祝福，许多绿发童子在接受那长老摩挲头颅。不久，福建和浙江也将天亮。然后是湖北和四川。庐山与衡山。秦岭与巴山。然后是漠漠的青海高原。溯长江溯黄河而上噫吁嚱危乎高哉天苍苍野茫茫的昆仑山天山帕米尔的屋顶。太阳抚摸的，有一天他要用脚踵去膜拜。

可是他不能永远这样许下去，这长愿。四个小女孩在那边喊他。小红火车在高高的站上喊他，因为嘉义在下面的平原上喊小红火车。该回家了，许多声音在下面那世界喊他。许多街许多巷子许多电话电铃许多开会的通知限时信。许多电梯许多电视天线在许多公寓的屋顶。许多许多表格在阴暗的许多抽屉等许多图章的打击。第二手的空气。第三流的水。无孔不入无坚不摧，文明的赞美诗，噪声。什么才是家呢？他属于下面那世界吗？

  火车引吭高呼。他们下山了。六千尺。五千尺。五千五。五千。他的心降下去，四十九个洞。八十九座桥。刹车的声音起自铁轨，令人心烦。把阿里山还给云豹。还给鹰和鸠。还给太阳和那些森林。荷兰旗。日本旗。森林的绿旌绿帜是不降的旗。四十九个洞。千年亿年。让太阳在上面画那些美丽的年轮。

1972 年 2 月 28 日

猛虎与蔷薇

英国当代诗人西格夫里·萨松（Siegfried Sassoon，1886—1967）曾写过一行不朽的警句：In me the tiger sniffs the rose. 译成中文，便是："我心里有猛虎在细嗅蔷薇。"

如果一行诗句可以代表一种诗派（有一本英国文学史曾举柯尔律治《忽必烈汗》中的三行诗句："好一处蛮荒的所在！如此的圣洁，鬼怪，像在那残月之下，有一个女人在哭她幽冥的欢爱！"为浪漫诗派的代表），我就愿举这行诗为象征诗派艺术的代表。每次念及，我不禁想起法国现代画家昂利·卢梭（Henri Rousseau，1844—1910）的杰作"沉睡的吉卜赛人"。假使卢梭当日所画的不是雄狮逼视着梦中的浪子，而是猛虎在细嗅含苞的蔷薇，我相信，这幅画同样会成为杰作。惜乎卢梭逝世，而萨松尚未成名。

我说这行诗是象征诗派的代表，因为它具体而又微妙地表现出许多哲学家所无法说清的话；它表现出人性里两种相对的本质，但同时更表现出那两种相对的本质的调和。假使他把原诗写成了"我心里有猛虎雄踞在花旁"，那就会显得呆笨，死板，徒然加强了人性的内在矛盾。只有原诗才算恰到好处，因为猛虎象征人性的一方面，蔷薇象征人性的另一面，而"细嗅"刚刚象征着两者的关系，两者的调和与统一。

原来人性含有两面：其一是男性的，其一是女性的；其一如苍鹰，如飞瀑，如怒马；其一如夜莺，如静池，如驯羊。所谓雄伟和秀美，所谓外向和内向，所谓戏剧型的和图画型的，所谓戴奥尼苏斯艺术和阿波罗艺术，所谓"金刚怒目，菩萨低眉"，所谓"静如处女，动如脱兔"，所谓"骏马秋风冀北，杏花春雨江南"，所谓"杨柳岸，晓风残月"和"大江东去"，一句话，姚姬传所谓阳刚和阴柔，都无非是这两种气质的注脚。两者粗看若相反，实则乃相成。实际上每个人多多少少都兼有这两种气质，只是比例不同而已。

东坡有幕士，尝谓柳永词只合十七八女郎，执红牙板，歌"杨柳岸，晓风残月"；东坡词须关西大汉，铜琵琶，铁绰板，唱"大江东去"。东坡为之"绝倒"。他显然因此种阳刚和阴柔之分而感到自豪。其实东坡之词何尝都是"大江东去"？"笑渐不闻声渐杳，多情却被无情恼"；"绣帘开，一点明月窥人"；这些词句，恐怕也只合十七八女郎曼声低唱吧？而柳永的词句："长安古道马迟迟，高柳乱蝉嘶"，以及"渡万壑千岩，越溪深处。怒涛渐息，樵风乍起；更闻商旅相呼，片帆高举"。又是何等境界！

就是晓风残月的上半阕那一句"暮霭沉沉楚天阔",谁能说它竟是阴柔?他如王维以清淡胜,却写过"一身转战三千里,一剑曾当百万师"的诗句;辛弃疾以沉雄胜,却写过"罗帐灯昏,呜咽梦中语"的词句。再如浪漫诗人济慈和雪莱,无疑地都是阴柔的了。可是清唳的夜莺也曾唱过:"或是像精壮的科德慈,怒着鹰眼,凝视在太平洋上。"就是在那阴柔到了极点的《夜莺曲》里,也还有这样的句子:"同样的歌声时常——迷住了神怪的长窗——那荒僻妖土的长窗——俯临在惊险的海上。"至于那只云雀,他那《西风歌》里所蕴藏的力量,简直是排山倒海,雷霆万钧!还有那一首十四行诗《阿西曼地亚斯》"Qzymandias"除了表现艺术不朽的思想不说,只其气象之伟大,魄力之雄浑,已可匹敌太白的"西风残照,汉家陵阙"。

也就是因为人性里面,多多少少地含有这相对的两种气质,许多人才能够欣赏和自己气质不尽相同,甚至大不相同的人。例如,在英国,华兹华斯欣赏弥尔顿;拜伦欣赏蒲柏;夏绿蒂·勃朗特欣赏萨克雷;司各特欣赏简·奥斯丁;斯温伯恩欣赏兰多;兰多欣赏布朗宁。在我国,辛弃疾欣赏李清照也是一个最好的例子。

但是平时为什么我们提起一个人,就觉得他是阳刚,而提起另一个人,又觉得他是阴柔呢?这是因为各人心里的猛虎和蔷薇所成的形势不同。有人的心原是虎穴,穴口的几朵蔷薇免不了猛虎的践踏;有人的心原是花园,园中的猛虎不免给那一片香潮醉倒。所以前者气质近于阳刚,而后者气质近于阴柔。然而踏碎了的蔷薇犹能盛开,醉倒了的猛虎有时醒来。所以霸王有时悲歌,弱女有时杀贼；梅村，子山晚作悲凉，萨松在第一次大战后出版了低调的《心旅》(*The Heart's Journey*)。

"我心里有猛虎在细嗅蔷薇。"人生原是战场，有猛虎才能在逆流里立住脚跟，在逆风里把握方向，做暴风雨中的海燕，做不改颜色的孤星。有猛虎，才能创作慷慨悲歌的英雄事业；涵蕴耿介拔俗的志士胸怀，才能做到孟郊所谓"镜破不改光，兰死不改香！"同时人生又是幽谷，有蔷薇才能烛隐显幽，体贴入微；有蔷薇才能看到苍蝇搓脚，蜘蛛吐丝，才能听到暮色潜动，春草萌芽，才能做到"一沙一世界，一花一天国"。在人性的国度里，一只真正的猛虎应该能充分地欣赏蔷薇，而一朵真正的蔷薇也应该能充分地尊敬猛虎；微蔷薇，猛虎变成了菲力斯旦(Philistine)；微猛虎，蔷薇变成了懦夫。韩黎诗："受尽了命运那巨棒的痛打，我的头在流血，但不曾垂下！"华兹华斯诗："最微小的花朵对于我，能激起非泪水所能表现的深思。"完整的人生应该兼有这两种至高的境界。一个人到了这种境界，他能动也能静，能屈也能伸，能微笑也能痛哭，能像20世纪人一样的复杂，也能像亚当夏娃一样的纯真，一句话，他心里已有猛虎在细嗅蔷薇。

           1952年10月24日夜

逍遥游

　　如果你有逸兴做太清的逍遥游行，如果你想在十二宫中缘黄道而散步，如果在蓝石英的幻境中你欲冉冉升起，蝉蜕蝶化，遗忘不快的自己，总而言之，如果你何幸患上，如果你不幸患了"观星癖"的话，则今夕，偏偏是今夕，你竟不能与我并观神话之墟，实在是太可惜太可惜了。

　　我的观星，信目所之，纯然是无为的。两睫交瞬之顷，一瞥往返大千，御风而行，泠然善也，泠然善也。原非古代的太史，若有什么冒失的客星，将毛足加诸皇帝的隆腹，也不用我来烦心。也不是原始的舟子，无须在雾气弥漫的海上，裂眦辨认北极的天蒂。更非现代的天文学家或太空人，无须分析光谱或驾驶卫星。科学向太空看，看人类的未来，看月球的新殖民地，看地球人与火星人不可思议的星际战争。我向太空看，看人类的过去，看占星学与天宫图，祭司的梦，酋长的迷信。

于是大度山从平地涌起，将我举向星际，向万籁之上，霓虹之上。太阳统治了钟表的世界。但此地，夜犹未央，光族在钟表之外闪烁。亿兆部落的光族，在令人目眩的距离，交射如是微渺的清辉。半克拉的孔雀石。七分之一的黄玉扇坠。千分之一克拉的血胎玛瑙。盘古斧下的金刚石矿，天文学采不完万分之一。天河蜿蜒着敏感的神经，首尾相衔，传播高速而精致的触觉，南天穹的星阀热烈而显赫地张着光帜，一等星、二等星、三等星，争相炫耀他们的家谱，从 Alpha 到 Beta 到 Zeta 到零 mega，串起如是的辉煌，迤逦而下，尾扫南方的地平。亘古不散的假面舞会，除倜傥不羁的彗星，除爱放烟火的陨星，除垂下黑面纱的朔月之外，星图上的姓名全部亮起。后羿的逃妻所见如此。自大狂的李白，自虐狂的李贺所见如此。利玛窦和徐光启所见亦莫不如此。星象是一种最晦涩的灿烂。

北天的星貌森严而冷峻，若阳光不及的冰柱。最壮丽的是北斗七星。这局棋下得令人目摇心悸，大惑不解。自有八卦以来，任谁也挪不动一只棋子，从天枢到瑶光，永恒的颜面亿代不移。棋局未终，观棋的人类一代代死去。维北有斗，不可以挹酒浆。圣人以前，诗人早有这狂想。想你在平旷的北方，巍峨地升起，阔大的斗魁上斜着偌长的斗柄，但不能酌一滴饮早期的诗人。那是天真的时代，圣人未生，青牛未西行。那是青铜时代，云梦的瘴疠未开，鱼龙遵守大禹的秩序，吴市的吹箫客白发未白。那是多神的时代，汉族会唱歌的时代，摽有梅野有蔓草，自由恋爱的时代。快乐的 Pre-Confucian（先秦儒家）的时代。

百仞下，台中的灯网交织现代的夜。湿红流碧，林荫道的彼端，霓虹茎连的繁华。脚下是，不快乐的 Post-Confucian 的时代。凤凰不至，麒麟绝迹，龙只是观光事业的商标。八佾在龙山寺凄凉地舞着。圣裔饕餮着国家的俸禄。龙种流落在海外。诗经蟹行成英文。谁谓河广，一苇杭之。招商局的吨位何止一苇，奈何河广如是，浅浅的海峡隔绝如是！人人尽说江南好，游人只合江南老。今人竟羡古人能老于江南。江南可哀，可哀的江南。唯庾信头白在江南之北，我们头白在江南之南。嘉陵江上，听了八年的鹧鸪，想了八年的后湖，后湖的黄鹂。过了十五个台风季，淡水河上，并蜀江的鹧鸪亦不可闻。帝遣巫阳招魂，在海南岛上，招北宋的诗人。"魂兮归来，南方不可以止些！"这里已是中国的至南，雁阵惊寒，也不越浅浅的海峡。雁阵向衡山南下。逃亡潮冲击着香港。留学女生向东北飞，成群的孔雀向东北飞。

怒而飞，其翼若垂天之云，抟扶摇而上者九万里。喷射机在云上滑雪，多逍遥的游行！曾经，我们也是泱泱的上国，万邦来朝，皓首的苏武典多少属国。长安矗第八世纪的纽约，西来的驼队，风沙的软蹄踏大汉的红尘。曾几何时，五陵少年竟亦洗碟子，端菜盘，背负摩天楼沉重的阴影。而那些长安的丽人，不去长堤，便深陷书城之中，将自己的青春编进洋装书的目录。当你的情人已改名玛丽，你怎能送她一首菩萨蛮？历史健忘，难为情的，是患了历史感的个人。三十六岁，常怀千岁的忧愁。千岁前，宋朝第一任天子刚登基，黄袍犹新，一朵芬芳的文化欲绽放。欧洲在深邃的中世纪深处冬眠，拉丁文的祈祷有若梦呓。知晦朔的朝菌最可悲。八股文。裹脚巾。阿Q的辫子。鸦片的毒氛。租界流满了惨案。大国的青睐翻成了白眼。小国反复着排华运动。朝菌死去，留下更阴湿的朝菌，而晦朔犹长，夜犹未央。东方的大帝国纷纷死去。巴比伦死去。波斯和印度死去。亚洲横陈史前兽的遗骸，考古家的乐园是废墟。南有冥灵，以五百岁为春，五百岁为秋。蟪蛄啊蟪蛄，我们是阅历春秋的蟪蛄。不，我们阅历的，是战国，是军阀，是太阳旗，是弯弯的镰刀如月。

夜凉如浸。虫吟如泣。星子的神经系统上，挣扎着许多折翅的光源，如果你使劲拧天蝎的毒尾，所有的星子都会呼痛。但那只是一瞬间的幻觉罢了。天苍苍何高也，绝望的手臂岂得而扣之？永恒仍然在拍打密码，不可改不可解的密码，自补天自屠日以来，就写在那上面，那种磷质的形象！似乎在说：就是这个意思。不周山倾时天柱倾时是这个意思。长城下，运河边是这个意思。扬州和嘉定的大屠城是这个意思。卢沟桥上，重庆的山洞里，莫非是这个意思。然则御风飞行，泠然善乎，泠然善乎？然则孔雀东北飞，是逍遥游乎，是行路难乎？曾经，也在密西西比的岸边，一座典型的大学城里，面对无欢的西餐，停杯投叉，不能卒食。曾经，立在密歇根湖岸的风中，看冷冷的日色下，钢铁的芝城森寒而黛青。日近，长安远。迷失的五陵少年，鼻酸如四川的泡菜。曾经啊，无寐的冬夕，立在雪霁的星空下，流泪想刚死的母亲，想初出世的孩子。但不曾想到，死去的不是母亲，是古中国，初生的不是女婴，是五四。喷射云两日的航程，感情上飞越半个世纪。总是这样。松山之后是东京之后是阿拉斯加是西雅图。上有青冥之长天,下有渌水之波澜。长风破浪,云帆可济沧海。行路难。行路难。沧海的彼岸,是雪封的思乡症,是冷冷清清的圣诞,空空洞洞的信箱,和更空洞的学位。

是的,这是行路难的时代。逍遥游,只是范蠡的传说。东行不易,北归更加艰难。兵燹过后,江南江北,可以想见有多荒凉。第二度去国的前夕,曾去佛寺的塔影下祭告先人的骨灰。锈铜钟敲醒的记忆里,二百根骨骼重历六年前的痛楚。六年了,前半生的我陪葬在这小木匣里。我生在王国维投水的次年。封闭在此中的,是沦陷区的岁月,抗战的岁月,仓皇南奔的岁月,行路难的记忆,逍遥游的幻想。十岁的男孩,已经咽下国破的苦涩。高淳古刹的香案下,听一夜妇孺的惊呼和悲啼。太阳旗和游击队拉锯战的地区,白昼匿太湖的芦苇丛中,日落后才摇橹归岸,始免于锯齿之噬。舟沉太湖,母与子抱宝丹桥础始免于溺死。然后是上海的法租界。然后是香港海上的新年。滇越路的火车上,览富良江岸的桃花桃花。高亢的昆明。险峻的山路。母子颠簸成两只黄鱼。然后是海棠溪的渡船,重庆的团圆。月圆时的空袭,迫人疏散。于是六年的中学生活开始,草鞋磨穿,在悦来场的青石板路。令人涕下的抗战歌谣。令人近视的教科书和油灯。桐油灯的昏焰下,背新诵的古文,向鬓犹未斑的父亲,向扎鞋底的母亲,伴着瓦上急骤的秋雨急骤地灌肥巴山的秋池⋯⋯钟声的余音里,黄昏已到寺,黑僧衣的蝙蝠从逝去的日子里神经质地飞来。这是台北的郊外,观音山已经卧下来休憩。

栩栩然蝴蝶。蘧蘧然庄周。巴山雨。台北钟。巴山夜雨。拭目再看时，已经有三个小女孩喊我父亲。熟悉的陌生，陌生的变成熟悉。千级的云梯下，未完的出国手续待我去完成。将有远游。将经历更多的关山难越，在异域。又是松山机场的挥别，东京御河的天鹅，太平洋的云层，芝加哥的黄叶。六年后，北太平洋的卷云，犹卷着六年前乳色的轻罗。初秋的天一天比一天高。初秋的云，一片比一片白净比一片轻。裁下来，宜绘唐寅的扇面，题杜牧的七绝。且任它飞去，且任它羽化飞去。想这已是秋天了，内陆的蓝空把地平线都牧得很辽很远。北方的黄土平野上，正是驰马射雕的季节。雕落下。雁落下。萧萧的红叶落下，自枫林。于是下面是冷碧伶仃的吴江。于是上面，只剩下白寥寥的无限长的楚天。怎么又是九月又是九月了呢？木兰舟中，该有楚客扣舷而歌，"悲哉秋之为气也，憭栗兮若在远行！"

　　远行。远行。念此际，另一个大陆的秋天，成熟得多美丽。碧云天。黄叶地。艾奥瓦的黑土沃原上，所有的瓜该又重又肥了。印第安人的落日熟透时，自摩天楼的窗前滚下。当暝色登上楼的电梯，必有人在楼上忧愁。摩天三十六层楼，我将在哪一层朗吟登楼赋？可想到，即最高的一层，也眺不到长安？当我怀乡，我怀的是大陆的母体，啊，诗经中的北国，楚辞中的南方！当我死时，愿江南的春泥覆盖在我的身上，当我死时。

　　当我死时。当我生时。当我在东南的天地间漂泊。战争正在海峡里焚烧。饿殍和冻死骨陈尸在中原。黄巾之后有董卓的鱼肚白有安禄山的鱼肚白后有赤眉有黄巢有白莲。始皇帝的赤焰们在高呼，战神万岁！战争燃烧着时间燃烧着我们，燃烧着你们的须发我们的眉睫。当我死时,老人星该垂下白髯,战火烧不掉的白髯,为我守坟。吾所以有大患者,为吾有身。当我物化,当我归彼大荒,我必归彼芥子归彼须弥归彼地下之水空中之云。但在那之前,我必须塑造历史,塑造自己的花岗石面,当时间在我的呼吸中燃烧。当我的三十六岁在此刻燃烧在笔尖燃烧在创造创造里燃烧。当我狂吟,黑暗应匍匐静听,黑暗应见我须发奋张,为了痛苦地欢欣地热烈而又冷寂地迎接且抗拒时间的巨火,火焰向上,挟我的长发挟我如翼的长发而飞腾。敢在时间里自焚,必在永恒里结晶。

维北有斗,不可以挹酒浆。有一种疯狂的历史感在我体内燃烧,倾北斗之酒亦无法烧熄。有一种时间的乡愁无药可医。台中的夜市在山麓奇幻地闪烁,紫水晶的盘中矍着玛瑙的眼睛。相思林和凤凰木外,长途巴士沉沉地自远方来,向远方去,一若公路起伏的鼾息。空中弥漫着露滴的凉意,和新割过的草根的清香。当它沛沛然注入肺叶,我的感觉遂透彻而无碍,若火山脚下,一块纯白多孔的浮石。清醒是幸福的。未来的大劫中,唯清醒可保自由。星空的气候是清醒的秩序。星空无限,大罗盘的星空啊,创宇宙的抽象大壁画,玄妙而又奥秘,百思不解而又百读不厌,而又美丽得令人绝望地赞叹。天河的巨瀑喷洒而下,蒸起螺旋的星云和星云,但水声敻渺得永不可闻。光在卵形的空间无休止地飞啊飞,在天河的旋涡里做星际航行,无所谓现代,无所谓古典,无所谓寒武纪或冰河时期。美丽的卵形里诞生了光,千轮太阳,千只硕大的蛋黄。美丽的卵形诞生了我,亦诞生后稷和海伦。七夕已过,织女的机杼犹纺织多纤细的青白色的光丝。五千年外,指环星云犹谜样在旋转。这婚礼永远在准备,织云锦的新娘永远年轻。五千年前,我的五立方的祖先正在昆仑山下正在黄河源濯足。然则我是谁呢?我是谁呢?呼声落在无回音的,岛宇宙的边陲。我是谁呢?我——是——谁?一瞬间,所有的光都息羽回顾,猬集在我的睫下。你不是谁,光说,你是一切。你是侏儒中的侏儒,至小中的至小。但你是一切。你的魂魄烙着北京人全部的梦魇和恐惧。只要你愿意,你便立在历史的中流。在战争之上,你应举起自己的笔,在饥馑在黑死病之上。星裔罗列,虚悬于永恒的一顶皇冠,多少克拉的荣耀,可以为智者为勇者加冕,为你加冕。如果你保持清醒,而且屹立得够久。你是空无。你是一切。无回音的大真空中,光,如是说。

1964 年 8 月 20 日于台北

(《文星》第八十三期)

黑灵魂

一片畸形的黑影压在我的心上,虽然这是正午。我和艾弟坐在人家石阶边沿的黑漆铁栏杆上,不快乐地默视着小巷的风景。这里应该算是巴尔的摩的贫民区。黑人的孩子们在烟熏的古红砖屋的后门口,跳舞、踩滑车,而且大声吵架。地下室的木板门,防空洞似的,斜向街面开着。突目、厚唇,毫无腰身的黑妇们,沿着斜落的石级,累赘地出入其间,且不时鸦鸣一般嘎声呵止她们的顽童。一个佝偻的黑叟,蹒蹒跚跚,自巷尾徐徐踱来,被破呢帽檐遮了一大半的阔鼻下,一张瘪嘴喃喃地诉说着什么。那种尼格罗式的英文,子音迟钝,母音含糊,磨锐你全部的听觉神经,也割不清。

"嘿,他们到底什么时候来开门?"

"你说什么?"

"我问你,看屋子的人什么时候才来开门?"

"看屋子的人……"破帽檐下的乱髭抖动着，"开谁的门吗？"

"开爱伦·坡这间破屋子的门嘛！"

"爱伦·坡？谁是爱伦·坡？从来没有……"

一个彪形的中年汉子停下步来，恶狠狠地瞪着我们。我向他解释，我们是特地赶来参观爱伦·坡故宅的，开放的时间已到，门上铁锁依然拒人。

"我也不清楚，"黑彪皱起浓眉。他指指对街另一个黑人，"你们问他好了。"

"哦，你们要看坡屋吗？"一个满脸黑油满身污渍的工人，从一辆福特旧车下面钻了出来。"这家伙说不定的。有时候来，有时候不来。要是三点还不来，大概就不来了。"

我和艾弟再度走向坡屋。三级木梯上面，白漆的木门上悬着一面长方形的牌子，上书"艾米替街二〇三号，爱伦·坡之屋。参观时间：每星期三，星期六，下午一至四时。"门首右侧上端，钉了一块铜牌，浮刻着"爱伦·坡昔日居此"的字样。和这条艾米替街两旁的黑人住宅一样，二〇三号也是一幢两层的红砖楼房。19 世纪中叶典型的低级住宅，门面狭窄，玻璃窗外另装两扇百叶木扉，地下室的小门开向街上，斜落的屋顶上，另开一面阁楼的小窗。我和艾弟绕到屋后，隔着铁栅窥看了半天，除了湫隘局促的小天井外，什么也看不见。

来巴尔的摩，这已是第四次了。第二次和王文兴来，冒着豪雨。第三次，做客高捷女子学院昆教授（Prof. Olive W. Quinn of Goucher College）之家。那是星期天的上午，一半的巴尔的摩在教堂里，另一半，在席梦思上。正是樱花当令的季节，樱花盛放如十里锦绣，泣樱（weeping cherry）在霏微的春雨中垂着粉红的羞靥，木兰夹在其间，白瓣上走着红纹。人家的芳草地上，郁金香孤注一掷地红着，猩红的花萼如一滴滴凝固的血。我们开车慢慢地滑行，沿宽宽的查理大街南下，转入萨拉托加，折进这条艾米替街。因为下雨，我们仅在车中，隔着雨水纵横的玻璃一瞥这座古楼。之后我们又停车在港口，蒸腾氤氲的雨气中，看18世纪末遗下的白漆楼船"星座号"。那是一个应该收进诗集的雨晨，虽然迄今无诗为证。

第四次，这一次重来巴城，是应高捷女子学院之邀，来讲中国古典诗的。演讲在晚上八时，我有一整个下午可以在巴城的红尘里访爱伦·坡的黑灵，遂邀昆教授的公子艾弟（Eddie）俱行。两个坡迷，从下午一点等到三点一刻，坡宅的守屋人仍未出现。我要亲自进入坡宅，因为自1832年至1835年，坡在此中住了三年多。事实上，这是坡的姨妈孀妇克莱姆夫人（Mrs. Maria Clemm）的寓所，坡只是寄居在此。也就是在这条街上，坡和他的小表妹，患肺病的维琴妮娅（Vriginia）开始恋爱。1835年夏末，坡南下里士满去做编辑，维琴妮亚和她妈妈克莱姆夫人跟了去。第二年5月16日，他们就在里士满结婚。这是坡早期作品和恋爱的地方，这四面红砖之中。我想进去，看壁炉上端坡的油画像，看四栏垂帷的高架古床，和他驰骋Gothic幻想的阁楼。可能的话，我甚至准备用十元美金贿赂阍者，让我今夜演讲后回来，在坡的床上勇敢地一宿。不入鬼宅，焉得鬼诗？我很想尝试

284

一下，和这个黑灵魂，这个恐怖王子这个忧郁天使共榻的滋味。即使在那施巫的时辰，从冷汗涔涔的恶魔中惊觉，盲睛的黑猫压在我胸腔，邪恶的大鸦栖在窗棂，整个炼狱的火在它的瞳中。即使次晨，有人发现我被谋杀在坡的床上，僵直的手中犹紧握坡的《红死》，那也不是最坏的结局……

"都快三点半了，"艾弟说，"那家伙还不来。我们走吧。"

"走，找坡的墓去。"

5月的巴尔的摩，梅荪·狄克生线以南的太阳已经很烈了。正是巴城新闻业罢工的期间。太阳报罢工，太阳自己却未罢工。辐射热熔化着马路上的石油。鸟雀无声。市廛的嚣骚含混而沉闷。黑人歌者的男低音令人心烦。红灯亮时，被阻的车队首尾相衔，引擎卜卜呼应，如一群耸背腹语的猫。沿格林大街北上，走到法耶横街的转角，我们停了下来。地图上说，坡墓应该在此。从不到五英尺的红砖围墙外望进去，是一片不到半英亩的长方形的墓地，零乱地竖着白石的墓碑，一座双层的教堂自彼端升起，狭长而密的排窗，挺秀而瘦的钟楼，俯视着死亡的领域。忽然，艾弟喊我："余先生，我找到了！"

顺着艾弟的呼声跑去，我转过墓园的西北角。黑漆的铁栅上，挂着一面铜牌，上刻"爱伦·坡之墓"，下刻"西敏寺长老会教堂"。推开未上锁的铁门，我和艾弟跨了进去，坡的墓赫然就在墙角。说是"赫然"，是因为我的心灵骤受一震；对于无心找寻的路人，它实在不是一座显赫的建筑。大理石的墓碑，不过高达一人，碑下石基只三英尺见方。碑呈四面，正面朝东，上端的图案，刻桂叶与竖琴，如一般传统的文艺象征。中部浮雕青铜的诗人半身像，大小与真人相当。这是一面力贯顽铜的浮雕，大致根据柯尔纳（Thomas C. Corner）画像制成。分披在两侧的鬈发，露出应该算是宽阔的前额，郁然而密的眉毛紧压在眼眶的悬崖上，崖下的深穴中，痛苦、敏感、患得患失的黑色灵魂，自地狱最深处向外探射，但森寒而逼人的目光，越过下午的斜阳，落入空无。这种幻异的目光，像他作品中的景色一样，有光无热，来自一个死去的卫星，是月光，是冰银杏中滴进的酸醋。尖端下伸的鼻底，短人中上的法国短髭覆盖着上唇。那表情，介于喜剧与悲剧，嘲谑与恫吓，自怜与自大之间。青铜的鼻梁与鼻尖，因百年来坡迷的不断爱抚而灿然，一若镀金。不自觉地，我也伸手去抚摸了一刻。青铜在5月的烈日下，传来一股暖意。我的心打了一个寒战，鸡皮疙瘩，一波波，溯我的前臂和面颊而上。忽然，巴尔的摩的市声向四周退潮，太阳发黑，我站在19世纪，不，黝黯无光的虚无里，面对一双深陷而可疑的眼睛，黑灵魂鬼哭神嚎，迷路的天使们绝望地盲目飞撞，有疯狂的笑声自渊底螺旋地升起。我的心痛苦而麻痹……

"你看后面——"渊面的对岸，传来我同伴的声音。我撼了自己一下，回到巴尔的摩。绕到碑的背面，读上面镌刻的生卒日期，"1809年1月20日—1849年10月7日"。才如江海命如丝。这里，一抔荒土下，葬着新大陆最不快乐的灵魂，葬着侦探故事的鼻祖，浪漫到象征的桥梁，德意志的战栗，法兰西的清晰，葬着地狱的瘟疫，天才的病，生前的痛苦，死后的萧条，葬着最纯粹的恐惧，最残忍的美。百年后，灵散形殁，他已变成春天的草，草下的尸蛆。然而那敏感的、精致的灵魂泯灭在何处？他并未泯灭。只是，曾经是凝聚的，现在分散，曾经作用在一具肉体的，现在作用在无数的肉体。当你昼思夜梦，当你狐疑不安，当你经验最纯粹的恐怖，你便是坡的化身。真正强烈地感受过的经验，永远永远不会泯灭。

坡死于1849年。最初，他的遗骸葬在祖父大卫·坡（David Poe）墓旁，虽然也在西敏寺教堂的坟场，但不见于格林街和法耶街的交角。三十六年后，才移葬到西北角，即今日石碑所在。同时，坡的夫人和岳母，也一并移骸埋此。坡是死在巴尔的摩的，但是他的死因迄今仍是一个谜。据说，1849年9月27日那天，坡自里士满乘汽船北上巴尔的摩，但最终的目的地是费城。当时他声名渐起，生活也稍宽裕。他终于抵达费城没有，我们无法确定，但是百年来的学者们都以为，在这段时期，坡曾拜访费城的几位朋友，而且不断饮酒。果真如此，则10月2日或3日左右，诗人必已重回巴尔的摩，因为我们确知一件事实，即是坡以半昏迷的状态出现于东龙巴街（East Lombard Street，在今巴城东南部，靠近港口）一家低级酒肆中所设的投票所外。发现他的是一个叫华尔克（Walker）的印刷工人。后之学者乃有一说，说诗人是给人在酒中下了蒙药，软禁起来，然后被打手们挟持着，在许多投票所之间反复投票。当日政党竞选剧烈，据说这种卑劣的手段甚为流行。可恨一代天才，竟充了增加几张烂票的无聊工具。华尔克立刻召来坡在巴尔的摩的一位朋友，叫史纳德格拉斯大夫（Dr. J. E. Snodgrass）的，将昏厥中的诗人送去华盛顿学院医院急救。10月7日，一个星期天的早晨，坡即在那家医院逝世。临终前的几天，他始终不曾清醒过来，解释自己何以昏迷在酒肆之中。

当晚八时，在高捷女子学院的学生中心，我的演说这样开始："今天是值得纪念的，不但因为我竟有此殊荣，能来这里为各位介绍中国的古典诗，更因为今天下午，我在巴尔的摩城南瞻仰了你们的大作家，埃德加·爱伦·坡的故居、墓地，和普赖德图书馆中的坡室。坡的诗观和中国古典诗观遥遥呼应。他主张诗贵精练，不以篇幅取胜，所以长诗非诗。此说当为中国绝句的诗人们欣然接受。如果坡，带了他那卷薄薄的诗集，跨一匹瘦瘦的小毛驴，出现在8世纪的长安市上，由于不懂天可汗帝都的交通规则，他将撞到，请放心，不是为政党暴力竞选的恶棍，而是市长韩愈博士的轿舆。韩愈会邀请他同舆回府，把他介绍给长安的青年诗人们。必然必然，他会遇见李贺，一谈之下，狐仙山魅，固同好也。于是长安市民，五陵少年，将会见两人共乘蹇驴。坡的诗句，也会投入小奚奴的古锦囊中。迟早，他会因酗酒被李贺的妈妈赶出大门。最后，长安的市民将看见他和贾岛，在破庙的廊下，比赛捉虱子。我真高兴，今天下午找到了坡的墓碑。我摸了他的鼻子。将来回到中国，我可以为中国的诗人们形容今日之游，而且也摸摸他们的鼻子，让他们传染一点才气……我真宁愿此刻自己不是在这讲台上，而是在坡的墓地，在月光下。今晚有很美的月光，不是吗？看到坡，你就会联想李贺的名句：'秋坟鬼唱鲍家诗'。And amidst yon autumn graves ghosts are chanting Pao's poetry. 坡与鲍，Poe 与 Pao，只是一字母之差吧……"

那夜演讲后，从巴城开车回来，月色奇幻得如此有意，又如此不可置信。已然是五月中旬了，太阳一落，气温仍会降低二十摄氏度。一上了围城的六道宽路，Beltway（环城快道）者，所有的车辆都变成噬英里的野豹，疾驰起来。时速针颤颤地指向七十。迅趋冰凉的夜气，湍湍灌进车来。旋上左侧的玻璃窗，打了一个喷嚏。绿底白字的路牌，纷纷扑向车尾。风景在两侧潺潺泻过。巴城渐渐抛在后面。唯有浑圆的月一路追了上来，在左后侧的窗外滚着清芒，牵动已经下垂的夜底面纱，和纱上疏疏朗朗的星子。此刻，八荒之外，六合之中，唯有这一个圆形主宰着一切。其他的形象皆暧昧难分，而且一瞬即逝，如生命的万态。夜凉在窗外唱太阳的挽歌。昼，夜，两个截然不同的世界。太阳与太阴是两个朝代。太阴推翻了太阳下面的一切，她的领域伸向过去，伸过历史，伸过青铜，伸过石器，伸向燧人氏火光不及的盲目和混沌。

我的小道奇向前平稳而急骤地航行，挺直的超级公路向前延伸，如一道牛奶的运河。月光的透明雨下着无声，无形的塑胶。而运河始终满而不溢，而疾转的轮胎始终溅不起月光的浪花。青莹莹，白悠悠，太阴氏的谜面下，一切死去的，逝去的，失去的，都在那边的转弯处，在你的背后你的肘边复活。只要你回头，历史和神话和传说和一切荒诞不经就在你背后显形。

不知道坡坟上的夜色何其？月光下，那雕像的眼睛必已睁开了，而且窥见我们窥不见的一切，听命于太阴氏的暗号的一切，望远镜、显微镜、潜水镜窥不见的一切。当我也到那边境，当我也死去、逝去、失去，当我告别这五英尺三英寸告别这一百一十五磅，我将看见什么，我将听见什么，当我再也听不见太阳的男高音，春天的芳草，夏天池塘的蛙鸣？忽有一股风来自颈背，来自死月穴的洞底，且吹向灵魂的每一道迭缝。车窗四面紧闭如故。然则风从何来，风从何来？风乎风乎，汝从何而来？停车路堤之上，跨出前座，拧亮车顶的小圆灯，向后座搜索了一阵。发觉并无任何可疑的痕迹，这才回到驾驶座上，发动引擎，拉下联动机柄，继续前驶。我虽崇拜坡，并无让他 hitchhike，让他搭便车去葛底斯堡之意。不，我毫无此意，绝无此意。我可向冥王星发誓，我不欢迎坡跟我回古战场，古战场上，那座三层七瓴的古屋。梁实秋一再警告我，不要在美国开车。"诗人怎么可以开车！"我仍记得他当时的表情，似乎已经目睹一场日食星陨的车祸。我的心打了一个寒战。我是迷信的，比拜伦加上坡加上叶慈还要迷信。如果我确信，这车上只有一个，仅仅是一个诗人，而不是两个，则我可以安然抵达葛底斯堡。但是万一真有两个。万一。万一。万一。子魂魄兮为鬼雄。今夕何夕。后有黑灵。前有国殇。古战场已有鬼满之患。而夜色苍老。而月光诡诈。今夕，今夕是何夕？

1965 年 5 月 15 日夜，葛底斯堡

(《联合报》副刊 1965 年 6 月 8 日)

登楼赋

汤汤堂堂。汤汤堂堂。当顶的大路标赫然宣布："纽约三英里"。该有一面定音大铜鼓，直径二十五千米，透着威胁和恫吓，从渐渐加紧、加强的快板撞起。汤堂傥汤。汤堂傥汤。《F大调钢琴协奏曲》的第一主题。敲打乐的敲打敲打，大纽约的入城式锵锵铿铿，犹未过赫德逊河，四周的空气已经震出心脏病来了。二千四百千米的东征，九个州的车尘，也闯过克利夫兰，匹茨堡、华盛顿，巴铁摩尔，那紧张，那心悸，那种20世纪高速的神经战，总不像纽约这样凌人。比起来，台北是婴孩，华盛顿，是一支轻松的牧歌。纽约就不同，纽约是一只诡谲的蜘蛛，一匹贪婪无餍的食蚁兽，一盘纠纠缠缠敏感的千肢章鱼。进纽约，有一种向电脑挑战的意味。夜以继日，八百万人和同一个繁复的电脑斗智，胜的少，败的多，总是。

定音鼓的频率在加速，加强，扭紧我们每一条神经。这是本世纪心跳的节奏,科学制造的新的野蛮。纽约客的心脏是一块铁砧,任一千种敲打乐器敲打敲打。汤汤堂堂。敲打格希文的节奏敲打浪子的节奏敲打霍内格雷霆的节奏敲打伯恩斯泰因电子啊电子的节奏。八巷的隧道上滚动几百万只车轮,纽约客,纽约客全患了时间的过敏症。驰近赫德逊河,车队咬着车队的尾巴,机械的兽群争先恐后,抢噬每一块空隙每一秒钟。谁投下一块空隙,立刻闪出几条饿狼扑上去,眨眼间已经没有余尸。"林肯隧道"的阔大路牌,削顶而来。一时车群秩序大变。北上新英格兰的靠左,东去纽约的靠右,分成两股滚滚的车流。不久,我的白色道奇,一星白沫,已经卷进交通的旋涡,循螺形的盘道,潜进赫德逊河底的大隧道了。一时车队首尾相衔,去车只见车尾红灯,来车射着白晃晃的首灯。红灯撞击着红灯冲击着浮沉的白灯。洞顶的无罩灯泡曳成一条光链子。两壁的方格子嵌瓷图案无始无终地向前延伸复延伸。半分钟后,闷闷的车声在洞里的闷闷回声,光之运动体的单调的运动,方格子图案的更单调的重复,开始发生一种催眠的作用。赫德逊河在上面流着,漂着各种吨位各种国籍的船舶扬着不同的旌旗,但洞中不闻一声潺潺。汤堂傥汤。定音鼓仍然在撞着,在空中,在陆上,在水面,在水底。我们似乎在眼镜蛇的腹中梦游。虽然车行速度减为每小时六十四千米,狭窄而单调的隧道中,反有晕眩的感觉。无处飘散,车尾排出的废气染污我们的肺叶。旋闭车窗,又感到窒息,似乎就要呕吐。迎面轰来的车队中,遇上一串高大而长的重载卡车,银色的铝车身充天塞地挤过来,首灯炯炯地探人肺腑,眼看就要撞上,呼啸中,庞伟的三十英尺全长,已经逆你的神经奔蹿过去。

终于,一英里半长的林肯隧道到了尽头,开始倾斜向上。天光开处,我们蛇信一般吐出来,吐回白昼。大家吁一口气,把车窗重新旋开。5月的空气拂进来,但里面没有多少春天,闻不到新剪修的草香,听不到鸟的赞叹。因为两边升起的,是钢筋水泥的横断山脉,金属的悬崖,玻璃的绝壁。才发现已经进入曼哈顿市区。从四十街转进南北行的第五街,才半下午,摩天楼屏成的谷地,阴影已然在加深。车群在横断山麓下滔滔地流着。满谷车辆。遍岸行人。千幢的建筑物,棋盘格子的玻璃上反映着对岸建筑物的玻璃反映着更多的冷面建筑。因为这是纽约,陌生的脸孔拼成的最热闹的荒原。行人道上,肩相摩,踵相接,生理的距离不能再短,心理的距离不能再长。联邦的星条旗在绝壁上丛丛绽开。警笛的锐啸代替了鸣禽。人潮涨涨落落,在大公司的旋转门口吸进复吐出。保险掮客。商店的售货员。来自欧洲的外交官。来自印度的代表。然后是银发的贵妇人戴着斜插羽毛的女帽。然后是雌雄不辨的格林尼治村民和衣着不羁的学生。卷发厚唇猿视眈眈的黑人。白肤淡发青睐了然的北欧后裔。须眉浓重的是拉丁移民,尽管如此,纽约仍是最冷漠的荒原,梦游于其上的游牧民族,谁也不认识谁。如果下一秒钟你忽然死去,你以为有一条街会停下来,有一双眼睛会因此流泪?如果,下一秒钟你忽然撞车,除了交通失事的统计表,什么也不会因此改变。

红灯炯炯地瞪住我们,另有一种催眠的意味。整条街的车全被那眼神震慑住了。刹车声后,是引擎相互呼应的喃喃,如群猫组成的诵经班。不同种族的淑女绅士淑女，颤颤巍巍，在灯光变换前簇拥着别人也被别人簇拥着越过大街，把街景烘托得异常国际。绿灯上时，我们右转，进入交通量较小的横街，找到一家停车库。一个臂刺青花的大汉，把白色道奇开进地下的车库。我们走回第五街。立刻，人行道上的潮流将我们卷了进去。于是我们也参加挤人也被挤的行列，推着前浪，也被后浪所推动。不同的高跟鞋，半高跟，平底鞋，在波间起伏前进，载着不同的衣冠和裙裤。因为脸实在是没什么意义的。即使你看完那八百万张脸，结果你一张也不会记得。我奇怪，为什么没有一个达利或者恩斯特或者戴尔服什么的，作这样的一幅画，画满街的空车和衣履在拥挤，其中看不见一张脸面？因为这毋宁是更为真实。

所以 paradox 就在这里。你走在纽约的街上，但是你不知自己在哪里。你走在异国的街上，每一张脸都吸引着你，但是你一张脸也没有记住。在人口最稠的曼哈顿，你立在十字街口，说，纽约啊纽约我来了，但纽约的表情毫无变化，没有任何人真正看见你来了。你踏着纽约的地，呼吸着纽约的空气，对自己说，哪，这是世界上最贵的地面，最最繁华的尘埃，你感到把一个鼎鼎的大名还原成实体的那种兴奋和震颤，同时也感到深入膏肓的凄凉。纽约有成千的高架桥、水桥和陆桥，但没有一座能沟通相隔数英寸的两个寂寞。最寂寞的是灰鸽子们，在人行道上，在建筑物巨幅的阴影下，在 5 月犹寒的海港中曳尾散步。现代的建筑物都是兽性的，灰死着钢的脸色好难看。

终于到了三十四街。昂起头，目光辛苦地企图攀上帝国大厦，又跌了下来。我们推动旋转玻璃门的铜把手，踏过欧洲大理石砌的光滑地面。一辆将要满载的电梯尚未闭门，正等我们进去。电梯倏地升空。十几双眼睛仰视门楣上的灯光。一长串的数字次第亮起。六十……七十……八十……八十六。我们在八十六层再转一次电梯，直到一百零二层。人群挤向四周的露天瞭望台。

忽然，全纽约都匍匐在你下面了。三十六万五千吨钢筋水泥，一千四百七十二英尺的帝国大厦，将我们举到四分之一英里的空中。第五街在下面。百老汇在下面。八百万人的市声在下面，复不可闻。我们立在二十世纪最敏感的触须上，二十世纪却留在千英尺下，大纽约的喧嚣在千英尺下，绕着帝国大厦的脚踝旋转旋转成骚音的旋涡，不能攀印第安纳的石灰石壁上来。脚踝踩入曼哈顿的心脏地带踩入第五街街面下五十多英尺，但触须的尖端刺入黄昏的淡霭里，高出一切一切之上。绝对的大寂寞悬在上面，像一片云。已是5月初了，从大西洋吹来的风，仍然冷而且烈。大家翻起大衣的领子，太阳向纽泽西的地平渐渐落下，西南方的暮云愈益苍茫，堆成一层深似一层的迟滞的暗紫色。赫德逊河对岸，泽西城半掩在烟霭里，像精灵设计的蜃楼海市。向左看，港口矗立着的雕像，至小，至远，该是自由女神了。更南是宽敞的第五街，在摩天楼队的夹峙下，形成深长的大峡谷，渐远渐狭，一直没入格林尼治和唐人街。但到了曼哈顿岛的南端，又有摩天楼簇簇涌起，挤扁华尔街上面的天空。那是全世界金融的中心，国际的贸易风，从那里吹起……

"风好大。我们还是绕去北边吧。"

"你应该穿那件厚大衣的。告诉过你,这是帝国大厦,不是小孩子搭的积木。"

"从这里看下去,那些所谓摩天楼,不都是积木砌成的?"

"那是因为,我们自己在世界最高的建筑物上,底上那些侏儒,任移一座到其他都市去,怕不都出类拔萃,雄睨全城。"

绕到朝北的看台上,建筑物的秩序呈现另一种气象。落日更低,建筑物的大片阴影投得更远,更长。背日的大峡谷陷入更深更深的黑影。从这种高度俯瞰黑白分割的街面,钢的绝壁石灰石的绝壁千英尺一挥垂直地切下去,空间在幻觉中微微摆荡,荡成一种巨大的晕眩。一失足你想象自己向下坠落,曳长长的绝望的惊呼加速地向下坠落,相对地,建筑物交错的犬齿加速地向上噬来,街的死亡向上拍来,你犹悬在空中,成为满街眼睛的箭靶。

"你说,一个人在坠楼着地之前,会不会把一生的事超速地复阅一遍?"

"你想到哪里去了?"

"我不过说说罢了。你看看下面的街看,要不要我把你扶高些?"

"我才不要!人家脚都软了。"

"如果我是一只燕子,一定飞下去,啄一顶最漂亮的女帽来送你。"

"那我就变成一只雌燕子——"

"我们一起飞回中国去。"

"也不要护照。也不要任何行李。"

"我是说,回到抗战前的中国。"

"那再也不可能了。"

"太阳降下去的方向,便是中国。喏,就在那边,在纽泽西州的那边还要那边。"

接着两人便没有什么好说的了。高低不齐,挤得引颈探首的摩天楼丛,向阳的一面,犹有落日淡淡的余晖,但阴影已经愈曳愈长。所有的街道都躲在黑暗里。暮色从每一个角落里升了起来,不久便要淹没曼哈顿了。那边的联合国正当夕照,矗立如一面巨碑。克莱斯勒的尖塔戳破暮色,高出魁梧的泛美大厦和其后的中央火车站与华道夫旅馆。正是下班的时分,千扇万扇玻璃窗后,有更多的眼睛在眺望,向远方。所以这便是有名的纽约城啊,世界第一大都市,人类文明的大脑,一切奢侈的发源地,纽约客和国际浪子的蚁丘和蜂窝。三百多年以前,下面只是一块荒岛,曼哈顿族的红人将它卖给荷兰人,代价,二十四元。但纽约愈长愈高,从匍匐的婴孩长成顶天的巨人,大半个纽约悬在半空。风,在日落时从港外吹来,吹向大陆,吹过最国际最敏感的纽约,将此地的一切吹至世界的每一个角落。因为这里是现代的尼尼微和庞贝,历史在这座楼上大概还要栖留片刻。洪蒙的暮色里,纽约的面貌显得更陌生。再也数不清的摩天楼簇簇向远处伸延,恍惚间,像一列破碎的山系,纷然杂陈着断崖与危石,而我立在最高峰上,前,无古人,后,无来者,一任苍老的风将我雕塑,一块飞不起的望乡石,石颜朝西,上面镌刻的,不是拉丁的格言,不是希伯来的经典,是一种东方的象形文字,隐隐约约要诉说一些伟大的美的什么,但是底下的八百万人中,没有谁能够翻译。纽约啊纽约,你的电脑能不能测出?

           1966 年 10 月 17 日

钞票与文化

1

《世说新语》说王夷甫玄远自高，口不言钱，只叫它作"阿堵物"。换了现代口语，便是"这东西"。中国人把富而伧俗讥为"铜臭"，英文也有"臭钱"（stinking money）之说，所以说人钱多是"富得发臭"（stinking rich）。

英国现代诗人兼历史小说家格瑞夫斯（Robert Graves）写诗不很得意，小说却雅俗共赏，十分畅销，甚至拍成电视。带点自嘲兼自宽，他说过一句名言："若说诗中无钱，钱中又何曾有诗。"

钱中果真没有诗吗？也不见得。有些国家的钞票上不但画了诗人的像，甚至还印上他的诗句。例如，苏格兰五镑的钞票上就有彭斯画像，西班牙二千元钞票上正面是希梅内思的大头，反面还印出他诗句的手稿。

钞票上的人像未必是什么杰作，但往往栩栩传神，当然多是细线密点，属于工笔画一类。高更跟凡·高在黄屋里吵架，曾经讽刺凡·高："你的头脑跟你的颜料盒子一样混乱。欧洲每一个设计邮票的画家你都佩服。"高更善辩，更会损人。他这么看不起邮票画家，想必对钞票画家也一视同其不仁。其实画家上钞票的也不算少：例如，荷兰画家郝思（Frans Hals）与法国画家拉杜赫（Maurice Quentin de Latour）都上了本国的钞票；至于戴拉瓦库与塞尚，也先后上了法郎，名画的片段更成了插图；比利时的安索（James Ensor）也上了比利时法郎，带着他画中的画具和骷髅。

匆忙而又紧张的国际旅客，在计算汇率点数外币之余，简直没有时间更无闲情去辨认，那些七彩缤纷的钞票上，究竟画的是什么人头。其实他只要匆匆一瞥，知道那是五十马克或者一万里拉，已经够了。画像是谁，对币值有什么影响？如果他周游好几个国家，钞票上的人头就走马灯般不断更换。法郎上的还未看清，卢布上的新面孔已经跟你打招呼了。那些面孔的旁边，不一定附上人名。在这方面，法郎最有条理，一定注明是谁。苏格兰人就很奇怪：彭斯像旁有名，史考特就没有。熟谙英国文学的人当然认得《撒克逊劫后英雄略》的作者，但是一般观光客又怎能索解？

意大利五万里拉的币面，是浓眉大眼、茂发美髭的人像，那敏感的眼神、陡峭的下颏，十足艺术家的倜傥。再看纸币背后的骑者雕像，颇似君士坦丁大帝，我已经猜到七分。但为确认无误，我又翻回正面，寻找人头旁边有无注名，却一无所获。终于发现衣领的边缘，有一条弯弯的细线似断似续，形迹可疑。在两面放大镜的重叠之下，发现原来正是一再重复的名字 Gian Lorenzo Brnini，每个字母只有四分之一公厘宽。这隐名术岂是粗心旅客所能识破？我相信，连意大利人自己也没有多少会起疑吧？

有些国家的钞票，即使把画像注上名字，也没有多少游客能解。例如，希腊币五十元（Draxmai Penteconta）正面的头像，须发茂密而且卷曲如浪，正是海神波赛登（Poseidon），可是下面注的超细名字却是希腊文 ΠΟ ε ΕΙ Δ ΟΝ。就算在放大镜下勉强看出来了，也没有几人解得了码。更有趣的是：钞票上端的一行希腊文，意思虽然是"希腊银行"，但其国名不是我们习见的 Greece，而是希腊人自称的 Hellas（中文译名所本），不过在现代希腊文里又简称 Ellas，所以在钞票上的原文是 Ε Λ Λ Α Δ Ο ε。至于一百元希币上的女战士头像，长发戴盔，鼻脊峭直，则是雅典的守护神雅典娜（Athena，全名 Pallas Athena），旁边注的一行细字正是 Α θ ΗΝΑ π ΕΙΡΑΙ Ω ε。这两张希币令人想起：当初雅典建城，需要命名，海神波赛登与智慧兼艺术之神雅典娜争持不下。众神议定，谁献的礼最有益人类，就以谁命名。海神创造了马，雅典娜创造了橄榄树，众神选了雅典娜。也因此，一百元希币的背面画了美丽的橄榄枝叶。

2

民国以来，我们惯于在钞票上见到政治人物，似乎供上这样的"圣像"（icon）是天经地义。常去欧洲的旅客会发现：未必如此。大致说来，君主立宪制国家多用君主的头像，例如，瑞典、丹麦、英国，但是荷兰与西班牙的君主只上硬币，却不上软钞。某些议会制国家如法国、德国、意大利等都不让元首露面；像戴高乐这样的英雄，都没有上过法郎。

美钞虽然人人欢迎，但那绿钱上的面孔，除了百元上的富兰克林之外，清一色是政治人物，其中只有汉米尔顿不是总统。截然相反的是法郎，我收藏的八张法郎上面是这样的人物：十法郎，作曲家柏辽兹；二十法郎，作曲家杜布瓦·T.；五十法郎，画家拉杜赫；新五十法郎，作家圣爱修伯瑞；一百法郎，画家戴拉库瓦；新一百法郎，画家塞尚；二百法郎，法学家孟德斯鸠；五百法郎，科学家居里夫妇。

英镑的风格则介于美国的泛政治与法国的崇人文之间：有科学家，也有文学家，但是只能出现在钞票的背面，至于正面，还得让给女王。最有趣的该是十英镑，共有新旧两版。新版上女王看来老些，像在中年后期；背后的画像则是晚年的狄更斯，下有文豪的签名，对面是名著《匹克威克俱乐部记事》的插图，板球赛的一景。旧版上的女王青春犹盛；背后的画像竟是另一女子，发线中分，戴着白纱头布，穿着护士长袍，眼神与唇态温婉中含着坚定，背景的画面则是她手持油灯在伤兵的病床间巡房，一圈圈的光晕洋溢如光轮。她正是南丁格尔，也只有她，才能和女王平分尊贵。更感人的是，把钞票迎光透视，可见水印似真似幻，浮漾的却是护士，不是女王。但是狄更斯那张，水印里是女王而非作家，女王像旁注的不是"伊丽莎白二世"，而是特别的缩写字样（E Ⅱ R），全写当为 Elizabetha Regina（拉丁文伊丽莎白女王）。

3

这么一路随兴说来，读者眼前若无这些缤纷的纸币，未免失之洞空，太不过瘾。不如让我选出三张最令我惊艳的来，说得细些，好落实我这"见钱开眼"的另类美学家，怎么在铜臭的钞票堆里嗅出芬芳的文化。

苏格兰五镑的钞票，正面是诗人彭斯（Robert Burns）的半身像，看来只有二十七八岁，脸颊丰满，眼神凝定，握着一管羽毛笔，好像写作正到中途，停笔沉思。翻到反面，只见暗绿的基调上，一只"硕鼠"乱须潦草，正匍匐于麦秆；背后的玫瑰枝头花开正艳。原来这些都是彭斯名作的主题。诗人出身农民，某次犁田毁了鼠窝,野鼠仓皇而逃。诗人写了《哀鼠》"To a Mouse"一首,深表歉意,诗末彭斯自伤身世,叹息自己也是前程茫茫,与鼠何异。诗中名句"人、鼠再精打细算,／到头来一样失算。"(The best-laid schemes o'mice an'men ／ Gang aft a-gley.)后来成了小说家史坦贝克《人鼠一例》(*Of Mice and Men*)书名的出处。至于枝头玫瑰,则是纪念彭斯的另一名作《吾爱像红而又红的玫瑰》:其中"海干石化"之喻,中国读者当似曾相识。

这张钞票情深韵长,是我英诗班上最美丽的教材。

我三访西班牙,留下了三张西币:一百 peseta 上的头像是作曲家法雅,一千元上是小说家高尔多思,二千元上是诗人希梅内思(Juan Ramon Jiménez)。希梅内思这一张以玫瑰红为基调,诗人的大头,浓眉盛须,巨眸隆准,极富拉丁男子刚亢之美。旁边有白玫瑰一,红玫瑰三,其二含苞未绽。反面也有一丛玫瑰,组合相同。但是最令我兴奋的,是右上角诗人的手迹:¡Allá va elolor de larosa! ／ ¡Cóje laen tu sinrazón! 书法酣畅奔放,且多连写,不易解读。承蒙淡江大学外语学院林耀福院长代向两位西班牙文教授乞援,得知诗意当为"玫瑰正飘香,且忘情赞赏!"钞票而印上这么忘情的诗句,真不愧西班牙的浪漫。

一百法郎的旧钞上,正面居中是浪漫派大师戴拉库瓦的自画像,面容瘦削,神态在冷肃矜持之中不失高雅,一手掌着调色板,插着画笔。背景是他的名作《自由女神率民而战》的局部,显示半裸的女神一手扬着法国革命的三色旗,一手握着长枪,领着巴黎的民众在硝烟中前进。背面则将他的自画像侧向左边,右手却握了一支羽毛笔。这姿势表示他正在记他有名的《日记》,其中的艺术评论及艺术史料为后世所珍。

  一个国家愿意把什么样的人物放上钞票,不但让本国人朝夕面对,也让全世界的旅客得以瞻仰,正说明那国家崇尚的是什么样的价值,值得我们好好研究。一个旅客如果忙得或懒得连那些人头都一概不识,就太可惜了。如此"瞎拼"一趟回来,岂非"买椟还珠"?

  钞票上岂但有诗,还有艺术,有常识,有历史,还有许许多多可以学习,甚至破解的外文。